# 叡智の図書館と十の謎

The Library of Wisdom and Ten Riddles

多崎 礼

中央公論新社

*The Library of Wisdom and Ten Riddles*

# 目次

装画　六七質
挿画　田中寛崇
装幀　西村弘美

# 叡智の図書館と十の謎

# pro〔log〕ue

カァン、カァン、カァン……！

夜空に鐘が鳴り響く。

カァン、カァン、カァン……！

空は黒煙に覆われている。無数の火の粉が舞っている。強い北風にあおられて、さながら魔物の瞳のごとく、赤くチカチカと瞬いている。

憩《いこ》いの丘が燃えている。学びの森が燃えている。町に火の手が迫っている。生木が燃える臭《にお》いがする。道には人が溢《あふ》れている。家財を背負って逃げる者、子の手を引いて走る者、しかし彼らに逃げ場はない。その頭上には容赦なく、真っ赤な火の粉が降りそそぐ。

火種が窓から舞い込んだ。ふわりと空を横切って、古い巻物に着地する。

ぶすぶすぶす……表具の古布が焦《こ》げていく。細くて黒い煙があがる。炎が赤い舌を出し、舐《な》められた古紙が燃え上がる。

しかし誰も気づかない。いや、気づいてはいるのだろう。ただ延焼を防ぐのに手一杯で、ここにまで手が回らない。

調子づいた炎は大きく成長し、ついに巻物を呑《の》み込《こ》んだ。まだ喰い足りぬというように、隣の棚へと舌を伸ばす。羊皮紙が燃える。巻物が燃える。書架《しょか》に並んだ書籍が燃える。炎は棚ごと書物を焼き尽くし、書架から壁へと燃え広がる。

「急げ！」

二階の手すりから身を乗り出し、壮年《そうねん》の男が叫んでいる。黒い長衣、威厳《いげん》のある白い顎鬚《あごひげ》。その姿から、身分の高い学者だとわかる。

「早く！　早く運び出せ！」

学者は汗みずくになって手を振り回している。

「これらの叡智《えいち》は世界の至宝、我らの代で灰にするわけにはいかぬ！」

その命令に従い、学生達が書架から本を取り出している。両手いっぱいに書物を抱え、外へと運び出そうとする。しかし炎のほうが速かった。乾いた書物に火が燃え移る。両手に抱えた書物ごと、学生が炎に包まれる。断末魔の悲鳴。逃げ惑う若者達。書架も壁も炎に呑まれた。もはや手の施《ほどこ》しようがない。この建物が焼け落ちるのも時間の問題だ。

ここにいては命が危うい。

学生達は書籍を投げ捨て、出入り口へと殺到する。

「待て！　逃げるな！」

二階のテラスで学者は拳《こぶし》を振り上げた。

「戻ってこい、痴《し》れ者《もの》が！　戻ってこい！」

だが、その言葉に従う者はもういなかった。

無力な彼を嘲笑《あざわら》うかのように、炎はますます勢いづく。みるみるうちに上階に達し、床を、壁を、書籍が詰まった書架を呑み込んでいく。

「許されない……こんなことが許されるはずがない」

学者は呆然《ぼうぜん》として、燃え上がる書架を見つめた。

「これは叡智の結晶、先達《せんだつ》が積み上げてきた知恵の殿堂《でんどう》だ。我が生涯をかけた研究の成果、我が人生そのものだ。失わせてなるものか！　失われてなるものか！」

血を吐くような怒号《どごう》が炎の中に虚《むな》しく響く。燃える書架、燃える柱、炎が梁《はり》をつたって天井へと到達する。渦巻《うずま》く炎の中に立ち尽くした学者の上に火の粉と灰が降ってくる。それでも彼は逃げもせず、声の限りに叫び続ける。

「おのれ！　知恵を持たぬ野蛮人め！　愚《おろ》か者《もの》よ、恥を知れ！　貴様らが始めた戦争で貴重な叡智が失われるのだ！　知識の価値を知らぬ貴様らの蛮行が人間の歴史を衰退させるのだ！　なんたる悲劇！　なんたる損失！　これで文明は百年以上後退する！」

がくりと両膝をつく。両手で顔を覆ってむせび泣く。

「おしまいだ……なにもかも……もうおしまいだ」

「そのようだな」

低い男の声が応えた。燃える柱と柱の間から、黒い人影が現れる。

黒髪の男だった。若くはないが、年寄りというほどでもない。ボロボロの外套《がいとう》を纏《まと》い、フードを目深《まぶか》に被《かぶ》っている。服は古びて薄汚れ、長靴はすっかりすり切れている。どうやら漂泊の旅人のようだが、語り部の仮面はつけていない。その代わり、右手に黒い石板を抱えている。

彼は指先で石板を撫《な》でた。黒い表面に『73』という数字が表示される。その数字がみるみるうちに減っていく。『73』が『72』になり『71』になり、ついには『70』を切った。

「久しぶりに《知的深度》七十を超えて、臨界にあと二十七まで迫って、これはいけるかもしれないと期待していたんだが」

旅人はゆるゆると首を横に振る。

「この様子ではもう無理だな。立て直すにしても、長い長い年月が必要になる」

彼は天井を見上げた。一部が崩落し、黒煙に覆われた夜空が見える。墨を流したような闇夜の中を飛行船らしき小さな影が横切っていく。

「なぜこうなる？」

目を眇《すが》め、自問するように呟《つぶや》く。

「わずかな土地と食料を奪い合い、戦《いくさ》が起きるのはわかる。町や村が壊されて、人が死ぬのもまだわかる。だが、どうしてもわからない。叡智には敵も味方もない。しかも万人に対して有益だというのに、なぜ人間は書物を焼く？」

真っ黒に焦げた巨大な梁が落ちてくる。炎の壁に阻《はば》まれて学者の姿が見えなくなる。

「……残念だ」

哀れむように目を伏せて、男は深いため息を吐く。

「叡智の図書館へと至る道はまだまだ遠い」

『ALERT!《警告!》』

彼の手元がチカリと光った。黒い石板の上に金色の文字が明滅する。

『Over-Temperature!《耐熱温度超過!》』

「おや?」

それでようやく気づいたように、男は周囲を見回した。

彼は炎に囲まれていた。あたり一面、火の海だった。暴力的な炎の中に立っても燃えなかった彼の服、その外套の裾から黒煙が上がっている。

『Leave!《退避せよ!》』

金の文字が慌ただしく点滅する。

『Leave!!《退避せよ!!》』

それに男が応えかけた時――

轟音《ごうおん》が響いた。石天井が崩落してくる。

吹き上がる炎。夜空を舞う火の粉と土煙。

残されたのは炭と灰。そこに生者の姿はなかった。

＊

真っ白な壁、真っ白な床、真っ白な天井。楕円形《だえんけい》のホールだった。ドーム状の天井に照明は見当たらない。それでいてホールは温かな光で満たされている。

探求せよ　思考せよ
記録に残し　蓄積せよ
人智は力　人智は祈り
叡智こそが至宝なり

円《まる》い天井に歌声がこだまする。男の声、女の声、子供の歌声も混ざっている。ホールを埋め尽くす人、また人。皆、お揃《そろ》いの白い簡素な服を着ている。老いも若きも男も女も天井を見上げて歌っている。恍惚《こうこつ》とした表情で美しい歌声を響かせている。音を外す者はない。調子を間違える者もない。完璧なリズム、完璧なハーモニー。まるで天上の音楽だ。天使達の大合唱だ。

「これは駄目だな」

白い群衆を眺め、旅人は呟いた。

「本はあるが図書館はない。文字はあるが正しく使われていない」

手元の石板に視線を落とす。黒い石板に『37』の数字が瞬《またた》いている。

「知的深度四十にすら到達していない。これだけの文明を持ちながら脅威的な低さだ」

『Positive.《同意する》』

数字の下に金色の文字が現れる。

『Unity of thought《思想の統一》 = Decline in intelligence《知性の減退》.』

「なるほど」

男は顔を上げ、同じ歌を歌い続ける群衆を見回した。

「多様性は諍《いさか》いを産む。それを回避するために同一化を図ったんだな」

ホールに座した人々、誰一人として同じ顔はない。だが表情はどれも同じだ。うっとりと目を細め、幸せそうに歌っている。そこに自我はない。個性もない。まるで歌う人形だ。画一化された彼らの表情は、美しい歌声とは裏腹に、怖《お》じ気《け》立つほど不気味だった。

「皆が皆、同じことを考えれば争いはなくなるが、自由意志を失った人間は考えることを止めてしまう。そこからは何も生まれない。新しい思考も知恵も生まれることはない。多様性を捨てた時点で彼らに未来はなかったのだ」

『Exactly.《その通り》』

「まったく皮肉な話だな」

探求せよ　思考せよ
記録に残し　蓄積せよ
人智は力　人智は祈り
叡智こそが至宝なり

「『叡智こそが至宝なり』か」

無精髭《ぶしょうひげ》の浮いた口元を歪《ゆが》め、旅人は笑う。

「至言だが、彼らの心には届かなかったようだ」

『It's a shame.《残念だ》』

石板に文字が淡く明滅する。

『It was "wisdom" in name only.《名ばかりの『叡智』だった》』

「そう落ち込むな。まだ次がある」

男は石板を左手に持ちかえた。その表面を右手で撫でる。

「多様性を維持しながら、灰になっていない叡智を探そう」

*

その部屋は薄暗かった。窓はなく、空気は乾燥していた。石造りの壁と床、天井から吊《つ》られた鉄の輪には輪切りにした木の幹が置かれている。そこに生えた茸《きのこ》が青白い光を放っている。

奥の壁には立派な鎧《よろい》を身につけた男の肖像画が飾られている。その両側には書架があり、革装の書籍がぎっしりと詰まっている。しかしそれを閲覧《えつらん》する者は絶えて久しい。どの本も一様に分厚い埃《ほこり》を被っている。

書架を埋め尽くす書物。それは闇に葬られた歴史書だった。読まれることなく忘れられていた書籍を、白く嫋《たお》やかな手が引っ張り出した。

黒髪の女だった。埃まみれの文書館には不似合いな見目麗《みめうるわ》しき貴婦人だった。彼女は丁寧に本の埃を払い、肖像画の前にあるテーブルに置いた。木の椅子に腰掛け、その表紙を開いた。一字一句を見落とすまいとして、丹念に読み解いていく。

「なかなか立派な書庫だな」

柱と柱の間から、するりと旅人が現れる。高い天井を見上げ、興味深そうに光る茸を眺める。

彼の手元で石板が光った。

『Intellectual depth《知的深度》……82！』

その表面には燦然《さんぜん》と金文字が輝いている。

『That's a great number《素晴らしい数値だ》！』

「……確かに」

男は書架を見回した。

「これだけの書物が焼かれずに残っている。それだけでも賞賛に値する」

『High expectations!《期待大！》』

石板に金文字が踊る。

『Let's wait and see《しばらく様子を見よう》！』

「おい、あんた！」

不意に声が聞こえた。年配の女の声だった。

「そげなところで何をしているだか！」

咄嗟《とっさ》に旅人は書架に隠れた。抱きかかえた石板に小声で問いかける。

「俺達の姿は見えないはずだよな？」

『That should be it.《そのはずだ》』

「コンのネズミ野郎がぁ！　何をコソコソしているだか！」

書架の間に一人の女が現れる。固太りした年増《としま》女だ。

「見慣れねぇカッコだな？　いったいどこのどいつだか？」

見えるはずがない。なのに女はずかずかと彼に近づいてくる。

旅人は目を剥《む》いた。

視《み》えている。なぜかはわからないが、この女には俺達が視えている。

『No way！《やばい！》』

石板が慌ただしく金の文字を明滅させる。

『Don't touch！《接触不可！》』

接触すれば世界に影響を与えてしまう。言葉を交わすことはもちろん、存在を知られただけでも掟《おきて》に抵触してしまう。

「逃げるぞ！」

『Positive！《同意する！》』

石板を持った男は影となって、書架の合間に体を滑り込ませた。

＊

清々《すがすが》しく晴れ渡った冬の空。青くそびえ立つ山は純白の雪冠《ゆきかむり》をいただいている。冬枯れた林、青き湖、さらに下ったところに町がある。南北を横切る水路。水路にかかる赤い橋。小道に並んだ木造家屋。その屋根には雪が積もっている。

町の中央には広場がある。広場には滝がある。どどう、どどうと音を立て、流れ落ちる滝からは、もうもうと湯気が上がっている。

広場には大勢の人が集まっている。その中央にはふたつの人影。一方は黒服の男、もう一方は松葉色の衣を着た女だ。

二人は言い争いをしていた。お世辞にも和《なご》やかとは言えない雰囲気だった。しかし彼らが手にしているのは杖《つえ》だけだ。武器は持っていない。

「あの二人――」

旅籠《はたご》の屋根の上から、旅人は広場の二人を指さした。

「諍いを話し合いで解決しようとしているように見えないか？」

『I agree《確かに》.』

『Interesting《興味深い》.』

石板に金文字がゆっくりと瞬く。

その下に表示された数値は『33』。

「学舎《まなびや》らしきものはあるが、識字率は高くない。書物庫はあるが、閲覧は一部の者にしか許されていない。知的深度もまだまだ低いな」

『But it's very possible.《だが大いに可能性はある》』

「しばらく様子を見るか？」

『Positive.《同意する》』

「では――」

旅人は外套のフードを頭から外した。もつれた黒髪をくしゃくしゃとかき回す。

「まずは風呂だな」

『???』

「しばらく様子を見るんだろう？」

彼は服の襟元《えりもと》を引っ張った。

「幸いなことに、ここには温泉があるらしい。しばらくここに留まるのなら、一風呂浴びてきても差し支えないだろう？」

『Unnecessary.《必要ない》』

「俺は造形が複雑なんだ。お前のように丸洗いしてさっぱりというわけにはいかない。細部に入り込んだ煤《すす》や埃を落とすには風呂に入るのが一番だ」

それに――と言って、顎を撫で回す。

「爪も切りたいし、髭も剃《そ》りたい」

『Reject!《却下する！》』

ペカペカと金文字が瞬く。その下に太い赤文字が現れる。

『Discovery! Intellectual depth 90!《発見！知的深度》 Go immediately.《ただちに向かうべし》』

「知的深度九十？」

旅人は眉根を寄せた。

「どこだ？　初見の場所か？　初めて観測するにしては異様に高いな。何かの間違いじゃないのか？」

『Negative!《否定！》』

金の矢印が空を指す。

『Go immediately!《ただちに向かうべし！》』

それを見て、旅人は不満げな呻《うめ》き声《ごえ》を上げた。

「一風呂浴びてからでもいいだろう？」

『Negative!《否定！》』

金文字が一回り大きくなった。

『Go immediately!!《ただちに向かうべし!!》』

「……人使いが荒い」

『That's my job.《それが仕事だ》』

金文字が消え、石板の上に一枚の写真が表示される。

白い砂漠に立つ白い塔。六角錐《ろっかくすい》の胴体には太い鎖が巻き付いている。
その写真に被せるように、意気揚々と現れる金文字――
『Let's go to the library of wisdom!《行こう叡智の図書館へ！》』
それに応えるかのように、蒼天に雷鳴が響き渡った。

叡智《えいち》の図書館。それは時間にも空間にも支配されない万智《ばんち》の殿堂。無限に等しいその書架《しょか》には、古今東西の知識と思想、ありとあらゆる生命の記憶と歴史、この世に存在する思考のすべてが記録されているという。

叡智の図書館。そこに至りし者は森羅万象《しんらばんしょう》に通じ、神に等しい力を手に入れる。

そんな伝説を信じ、多くの者達がその探索に財産と人生を費やした。ある者は「それは陽炎《かげろう》の彼方《かなた》、灼熱《しゃくねつ》の砂の海にあり」と、流砂《りゅうさ》渦巻く大砂漠へ旅立った。またある者は「それは水平線の彼方、大海原の最中にあり」と、荒波が牙《きば》を剝《む》く大海洋へと出帆《しゅっぱん》した。が、答えを得て、帰還した者はまだいない。

叡智の図書館。それは実在するのか。はたしてどこにあるのか。どうすれば辿《たど》り着けるのか。答えられる者は誰もいない。

それでも神に至る術《すべ》を求め、旅に出る者は後をたたない。

# 第一問

*The Library of Wisdom and Ten Riddles*

そこに音はなかった。

風もなく、色彩もなかった。

大地は砂に埋もれている。どこまでも続く巨大な砂漠。その砂は白い。乾いた骨のように白い。空は暗く、灰色に淀《よど》んでいる。太陽も月も見えない。時間も場所も、方角さえもわからない。

そんな死の砂漠を一人の旅人が歩いていく。

擦《す》り切れた古い長靴、汚斑《しみ》だらけの外套《がいとう》、目深《まぶか》に被《かぶ》ったフードの下、無精鬚《ぶしょうひげ》に覆われた顎《あご》がある。陽に灼《や》けた肌、突き出した頰骨《ほおぼね》、黒い前髪の隙間からは、消し炭《けずみ》色の双眸《そうぼう》が覗《のぞ》いている。目尻には細かな皺《しわ》が刻まれているが、その目は鋭気に満ちている。

巨大な砂丘を登り切り、そこで男は足を止めた。地平の彼方《かなた》に目を凝《こ》らす。見渡す限り、白い砂丘が連なっている。まるで押し寄せる波頭、真っ白な砂の海だ。

その中に何かが建っている。天を突くほどの高さはないが、見逃してしまうほど低くもない。岩石ではない。土塊《つちくれ》でもない。それは無機質な白い塔だった。

旅人は手元に視線を落とした。右手に携えた黒い石板。その表面には金色の文字が浮かんでいる。

『Found.《見つけた》』

男は小さく頷《うなず》いた。砂粒を蹴散《けち》らしながら白い砂丘を滑り降りる。疲れを知らぬ足取りで、さらにいくつかの砂丘を越える。

塔は砂漠の直中《ただなか》に建っていた。六つの平面を持つ六角錘《ろっかくすい》、頂点近くには回廊らしき張り出しがあり、六角形の屋根が載っている。白い胴には幾重《いくえ》にも太い鎖が巻かれている。一つの輪が人の頭ほどもある巨大な鎖だ。窓も装飾もない。出入り口は真っ赤に錆《さ》びた鋼鉄の扉だけだった。

扉の前に白い人影があった。ほっそりとした顎、すらりと通った鼻筋、閉じられた瞼《まぶた》、繊細《せんさい》な睫《まつげ》が白い頬に影を落としている。緩やかな衣に包まれた身体は、抱き寄せればしっとりと柔らかく、息吹《いぶき》や鼓動さえ感じられそうに思える。が、彼女は人ではなかった。それは白磁の肌を持つ乙女の彫像だった。

彫像は銀の槍《やり》を抱いていた。刃の根元には宝玉が埋め込まれている。槍の穂先は三日月のように研ぎ澄まされている。この乙女像は守り神、塔の守人《もりびと》であるらしかった。

男は足を止め、眼前の塔を仰《あお》ぎ見た。

「どうだ？」

軋《きし》んだ声で尋ねる。それに呼応するように、石板の表面に金色の文字が現れる。

『This is it.《これだ》』

旅人は石板を抱え直した。塔に向かい、用心深く歩き出す。あと数歩の距離まで近づいた時だった。前触れもなく彫像が動いた。滑《なめ》らかに槍を一閃《いっせん》し、切っ先を旅人に向ける。

「汝《なんじ》に問う」

影像が言葉を発した。冷たくて抑揚《よくよう》のない声だった。白い瞼は閉じられたまま、唇も表情も動かない。

「回答の機会は一度きり。逃亡すれば頭を落とす。答えなければ首を削《そ》ぐ。答えを間違えれば心臓を貫く」

「待ってくれ」旅人は両手を挙げた。「武器は持っていない。争うつもりもない。まずは穏便に話をしよう」

影像は応じなかった。鋭い刃先を突きつけたまま、「逃げるか、死ぬか、答えるか。十秒以内に決定せよ」と宣言し、秒読みを開始する。

「聞く耳持たず、か」

旅人はため息を吐いた。「どうする？」と黒い石板に問いかける。

『Try.《試みる》』石板の上に文字が瞬《またた》く。

「だが干渉は掟《おきて》に反する」

『This is a game.《これはゲーム》 Not interference.《干渉ではない》』

「詭弁《きべん》だな」

『No time to argue.《議論している時間はない》』

秒読みは、残り二秒になっていた。

やれやれと呟《つぶや》いて、男は彫像に向かって両腕を開いた。

「承知した。お前の問いに答えよう」

「汝に問う」間髪を容《い》れず、彫像は言った。「終わりなき夜に生まれし者。光を知らず、色を知らない。しかしながら世界を見たい、知識を得たいと欲するのは何故か」

『Searching…』《検索中……》

石板に金色の文字が明滅する。旅人は無言でそれを見守っている。彫像の乙女は微動だにせず、彼に槍の穂先を向けている。

『Completed：Play.』《検索完了再生》

石板の表面に、雪を被った険峻《けんしゅん》な山々が映し出される。裾野《すその》に広がる暗い森。剝《む》き出しの岩肌。灰褐色の崖。そこに何かがいる。何かが蠢《うごめ》いている――

◀

アハートは《戦士》だ。身体は大きく、力も強い。そんな彼女も、かつては《労働者》だった。保育所を出て最初に就いた仕事は、他の子供達と同じ《穴掘り》だった。

シビル一族が暮らす巣穴は広い。育児部屋も仕事部屋も、倉庫も運動場も充分にある。それでも巣穴を拡張し続けるのは、新たな餌場《えさば》を探すためだった。

幼い頃からアハートは鼻が利いた。どちらに巣穴を広げれば食料が見つかるのか、鼻で探り当てることが出来た。芋の群生。甘い樹液が出る根。多くの餌場を発見したことで、彼女は他の《労働者》からも一目置かれるようになった。食料の割り当ても多くなり、アハートはすくすくと大きくなった。

次に就いた仕事は《外回り》だった。真夜中に巣穴を出て、木の実や果物を採りに行くのだ。森は危険に満ちている。鋭い牙《きば》を持つ狼《おおかみ》は群れをなしてシビルを狩る。熊に襲われたら一撃で命を取られる。獰猛《どうもう》な肉食獣にとって、シビルは脆弱《ぜいじゃく》な獲物だ。見つかれば狩られる。捕まれば喰われる。

だが巣穴の外には狼や熊よりも、もっと恐ろしいものがいる。その話をしてくれたのは《教育係》のフォスだった。

「いいかい、アハート。昼の間はね、決して巣穴から出ちゃいけないよ」

フォスは低く不気味な声で言った。

「昼の森には《悪鬼《あっき》》が出る。奴《やつ》らは凶暴で、血が大好きで、食べもしない獲物まで殺す。そのくせとても狡賢《ずるがしこ》くて、あたし達の言葉を真似《まね》る。温かくて快適な巣穴に入り込むために、仲間のふりをして近づいてくるんだよ」

まだ子供だったアハートは、それを聞いてぶるぶると震えた。

「じゃあ、どうすればいいの？　どうやって仲間と《悪鬼》を区別すればいいの？」

「簡単さ。《悪鬼》の息はとっても臭《くさ》い。鼻がひん曲がるほど臭いんだ。水浴びしても、花で飾っても、誤魔化《ごまか》しきれるもんじゃない」だからねと言って、フォスはアハートの鼻をつついた。

「怪しい奴がいたら、まず臭《にお》いを嗅《か》いでみるんだ。もし《悪鬼》なら、そいつはビックリするほど臭いはずだよ」

シビル一族は《悪鬼》を恐れた。そのため巣穴から出るのは夜の間だけと決められていた。森に棲《す》む肉食の獣はほとんどが夜行性だ。夜の森で食料を探すのは、まさに命懸けの仕事だった。

初めて巣穴から出た時、アハートは震えが止まらなかった。肉食獣や《悪鬼》に出くわすことを想像するだけで、恐ろしくて吐き気がした。けれど、ここでも彼女の鼻が役に立った。アハートは危険な臭いを嗅ぎ分けた。肉食獣の接近をいち早く察し、素早く巣穴の中へ逃げ込むことが出来た。

心に余裕が出来てくると、少しずつ外に出ることが楽しくなってきた。森は刺激と魅力に満ちていた。新鮮な草の匂い、芳《かぐわ》しい花の香り、木の幹に滲《にじ》む甘い汁、しりしりと青葉を囓《かじ》る芋虫《いもむし》、野鼠《のねずみ》達が鳴き交わすキチキチという警戒の声、がさがさと茂みを揺らして走り去る兎《うさぎ》。

雨の夜は特に素晴らしかった。雨粒が木の葉を打つ音、水滴が水溜《みずた》まりに落ちる音、それらに耳を傾けながら雨の中に佇《たたず》んでいると、自分がどこにいるのかわからなくなってくる。身体がどんどん希薄になって、空気に溶けていくような気がする。そんな不思議な感覚が、アハートは大好きだった。

楽しいことは他にもあった。アハートは食べ物の匂いを嗅ぎつけるのが得意だった。食料を求め、他の《外回り》が地面を這《は》い回っている間に、彼女はいとも容易《たやす》くそれらを見つけ出すことが出来た。甘酸っぱいツブモモの実、芳《かん》ばしいカワグリの実、埃臭《ほこりくさ》いホホキノコ、黴臭《かびくさ》いマルキノコ、アハートの籠はすぐにいっぱいになった。採り切れない分は彼女の胃袋に収まった。巣穴を出るたび、アハートは果物や木の実を腹一杯に食べることが出来た。彼女が他の《労働者》より大きく育ったのは、このつまみ食いのせいかもしれない。

やがてアハートは《労働者》から《戦士》へ格上げされることになった。女王様から《戦士》の証《あかし》である骨の剣を与えられ、仲間達からも手厚い祝福を受けた。嬉《うれ》しくて、誇らしくて、彼女は胸がいっぱいになった。

けれど、もう巣穴の外に行くことは出来なくなるのだと思うと、さみしくもあった。《戦士》の仕事は巣穴を守ることだ。交代で巣穴の出入り口近くに立ち、昼も夜も見張りを続けなければならない。

巣穴には出入り口が三つある。一つめは水の口。その名の通り、水を汲《く》むための出入り口で、滝の裏側に向かって開かれている。二つめは西の口。これは畑のすぐ傍《そば》にある。口の近くには貯蔵庫があるため、鼠や兎、時には蛇や狐《きつね》も入ってくる。これらを捕らえ、《調理係》に渡すのも《戦士》の仕事の一つだ。三つめの東の口は、森に向かって開いている。《外回り》が外に出るために使うのもこの口だ。東の口は大きく、道幅も広い。そのため、蔦《つた》を編んだ《蓋《ふた》》を閉じていても、危険な肉食獣達の侵入を完全に防ぐことは出来なかった。

「獣が巣穴に侵入してきたら、《戦士》は力を合わせてこれと戦う」

先輩《戦士》のネイトは言った。

「相手が野犬や狐ならば退治することも可能だ。狼や猪《いのしし》の場合は盾《たて》で道を塞《ふさ》ぎ、声と剣で脅して追い払う。最悪なのは腹を空《す》かせた熊だ。退治出来るような相手ではないし、盾で道を塞いでも突き破られる」

ネイトの声は渋く、その髪からは乾いた血の臭いがした。それは《戦士》の臭いだった。アハートは剣の柄《つか》を握り締め、おずおずと問いかけた。

「では、どうするのです？」

「命懸けで戦うのだ。傷つき倒れ、真っ先に喰われることで、仲間達が巣穴の奥に逃げ込むための時間を稼ぐのだ」

それが《戦士》の心得だとネイトは言った。それを聞いてアハートも覚悟を決めた。たとえ自分が死んでも、女王様や王様や一族の仲間達が助かるのならそれでいい。死ぬのは怖い。けれど《労働者》として穴を掘ったり、芋や茸《きのこ》を育てたり、子供の世話をして生きるより、《戦士》として仲間を守って死ぬ方が、自分の性には合っている。

アハートは《戦士》として勇敢に戦った。野犬と渡り合い、狼の群れを撃退し、いくつもの傷を負った。傷口が腫《は》れて熱を出し、生死の境を彷徨《さまよ》ったこともある。《戦士》達は次々と死んでいった。彼女に《戦士》の心得を説いたネイトも死んだ。それでもアハートは臆《おく》することなく戦い、そして生き延びた。そんな彼女のことを、仲間達は《誰よりも強くて勇敢な戦士》と呼ぶようになっていた。

そんなある日。アハートはいつものように東の口で見張り番をしていた。《蓋》の向こう側から雨の匂いが漂ってくる。まだ雨音は聞こえないが、そのうち降ってくるだろう。

アハートは密《ひそ》かにため息をついた。雨の降る夜は森に出たくてたまらなくなる。しかし持ち場を離れるわけにはいかない。責任ある《戦士》が自由気ままに森に遊びに出ることなど許されない。

やがて夜は更け、交代の見張り番がやってきた。アハートは自分の塒《ねぐら》に戻ろうとして、途中で気が変わった。彼女は西の口へと向かった。その近くには使われなくなった倉庫があった。倉庫の天井には小さな通気口があり、そこから雨が吹き込んでいた。

アハートは通気口の下に立った。顔を上げると頬に水滴が当たった。したしたしたと雨音が響く。湿った土と濡《ぬ》れた草の匂いがする。久しぶりに味わう雨の気配。冷たい夜の空気を胸一杯に吸い込むと、怒りにも似た感情が湧き上がってきた。外に出たい。大声で叫びたい。雨の中を走りたい。そんな衝動が込み上げてくる。

「これはいったい何だ？」

アハートは戸惑《とまど》い、自分の胸を押さえた。

「私はどうしてしまったんだ？」

その時、遠くから足音が聞こえてきた。誰かが廊下を歩いてくる。見回りの《戦士》にしては軽すぎる。それにこの香り。花蜜《はなみつ》のような芳しさ。これは女王様の匂いだ。けれどこの時間、女王様は寝室でお休みになっているはずだ。いったい誰だろうとアハートは耳をすませた。謎の足音は近づいてきて、倉庫の前で止まった。

「久しぶりですね、アハート」

名を呼ばれ、アハートは驚いた。聞いたことのない声だった。女王様ではない。若い男の声だった。

「お前は誰だ？」

「わかりませんか？　まさか僕のこと、忘れてしまったんですか？」

「すまない。忘れた」

アハートが素直に謝ると、若い男はくすりと笑った。

「僕はロウ。貴方《あなた》に助けて貰《もら》った《森の子供》です」

「ああ！」小さく叫んで、アハートは手を打った。「私が拾った森の子か！」

まだアハートが《外回り》だった頃。巣穴から離れた森の中で、泣いている子供を見つけた。その子は寒さに凍え、ひどく腹を空かせていた。迷った挙げ句、アハートは彼を巣穴に連れ帰った。自分の食事を分け与え、自分の寝床で休ませた。そうして彼の体力が回復するのを待ってから、《穴掘り》のところに連れて行った。

その子供がロウだった。最初は彼の様子が気になって、暇さえあれば会いに行った。けれど《戦士》になってからは足が遠のいて、会う機会もなくなっていた。

「そうか。声変わりしたんだな」

アハートはロウの肩口に顔を寄せ、首筋の匂いを嗅いだ。

「匂いまで変わっている。まるで女王様みたいな匂いがする」

「毎晩女王と同衾《どうきん》していますからね。匂いが移ったのでしょう」

「ということは、まさかお前——」

「そうです。僕、王に選ばれたんです」

驚きのあまり、アハートはひっくり返りそうになった。王様は女王様の次に特別な存在だ。その役目は女王と子を生《な》すこと。それに尽きる。王は働く必要も戦う必要もないが、女王の寝室から出ることは許されない。ましてや危険な出入り口に近づくなど、あってはならないことだった。

「何をしに来た？　とっとと寝室に戻れ——じゃなかった。陛下、早くお部屋にお戻り下さいませ」

「見逃して下さい」ロウは深いため息をついた。「寝室は空気が悪くって、息が詰まるんです」

その気持ちはアハートにもよくわかった。こんな雨の降る夜に巣穴の奥に閉じ籠《こ》もっているなんて、考えただけでも気が滅入る。

「では少しだけですよ？」

「その口調、やめてくれませんか？　貴方に畏《かしこ》まられると背中がむず痒《がゆ》くて仕方がない」

そう言って、ロウはクスクスと笑った。

「貴方は僕の救い主です。今まで通り、偉そうにしていて下さい」

「私は偉そうになどしていないぞ」

「そうそう、アハートはそうでなきゃ」

ロウは倉庫に入り、通気口の下に立った。アハートは彼の隣に立ち、雨の音に耳をすませた。

吹き込んでくる雨が二人の髪を濡らしていく。彼らは黙って立っていた。長い間、黙って雨音を聞いていた。

「気持ちのいい夜だ」とアハートは呟いた。

「そうですね」とロウが応じた。「こんな夜は、昔のことを思い出します」

「昔のこと？」

「この森に捨てられる前、僕はカリッサで暮らしていたんです」

「カリッサ？　別の巣穴か？」

「カリッサは森の外にある街の名前です」

「なんだって⁉」

素《す》っ頓狂《とんきょう》な声でアハートは叫んだ。

「森の外には《悪鬼》がいるんだぞ。お前、《悪鬼》と一緒に暮らしていたのか？」

「違います。森の外にいるのは《悪鬼》ではありません。彼らは――」

そこでロウは言葉を切った。小さく咳《せき》をしてから、改めて切り出した。

「実は僕、ずっと前から、貴方に訊《き》きたいと思っていたことがあるんです」

「何だ？」

「貴方はどうして僕を助けてくれたんですか？」

「いい匂いがしたからだ」その時のことを思い出し、アハートは微笑《ほほえ》んだ。「最初は《悪鬼》が子供に化けているのかと思った。だが、お前からはいい匂いがした。懐かしいような、胸が苦しくなるような、腹の底がむずむずするような匂いがした。臭くないなら《悪鬼》じゃない。《悪鬼》じゃないなら捨て置けない。だからお前を連れ帰った」

「それだけですか？」

「それだけだ」自信たっぷりにアハートは答えた。「私は叱られず、お前も追い出されなかった。つまり私の判断は正しかったということだ」

「相変わらず大雑把《おおざっぱ》ですね」

呆《あき》れたような声で言い、ロウは笑った。

通気口から外気が吹き込んでくる。雨は冷たく、風は湿っている。下草をかき分けて鼠が走り回る音がする。梟《ふくろう》が空を横切って飛ぶ音がする。

「そろそろ部屋に戻ります」

寂しそうなロウの声。それにアハートが応じかけた時、彼は思い切ったように続けた。

「また貴方に会いに来てもいいですか？」

「いいわけないだろう」

険しい声でアハートは言った。王様は女王様のものだ。アハートのような雌の《戦士》が気易く会っていい相手ではない。

けれど、ロウは引き下がらなかった。

「僕、待ってますから。明日の夜も、同じ時刻にここに来ますから」

そう言うと、答えも待たず、彼は倉庫を出て行った。

翌日。見張り番を交代すると、アハートは自分の塒に戻った。あの倉庫には行かなかった。ロウに会いたくなかったからではない。掟を破りたくなかったからだ。もしロウと会ったことが女王様に知れたら、アハートは巣穴から追い出されてしまう。ロウのことは嫌いではない。けれど優先すべきは彼ではなく、女王様への忠誠であるべきだ。

数日は何事もなく経過した。ロウと再会したことも、約束をすっぽかしたことも記憶から薄れ始めた頃。アハートはあの匂いを嗅いだ。間違えようのない独特な薫《かお》り。それはロウの匂いだった。

「おはよう、アハート」

爽《さわ》やかに挨拶《あいさつ》するロウに向かい、アハートは牙を剝いた。

「何をしに来た！」

場所は東の口のほど近く、しかも夜明けが間近に迫っている。

「ここは危ない。早く寝室に戻れ！」

「そう邪険にしないで下さい。一緒に食べようと思って、蜜餅《みつもち》を持ってきたんです」

アハートは息を吞《の》んだ。蜜餅はご馳走《ちそう》だ。年に一度、口に出来るかどうかもわからない。ロウが包みを解くと甘い蜜の匂いが漂った。誘惑に負け、アハートの腹がグウと鳴る。

「こ、今回だけだ」低い声で彼女は言った。「食べたらすぐに戻るんだぞ？」

「わかってます」

ロウは床に座った。アハートもその隣に腰を下ろした。彼らは蜜餅を分け合った。一口一口噛《か》みしめて、ゆっくりと甘露《かんろ》を味わった。

食べ終わると、ロウは立ち上がった。

「また遊びに来ますね」

「二度と来るな、馬鹿」

そう言ったはずなのに、ロウは次の日も、そのまた次の日もやってきた。

「いい加減にしろ！」

大雑把なアハートも、さすがに笑っていられなくなった。

「こうも毎日、会いに来られては迷惑だ！」

「迷惑なのはわかっています」

でも――と言い、ロウはアハートの手を握った。

「僕はアハートが好きなんです」

「好き？」

それは食べ物や、仕事や役割に対して使う言葉だった。それ以外の使い方をアハートは知らなかった。

「お前、私を食べたいのか？」

「違います。好きというのは、貴方と子を生したいという意味です」

「馬鹿を言え。子を産むのは女王様だけだ」

「でも女王は代替わりします。今の女王だって、先代の女王を殺して王座を簒奪《さんだつ》するまで、貴方と同じ《戦士》だったじゃないですか」

「お前、私に女王になれというのか？」

アハートは顔を歪《ゆが》めた。女王は生涯巣穴の外に出ることなく、子供を産むことだけに専念する。そんなこと、考えただけでも恐ろしい。

「繁殖は私の仕事じゃない。王座になど興味はない。私は《戦士》だ。巣穴が危険に晒《さら》されたなら身を挺《てい》して仲間を守る。それが《戦士》の心得、《戦士》としての私の誇りだ」

「でも僕は貴方に死んで欲しくない。貴方とともに生きていきたい」

「お前はシビル一族の王だ。そんなこと言うもんじゃない」

「貴方こそ、一族のことよりも自分のことを考えて下さい」ロウはいっそう強く、彼女の手を握りしめた。「アハート。僕と一緒に逃げましょう」

その瞬間、鼻の奥に雨の匂いが蘇《よみがえ》った。

雨の夜、森の中で、アハートは繰り返し考えた。森の向こうには何があるのだろう。どんな世界が広がっているのだろう。たとえそこにあるのが《悪鬼》の世界でもいい。一度でいいから森の外に出てみたい。けれど——

「逃げてどうする。外には獣がいる。《悪鬼》もいる。この巣穴を離れては、とても生きていかれない」

「それは嘘《うそ》です。貴方達をここに繋《つな》ぎ止めるための方便です」

「だとしても、私には出来ない。仲間達を裏切ることは出来ない」

アハートはロウの手を振り払った。

「こんな話、もう二度とするな」

ロウが息を呑むのがわかった。雨の匂いがして、彼が泣いていることに気づいた。アハートも泣きたくなった。けれど彼女は涙を堪《こら》え、わざと厳しい声音《こわね》で言った。

「もう会いに来るな」

「アハート、貴方は騙《だま》されているんです。外に出れば、この状態がいかに異常であるか、貴方にだってわかります」

「黙れ」

「お願いです、アハート。どうか僕を信じて、僕と一緒に来て下さい」

「黙れと言っているんだ」

アハートは声を潜《ひそ》めた。右手でロウの腕を摑《つか》み、もう一方の手で彼の口を塞ぐ。

「誰か来る」

甘い蜜の薫り。これは女王の匂いだ。今の発言を聞かれたらロウは殺される。八つ裂きにされて喰われてしまう。足音が近づいてくる。コツリ、コツリと杖《つえ》が地面を打つ音がする。どうか気づかないで欲しい。このまま通り過ぎて欲しい。だがそんなアハートの願いも虚《むな》しく、花蜜の匂いはますます濃くなった。

「久しぶりですね、アハート」

威厳のある声が響いた。女王の声だった。

アハートはその場に跪《ひざまず》き、深く頭《こうべ》を垂れた。

「芳しき我が女王。貴方のご健康を心からお喜び申し上げます」

「ありがとう」

素っ気なく答え、女王は続けた。

「探しましたよ、ロウ」

蕩《とろ》けるように甘い、毒を含んだ声だった。女王の杖が空《くう》を切る。肩を打たれ、ロウはその場に膝をついた。堅い木の杖が幾度も幾度も彼を打つ。喉の奥で押し殺される悲鳴。荒い息づかい。それを聞いていているだけで、アハートは震えが止まらなくなった。やめて下さいと叫びそうになった。

「寝室に戻りなさい」

杖で地面を叩《たた》き、女王は命じた。ロウはよろよろと立ち上がった。足を引きずりながら歩き出す。苦しそうな息づかいが遠ざかる。

それでもアハートは顔を上げなかった。その場に平伏《へいふく》し、女王に首筋を晒し続けた。首の付け根は急所だ。殴打されたら一撃で死に至る。この姿勢は女王への忠誠と服従の証だった。

「アハート」

杖の先でアハートの頭を押さえ、女王は問いかけた。

「なぜロウを追い返さなかったのです?」

「戻るよう申し上げたのですが、聞き届けて貰えませんでした」ひれ伏したままアハートは答えた。「私の力不足です。申し訳ございません。どのような罰もお受けいたします」

「私は罪無き者を罰したりはしません」

頭から杖が離れた。

「顔をお上げなさい」

女王の命《めい》に従い、アハートは顔を上げた。

「貴方に祝福を授けます」

そう言って、女王はアハートの瞼に蜜蠟《みつろう》を塗った。女王様が自らの手で蜜蠟を塗ってくれる。シビル一族にとって、これほど名誉なことはない。なのにアハートは不安になった。骨の剣を賜《たまわ》った時のように、素直に喜ぶことが出来なかった。

「《戦士》アハート。これからも一族を守って下さいね」

女王の声は優しかった。それでいて凍るように冷たく、燃えるような怒りに満ちていた。

不安を押し隠し、アハートは胸に手を当てた。「承知しました」と応え、深々と頭を垂れた。


その翌日のことだった。アハートは東の口の歩哨《ほしょう》に立っていた。《外回り》の子供達を送りだそうと《蓋》を開いた時、彼女は異変に気づいた。血の臭いがする。しかもまだ生々しい。この臭いは肉食獣を呼び寄せる。ただでさえ危険な獣達を、さらに猛《たけ》り狂わせる。

「お前達、今夜は外に出るな」

《外回り》を振り返り、アハートは言った。

「森が騒がしい。《蓋》を岩で固めた方がいい。西の口と水の口に、そう伝えてくれ」

「わかりました！」

まだ幼い《外回り》は、子鼠のように巣穴の奥へと駆けていく。それと入れ違いに、誰かがこちらにやって来た。誰何《すいか》するまでもなく、アハートにはわかった。

「もう会いに来るなと言っただろう」

厳しい声音で彼女は言った。

「ここは危険だ。女王の寝室に戻れ」

「危険なのは貴方の方です」

低い声でロウは言い返した。

「逃げて下さい、アハート。これは女王の罠《わな》です。彼女は貴方を殺すつもりです」

やはりそうかとアハートは思った。女王は強い雌を敵視する。若い雌に女王の座を奪われることを恐れている。そうなる前に女王はアハートを排除しようとしているのだ。

「私は女王になるつもりはない。夜が明けて、脅威《きょうい》が去ったら、きちんと話をつけてくる」

「その前に貴方は死にます。女王は兎を殺し、巣穴の前にその血肉を撒《ま》いたのです。血の臭いに誘われて、もうじき獣達がやって来ます」

そんな馬鹿なことがあるかと思った。女王はシビル一族を守護する絶対的な存在だ。その女王がたった一匹の《戦士》を殺すために、一族を危険に晒すわけがない。

そう思う一方で、どこか納得もしていた。ロウに指摘される前から、薄々は気づいていたのだ。この世界は歪んでいる。私達は騙されている。なのに気づかないふりをし続けたのは、怖かったからだ。《戦士》としての矜持《きょうじ》を失ってしまったら、自分には何も残らない。それを認めるのが怖かったからだ。

「アハート、ここを出ましょう」

ロウが彼女の腕を掴んだ。

「街の者達に助けを求めましょう。彼らは《悪鬼》ではありません。僕らと同じ人間です。中には恐ろしく残酷な者もいるけれど、温かく情け深い者だっているはずです」

アハートの心は激しく揺れた。一度でいい。森の外に出てみたい。外の世界を歩いてみたい。息が切れるまで雨の中を駆け回ってみたい。この願いが叶《かな》うなら死んでもいい。

けれど、今は駄目だ。

「私には出来ない」

「アハート！」

悲しげな声でロウが叫んだ。まるで縋《すが》りつくように、両手で彼女の腕を掴む。

「お願いです。一緒に来て下さい。僕は貴方を失いたくない。こんなところで貴方を死なせたくないんです！」

「もう遅い」

呻《うめ》くようにアハートは答えた。

「熊の匂いがする。すぐそこまで来ている。私が逃げたら大勢の仲間が死ぬ」

「すべては女王が招いたことです。あんな女王のために、貴方が死ぬ必要なんてない！」

「言い合いをしている暇はない」

アハートはロウを押しのけ、腰に巻いた細帯から骨の剣を引き抜いた。

「出来る限り時間を稼ぐ。お前は逃げろ。皆と一緒に奥の間に避難しろ」

その声に獣の咆哮《ほうこう》が重なった。出入り口を塞いでいた《蓋》が破られる。むっとするような獣臭《けものしゅう》、生臭い吐息、のっそりとした重い足音。熊だ。恐ろしく大きな熊だ。

「逃げろ、ロウ」

アハートは熊に突進した。鋭い爪の一撃をかいくぐり、その胸を一突きする。が、分厚い肉が邪魔をして、心臓までは貫けない。

熊が吠《ほ》えた。後ろ足で立ち上がり、荒々しく両前足を振り回す。アハートは剣を引き抜き、床に転がってそれを躱《かわ》した。

「右です！」

ロウの声が聞こえた。咄嗟《とっさ》にアハートは身を捻《ひね》り、左側に転がった。その右肩を熊の爪が掠《かす》める。

「上から来ます！」

彼の声に従い、頭を下げたまま壁際に逃れた。背中に熱い液体が落ちる。熊の涎《よだれ》だ。

「そのまま左に走って外に出て！」

「お前こそ逃げろ！」

剣をかまえ直し、アハートは叫んだ。

「逃げてくれ、ロウ！　早く逃げろ！」

「危ない！」

声とともにアハートは突き飛ばされた。

爪が肉を引き裂く音。ロウが細い悲鳴をあげる。強烈な血の臭いが鼻を突く。

「ロウ！」

返事はない。聞こえるのは熊の鼻息と唸《うな》り声《ごえ》だけだ。熊が前足が振り下ろす。骨の砕ける音がする。アハートの鼻先に生ぬるい血飛沫《ちしぶき》が飛んでくる。

「やめろ！」

剣を両手で握りしめ、彼女は走った。全身の力を込め、熊の首に骨の剣を突き立てる。野太い声で熊が吠えた。身を捩《よじ》り、前足を振り回す。鋭い爪に右肩を裂かれ、アハートは床に転がった。激痛に身体が痺《しび》れる。喰われるのだと思った。いつかはこうなると覚悟していた。それなのに怖くて、恐ろしくて、歯の根が合わない。

「ちくしょう」

倒れたまま、アハートは呻いた。

「ちくしょう、ちくしょうめ……」

弱々しく熊が唸った。ドスンと前足を地に降ろすと、外に向かって歩き出す。ドスドスと地面が揺れる。その足音が遠ざかる。

右肩を押さえ、アハートは上体を起こした。あたりには血の臭いが充満している。

「ロウ……ロウ！」

幾度もその名を叫んだ。

「答えてくれ、ロウ！」

小さな呻き声が聞こえた。アハートは彼に駆け寄った。その身体を助け起こそうとして気づいた。彼からは臓物《ぞうもつ》の臭いがした。それは死の匂いだった。ロウは死ぬ。もう助からない。そう悟った瞬間、瞼の裏側が熱くなった。閉じた瞼の下から、熱い涙が溢《あふ》れてくる。

「行って、アハート」

ロウは言った。その声はひどく弱々しい。

「ここを出て、外に行くんだ」

「ロウ、お前を置いてはいけない」

「置いて逝《い》くのは、僕の方」

彼はかすかに笑ったようだった。

「貴方は森の外に出て……美しい世界を、その目で見て」

「そんなこと、出来るわけがない」

目を開いたら呪われる。光を見たら死んでしまう。だからシビル一族は蜜蠟で瞼を塗り固めるのだ。それを知らないはずはない。なのにロウは掠れた声で懇願する。

「アハート、僕を見て」

ロウの最期の願いだ。呪われたってかまわない。アハートは覚悟を決めた。拳《こぶし》で瞼を擦《こす》った。涙で溶け落ちた蜜蠟を拭《ぬぐ》い、瞼を押し開いた。ぼんやりとした光の中、血塗《ちまみ》れの獣の姿が浮かび上がる。

「僕の顔を覚えていて」

ロウの声で、その獣は言った。

「僕のことを……忘れないで」

彼は瞼を閉じた。

その息が止まり、鼓動が止まった。

喪失の悲しみを奥歯で嚙み殺し、アハートは立ち上がった。

もうここにはいられない。私は目を開いた。私は呪われてしまった。今すぐ出て行かなければ、他の者達も呪われてしまう。

よろめきながら、巣穴を出た。

途端、アハートは光に包まれた。眩しかった。何もかもが眩しく光り輝いていた。若葉の緑、幹の焦げ茶、白々と明ける空の藍《あい》、それらの名前を彼女は知らなかった。色という概念すら知らなかった。けれど、そんなものは必要なかった。呼び名がわからなくても、色という概念を持たなくても、その美しさが損なわれることはなかった。

「きれいだ」

アハートは呟いた。

「ああ……とてもきれいだ」

光を見た者は死ぬ。もうじき私も死ぬだろう。ならば森の外に行きたい。この目で外の世界を見てから死にたい。

彼女は巣穴から離れた。そして森の外に向かって、ゆっくりと歩き出した。


真夜中過ぎ。誰かが家の扉を叩いた。

びっくりして、オスト婆《ばあ》さんは目を覚ました。ベッドの中で息を殺していると、今度はドサリという音が聞こえた。

間違いない。家の外に誰かいる。さては強盗か、それとも近所の悪餓鬼《わるがき》がまた悪さをしにきたのか。一人暮らしの婆《ばばあ》だと思って舐《な》めやがって、今夜こそ目にもの見せてくれる。

オスト婆さんは床に降りた。ベッドの下から、爺《じい》さんの形見のラッパ銃を引っぱり出す。それを胸に抱えると、足を忍ばせて扉に向かった。そっと蝶番《ちょうつがい》を外し、ラッパ銃をかまえ、勢いよく扉を蹴り開ける。

「覚悟しな、この悪党ども！」

ぶっ放そうとして、寸前で思いとどまった。そこには誰もいなかった。暗い夜空を背景に長々と横たわるヴィガ山脈、その裾野には黒々とした森が広がっている。冷たい風が吹き、チリチリと虫が鳴く。深くて暗い、いつもの夜だ。

それでも油断はしなかった。家の周囲を見て回ろうと、銃をかまえたまま外に出る。

一歩、二歩進んで、三歩目に何か柔らかなものを蹴った。

「……ん？」

見れば足元に人が倒れている。長い髪、華奢《きゃしゃ》な手足、泥に塗れているが、どうやら若い娘らしい。それだけでも驚きなのに、娘は素っ裸で、しかも全身血塗れだった。

「あんた。しっかりしな」

婆さんはラッパ銃を地面に置き、娘を助け起こした。右肩が裂けて血が流れ出している。顔は泥だらけで目鼻立ちさえわからない。

「どうした？　何があったんだい？」

「……死だ」

震えながら娘は言った。

「これが死だ。私は死んだ……死んだのだ」

オストは困惑した。言葉はわかるが、意味がわからない。けれど娘の頬に残る涙の筋を見て合点がいった。この娘は悪党どもに襲われたのだ。あの野蛮人どもに恐ろしい目に遭わされたのだ。しかもこんな怪我《けが》まで負わされて、震えが止まらないのも無理はない。

「立てるかい？」

娘を助け起こし、オストは扉を開いた。

「さ、中に入りな。心配いらないよ。誰が来ても、あたしが追っ払ってやるからね」

　オスト婆さんは暖炉《だんろ》に火をおこし、大鍋で湯を沸かした。洗濯盥《せんたくだらい》に湯を張って、その中に娘を座らせる。石鹸《せっけん》を泡立て、娘の髪と顔を洗った。続いて手足と身体を洗い、こびりついた泥と血を洗い流す。すると真っ白な肌が現れた。髪は金色で、瞳は黄色を帯びた赤褐色だった。

「こりゃ驚いた」

　オスト婆さんは目をまん丸に見開いた。

「えらい別嬪《べっぴん》さんが出てきたよ」

　娘の身体には無数の傷や痣《あざ》があった。中でも右肩の傷はひどかった。オストは酒で傷を洗い、軟膏《なんこう》を塗り、布で覆った。男でも悲鳴を上げそうな乱暴な手当てだったが、娘は声一つあげなかった。

　我慢強い子だとオストは思った。そんな娘を見て、流行病《はやりやまい》に奪《と》られた孫娘のことを思い出した。妙に頑固なところもあったけれど、心根の優しい子だった。苦しかっただろうに、最後まで弱音を吐かなかった。もし生きていたら今頃はこの娘と同じぐらいの年齢になっていたはずだ。

「これでよし」

　傷の手当てを終え、娘に膝掛けを羽織らせてから、オストは立ち上がった。

「ちょっと待ってな」

　寝室に行き、自分の着替えを持ってくる。

「これを着るといい。ボロだけど、裸でいるよかマシさね」

　娘は着替えを受け取った。古びた上着を引っ張ったり嚙んだりした後、困惑顔でオストを見つめる。その意味を察し、オストは天井を仰いだ。

「ああ、なんてこったい」

この子は服の存在を知らないんだ。いままでずっと裸で暮らしてきたんだ。まったく、なんて卑劣で恥《はじ》知らずな悪党どもだろう。こんな無垢《むく》な娘を慰みものにするなんて、揃《そろ》って地獄に落ちるがいい！

「こいつはね、こうやって着るんだよ」

オストは娘の手を取って、上着の袖に腕を通した。手取り足取り着せつけて、ようやくほっと息をつく。

「どうだい？　息苦しくないかい？」

オストが尋ねると、娘はおずおず頷いた。

「とても……温かい」

「そりゃあよかった」婆さんはにこりと笑った。「じゃ、暖炉の前に座っておいで。何か食べ物を持ってきてやろう」

婆さんは台所に行き、残り物のスープが入った鍋を持ってきた。それを暖炉の火で温め、木の器によそい、娘に手渡す。

「熱いよ。気をつけてお食べ」

娘はスープの匂いを嗅いだ。おそるおそる器を口に運ぶと、まるで犬のように舌先でスープを舐める。

その顔がぱあっと輝いた。娘は貪《むさぼ》るようにスープを飲んだ。すぐに器は空になった。婆さんは惜しむことなく、おかわりを注いでやった。熱そうに舌を鳴らしながら、娘はそれも平らげた。

「落ち着いたかい？」

オストが問いかけると、娘は恥ずかしそうに頷いた。

「で、あんた。どこから来たんだい？」

「シビルの――」と言いかけて、娘はぐっと唇を引き締めた。右手を伸ばし、窓の外を指さす。

「あの森の奥から」

ヴィガ山脈の裾野に広がる黒い森。その奥地には魔物が棲むという。獲物を地底に引きずり込んではその肉を貪る、恐ろしい魔物がいるという。あの森に迷い込んだら生きて外には出られない。そんな言い伝えを信じ、やんごとない身分の人々は、人前には出せない子供を森の奥に捨てていく。

だがオストは迷信など信じなかった。森で人が消えるのは魔物に喰われたからじゃない。あの森に屯《たむろ》する悪党どもの餌食になったからだ。この娘もその一人。そんな悪辣《あくらつ》な連中の元から、命懸けで逃げ出してきたのだ。

「それで、帰る家はあるのかい？」

「……ない」

空の器を床に置き、娘は頭を垂れた。

「私は呪われた。私は死んでしまった。もう戻れない」

両手でスカートを握り締める。唇を噛みしめ、必死に涙を堪えている。そんな娘が不憫《ふびん》でならなかった。『自分は死んだ』と思い込まずにはいられないなんて、この子は一体どんな目に遭ってきたのだろう。

「じゃあ、ここに住めばいい」オスト婆さんは言った。「行く当てがないなら、ここで暮らせばいい」

「ここで……暮らす？」

娘は驚いたような顔をした。澄んだ目で見つめられ、婆さんは居心地が悪くなった。

「そのかわり、きりきり働いて貰うよ」

目を逸《そ》らし、咳払いをしてから、改めて娘に向き直る。

「あたしの名はオスト。で、あんたは？」

「……アハート」

答えて娘は俯《うつむ》いた。その肩が震えた。膝の上に水滴が落ちた。それは次々に落ちてきて、スカートに丸い染みを作った。息を殺し、声も立てずに泣くアハートを見て、オスト婆さんはつい貰い泣きしそうになった。

「我慢することたない。思い切り泣いちまいな。泣けば少しは楽になる。辛《つら》い出来事も、悲しい思い出も、すべて時間が癒《いや》してくれる」

「違う……違うんだ」

アハートは呻き、両手で顔を覆った。

「悲しいわけじゃない。辛くて泣いているわけじゃない。ただ……私は知らなかったんだ。死がこんなにも眩しいものだなんて、死の世界がこんなにも温かくて、美しいものだなんて、思いもしなかったんだ」

「おかしなことを言う娘だね」

オストはそっと微笑んだ。

「死者は泣かない。スープも飲まないし、寒さも感じない。世界が眩しく、美しく思えるのはね、あんたが生きているからだよ」

アハートは顔を上げ、オストを見つめた。

「……生きて、いる？」

「ああ、そうだ」

彼女の目を見返し、オストは力強く頷いた。

「今、あんたが感じているもの。それこそが、あんたが生きているっていう証拠なんだよ」

■

「見つけた」と、旅人が言った。

「終わりなき夜に生まれし者。光を知らず、色を知らない。しかしながら世界を見たい、知識を得たいと欲するのは何故か」

石板を高く頭上に掲げる。

「答えは『Alive』――お前が生きているからだ」

ビィンという音が響いた。塔に巻きついていた巨大な鎖、その一本が弾《はじ》け飛ぶ。鎖の欠片《かけら》が金の炎に包まれる。白い灰が空を舞い、淡く空気に溶けていく。

『Solve the mystery.《謎を解く》 = Chain is untied.《鎖は解かれる》』

石板に現れた文字を見て、旅人は頷いた。

「そういう仕組みらしいな」

彼の目の前で、乙女像が身じろぎした。ピシピシと白磁の頬が罅割《ひびわ》れる。肌から衣から白い断片が剥離《はくり》する。卵の殻を突き破り、孵化《ふか》する雛鳥《ひなどり》のように、彫像の白い表面を割って、一人の乙女が現れる。薔薇《ばら》色の頬、伸びやかな手足、艶《つや》やかな黒髪を背に払い、乙女は目を開いた。赤みの強い褐色の瞳が、真正面から旅人を見る。

「お前は何者だ」

「俺はローグ」と旅人は答えた。「それと――」と続け、石板を指さす。「これは俺の相棒、《魔法の石板》だ」

石板の表面に『Hello.』の文字が光る。

「俺達は叡智《えいち》の図書館へ至る扉を探して、ここに来た」

「該当する施設は此処《ここ》には無い」

「その塔の知的深度は臨界に達している。叡智の図書館は万智《ばんち》の殿堂だ。その塔は叡智の図書館に繋がっているのだ」

『Exactly.《その通り》』と光る文字。

けれど、乙女は同じ台詞《セリフ》を繰り返す。

「該当する施設は此処には無い」

「守人よ。なぜ隠す。なぜ叡智を封じようとする？」

「答えるに値しない」

「叡智の図書館に至りし者は森羅万象《しんらばんしょう》に通じる。神に等しい力を、無限に等しい知識を、手に入れたくはないのか？」

「答えるに値しない」

「答えるに値しないのではなく、答えを知らないいんじゃないのか？」

彫像であった時と同じく、乙女の表情は変わらない。が、その返答は半秒ほど遅れた。

「答えるに値しない」

「ならば、俺達が答えよう」

爪の欠けた指先でローグは塔を指さした。

「お前の問いに答え、あの塔の縛《いまし》めを解く。十の謎に呼応する、十の物語を手がかりに、十の答えを見つけてみせよう」

そこで咳払いを挟み、小声で続ける。

「言っておくが、これはゲームだ。干渉ではない」

『Good!』《いいね!》

石板に小さな文字が現れる。

『Sounds interesting.』《面白そうだ》

「黙れ」

ローグは石板を指で弾《はじ》いた。石板は黒一色に戻った。それを右脇に抱え直し、彼は左手で自分の胸を指さした。

「無理強《じ》いはしない。決めるのはお前だ。その目を閉じ、再び眠りにつきたいのであれば、その槍で俺を刺し殺すといい」

塔の守人はローグを見つめた。

ゆっくりと二回、瞬《まばた》きをした。

「汝に問う」

乙女はかまえを解いた。槍の石突きを砂上に置き、抑揚を欠く声で言った。

「回答の機会は一度きり。逃亡すれば頭を落とす。答えなければ首を削ぐ。答えを間違えれば心臓を貫く」

「いいだろう」

鷹揚《おうよう》に頷いて、ローグは居丈高《いたけだか》に宣言した。

「残る鎖はあと九本。残る謎はあと九つ。守人よ、次の質問をするがいい」

# 第二問

*The Library of Wisdom and Ten Riddles*

空は重苦しい暗灰色《あんかいしょく》に塗り潰されている。大地は白い砂に埋もれている。色彩はない。生命の気配もない。時間の流れから切り離された砂の大海。そこに六角錘《ろっかくすい》の塔がある。九本の鎖で縛《いまし》められた白い塔が建っている。

「私は生きている。だからこそ世界を見たい、知識を得たいと欲する。しかしながら、知識を正しく活用する術《すべ》を知らなければ、どんな叡智《えいち》も意味を持たない」

淡々とした声音《こわね》で塔の守人《もりびと》は言う。凛《りん》とした立ち姿、麗《うるわ》しい花の顔《かんばせ》の乙女《おとめ》だが、その唇に笑みはない。瞳は硝子《ガラス》のように冷たく、何の感情も映さない。

「ゆえに汝《なんじ》に問う。無限の叡智を活《い》かすもの。知識の活用に不可欠なもの。正道を行く指針となるもの。知恵を行使する目標となるもの。それは何か」

「なるほど……」

ローグはしたり顔で頷《うなず》いた。

「それが二問目、次の鎖を解く鍵というわけだな」

『Do you have an idea?《心当たりがあるのか？》』

黒い石板に質問が浮かぶ。それを見て、ローグはフンと鼻を鳴らした。

「あるわけないだろう」

『I bet it would be so.《だろうと思った》』

「始めたのはお前だ。手がかりとなる物語を探すのも、お前の仕事だ」

彼は石板を弾《はじ》いた。

「頼んだぞ、相棒」

『Roger that.《了解》』

黒い石板に金色の文字が輝いた。

『Searching...《検索中……》』

金文字が明滅を繰り返す。

やがて、その下に新たな文字列が現れる。

『Completed : Play.《検索完了再生》』

石板の表面が揺らめいた。それは透き通った青。泡立つ波と煌《きら》めく海。水平線上には街が見える。薔薇《ばら》色の屋根が光っている。白い壁が輝いている――


海と陸の要衝《ようしょう》、交易《こうえき》都市ペルーレ。

街道には商隊が行き交《か》い、港には世界中から商船が集まってくる。昼は白壁と赤煉瓦《れんが》の屋根が陽光を照り返し、夜には窓明かりと篝火《かがりび》が幻想的に瞬《またた》く。蒼海《そうかい》に咲く麗しのペルーレ。それはこの世の春を謳歌《おうか》する大輪の薔薇だ。

しかし、光あるところには影が出来るという言葉の通り、街が栄えれば栄えるほど、裕福な商人や旅人の懐《ふところ》を狙う不届き者も増えていく。それを憂《うれ》えた領主ベネディト・ペルーレは警邏《けいら》隊を組織し、治安の維持に当たらせた。さらには独自の法を制定し、街の中心に裁判所を築いた。ペルーレ市民にとって公開裁判は見世物だ。兇悪《きょうあく》事件の裁判が行われる日は街中が色めき立つ。裁判所の法廷広間は物見高い市民でいっぱいになる。まるで収穫祭のような大騒ぎだ。警邏兵達は互いに手を繋《つな》ぎ、前に出てくる聴衆を押し戻している。

「どけ！　道を空けろ！」

尊大な声が響いた。押し合いへし合いする傍聴人達を警邏兵がかき分ける。兵に先導されて白衣の老人がやって来る。その後には紅衣を着た六人の元老が続く。彼らは法廷の壇上に登った。中央に置かれた白い椅子、裁判官の席に老人が座る。左右にある赤い椅子には元老達が座る。開け放たれた扉から心地のよい潮風が吹き込んでくる。天井には四角い窓があり、斜めに光が差し込んでいる。白く切り取られた光の中、裁判官は厳《おごそ》かに宣言した。

「只今《ただいま》から裁判を執《と》り行います。法廷内での証言は、教会より遣わされし元老達によって記録されます。よって原告、被告、ならびに証人は、真実のみを口にするように」

理解を求め、法廷内をぐるりと見渡す。

「被告人は出廷していますか？」

「ここにおります」

答えたのは被告人ではなく、紺《こん》色の制服に身を包んだ警邏隊の隊長だった。その足元には縄《なわ》をかけられた子供がいる。後ろ手に縛り上げられ、石床に跪《ひざまず》いている。皺《しわ》だらけのシャツ、泥水が染みついたズボン、裸足《はだし》の足裏は真っ黒に汚れ、踵《かかと》には血が滲《にじ》んでいる。ボサボサに乱れた髪、汗と埃《ほこり》にまみれた頰《ほほ》、力なく俯《うつむ》いた顔には、まだ幼さが残っている。

彼を見て、裁判官はかすかに目を見張った。被告人がまだ子供であることに驚いたようだった。

「警邏長」

呼びかけて、小さく咳払《せきばら》いをした。

「被告人の罪状を述べて下さい」

「承知しました」

警邏長は胸に手を当てた。ぐいと顎《あご》を持ち上げると、おもむろに傍聴人達を振り返った。

「被告人の名はコラール。年齢は十三歳。デフィーニョ工房に身を置く見習い画師《えし》であります」

聴衆がざわめいた。

デフィーニョ工房ってのはアレだろ？　金は取っても仕事はしねぇって噂《うわさ》の詐欺《さぎ》集団だろ？　そうそう、親方は悪名高き『悪党の息子《フィーリョ・ディ・カティーヴォ》』だ。親方がろくでなしなら、弟子もろくでなしってことだねぇ。

「おほん、うぉほん！」

警邏長がこれ見よがしに咳をした。その意を察し、聴衆が押し黙る。警邏長は満足そうに口髭《くちひげ》を捻《ひね》った。

「被告人は貿易商人であるオット・オヴェスト氏の館から、幾度となく金品を盗み出しました。

さらにはオヴェスト氏の使用人を短刀で刺し、殺害せんとしました。ゆえにペルーレの法に則《のっと》り、被告人に死刑を求刑します」

驚愕《きょうがく》の呻《うめ》きと憐憫《れんびん》の嘆息、悲哀の囁《ささや》きが波紋のように広がっていく。

まだ子供だろ、死刑は厳しすぎないか？　人を刺したんだぜ、人殺しが絞首刑《こうしゅけい》になるのは当たり前だよ。やだねぇ、あんな子供が人を殺すなんて、ほんとおっかないねぇ。

「静粛《せいしゅく》に」

裁判官が手を打った。再び法廷に静けさが戻る。

「審議に入ります。証人を呼んで下さい」

「承知しました」

警邏長は部下に合図を送った。警邏兵に手を引かれ、痩身《そうしん》の中年女がやってくる。地味な黒服に身を包み、茶色の髪をきっちりと結《ゆ》い上げている。

「彼女はアルマ・アルドア。オヴェスト家の家令長です。盗難事件に気づいた張本人であり、本件の第一発見者でもあります」

警邏長に促《うなが》され、彼女は証言台に立った。

「よろしく、アルドアさん」裁判官が呼びかけた。「では貴方《あなた》が見聞きしたことを話して下さい」

「畏《かしこ》まりました」

強《こわ》ばった表情で、女は小さく頷いた。

そして第一の証人、アルマ・アルドアは話し始めた。

今より三年ほど前、イルマ様が亡くなられたことは、ご存じの方も多いと思います。イルマ様は聡明な方でした。私どものような使用人にも優しく接して下さいました。奥様のために働けますことを、私は心から誇りに思っておりました。イルマ様を失った悲しみは癒《い》えることがございません。あの頃のことを思い出すだけで、今も涙が溢《あふ》れてきます。

申し訳ございません。つい取り乱してしまいました。

はい、裁判官様。ありがとうございます。大丈夫です。話を続けさせていただきます。

奥様のご葬儀の後、旦那様は使用人達を集めて仰《おっしゃ》いました。「イルマの部屋をそのままにしておきたい」と。私は涙を禁じ得ませんでした。旦那様の願いを叶《かな》えるため、奥様がいらした時と寸分違《たが》わぬ状態を保とうと、常に心を砕《くだ》いて参りました。だからこそ些細《ささい》な違いに気づくことが出来たのだと思います。

最初に違和感を覚えましたのは、花瓶《かびん》の位置でございました。奥様のお部屋には季節の花々を飾ることになっておりまして、毎朝それを生け替えることが私の日課となっておりました。その花瓶の一つ、前日の夜には窓辺に置かれていたものが、翌朝には隣のテーブルに移動していたのです。

この時は、誰かが掃除の際に動かして、そのままにしてしまったのだろうと、深く考えることはしませんでした。けれど翌日、今度は鏡台《きょうだい》の椅子が動かされていることに気づきました。まさかと思い、鏡台の引き出しを開けてみると、そこにしまってあった奥様の指輪がありません。

夜の間に何者かが奥様の部屋に忍び込み、指輪を盗んでいったのです。

私は使用人達を呼び出し、一人一人を詰問《きつもん》しました。けれど、お屋敷で働く者達は旦那様によくしていただいた者達ばかりです。恩を仇《あだ》で返すような不心得者は誰一人としておりませんでした。

となれば、疑うべきは一ヵ月ほど前から屋敷に出入りしている職人達、礼拝堂の壁画を描くために雇われた画師達しかおりません。彼らの仕業《しわざ》に違いない、あの職人が奥様の指輪を盗んだのだと、私は確信いたしました。

ええ、そうです。この少年です。見ての通り、まだ年端《としは》もいかない子供でございます。私は思いました。きっと魔が差したのだろうと。警邏兵に引き渡しては可哀想だと。そこで私は彼に言いました。「今すぐ指輪を返しなさい。もう二度としないと誓うなら、このことは誰にも言わないでおいてあげましょう」と。

そんな私の善意を嘲笑《あざわら》うように、彼は盗みを続けました。奥様が大切にしていた櫛《くし》、真珠《しんじゅ》の耳飾り、翠玉《すいぎょく》の首飾りも盗まれてしまいました。いくら相手が子供でも、もう看過《かんか》は出来ません。

私は事の次第を旦那様にご報告いたしました。

旦那様は「オルカに見張らせよう」と約束して下さいました。でも、この盗人《ぬすっと》を屋敷から追い払ってはくれませんでした。

いいえ、とんでもない。旦那様を責めているわけではございません。ただ私は悔しくて、オルカが気の毒でならないだけでございます。

あの夜、闇に響いた悲鳴に、私は身が凍るほどの恐怖を感じました。しかし私には、お屋敷を守るという責務がございます。そこですぐさま寝台から飛び出し、寝間着のまま礼拝堂へと駆けつけたのでございます。

礼拝堂の床にはオルカが倒れておりました。彼の背には大きな血の染みが出来ておりました。すぐ傍《そば》には、この少年が座っておりました。そして、この子の右手には……ああ、なんて恐ろしい……血染めの懐剣《かいけん》が握られていたのでございます。


アルマは目にハンカチを押し当てた。

「オルカは心の優しい男でした。私が気をつけるよう忠告した時も、『俺はコラールを信じてるから』と言って、笑っておりました」

そこで彼女はコラールを睨《にら》み、甲高い声で叫んだ。

「この悪党！　あんないい人を刺すなんて、恥《はじ》を知りなさい！」

「落ち着いて下さい、アルドアさん」

アルマの肩に警邏長が手を回した。彼女を宥《なだ》めながら、裁判官を仰《あお》ぎ見た。

「デフィーニョ工房の作業場を捜索した結果、画材箱から装飾品が見つかりました。それがイルマ様の持ち物であることは、このアルドアさんが確認してくれました」

そこでアルマに目を戻し、「そうだな？」と問いかける。

「間違いございません」

震える声でアルマは答えた。

「オルカを刺した懐剣も、イルマ様のものでございました」

彼女は被告人の少年に、人さし指を突きつけた。

「この悪党は盗みの現場をオルカに見られたのです。口封じのために、彼を刺し殺そうとしたに相違ありません！」

「ありがとう、アルドアさん」

裁判官は右手を挙げ、証人に下がるよう促した。アルマは証言台を降り、原告席の後ろに回った。

「さて――」

裁判官は両手を組み、上体を乗り出した。

「被告人コラール。イルマ夫人の宝飾品を盗んだのは貴方ですか？　オルカ氏を刺したのは貴方ですか？」

コラールは俯いたまま答えなかった。何かを恐れるように身を縮め、肩を小刻みに震わせている。

「否定しないのであれば、罪を認めたと解釈しますよ」

そんな裁判官の声に、コラールはようやく顔を上げた。罅割《ひびわ》れた唇がかすかに動く。が、漏れるのは吐息ばかりで言葉にならない。そんな自分に絶望したように、彼はがっくりと肩を落とした。

「仕方がありませんね」

裁判官は嘆息した。

「当法廷は、被告人コラールを――」

「お、お待ち下せぇ！」

潰れたダミ声とともに、警邏兵達の手をくぐり抜け、一人の男が転がり出てきた。薄汚れた作業服、乱れた頭髪、無精鬚《ぶしょうひげ》に覆われた厳《いか》つい顔。男は裁判官に向かい、大声で叫んだ。

「コラールはいい子だ。どんなに貧しくたって、人様の物に手を出すようなことはしねぇ。誰かを刺し殺すなんてありえねぇ。これは、なんかの間違いだ！」

俯いていたコラールが、振り返って男を見た。その顔に驚きの表情が広がっていく。

「傍聴人が口を挟むな！」警邏長が一喝《いっかつ》した。「警邏兵、こいつをつまみ出せ！」

警邏兵に両腕を摑《つか》まれ、男は亀のように首を縮めた。厳めしい顔に似合わず、小心者であるらしい。

「お待ちなさい」

裁判官が警邏兵を制した。無精鬚の男を証言台の傍へと手招く。

「貴方は何者ですか？」

「へぇ……あっしはウーゴってモンです」

ウーゴは居心地悪そうに身じろぎし、恐る恐る警邏長を見た。その警邏長にギロリと睨み返され、彼は慌てて目を逸《そ》らす。

「あ、あっしは五年前まで、デフィーニョ工房で働いてたんです。だからコラールのことも、コイツが赤ん坊だった頃から知ってます」

「それは興味深い」裁判官は微笑んだ。「ぜひ聞かせて下さい。貴方が知っている被告人は、どのような人間でしたか？」

「裁判官！」

警邏長が声を張り上げた。

「当法廷は被告人の量刑を問う場所です。被告人の人となりなど関係ございません！」

「私はそうは思いません」

穏やかな声音で裁判官は答えた。

「どのような者が、どのような経緯を辿《たど》り、罪を犯すに至ったのか。それを知ることは重要です。判決を下す助けにもなりますし、犯罪を抑止《よくし》するための貴重な資料にもなります」

そう言われては言葉もない。警邏長は渋々と引き下がった。

「ウーゴ氏を第二の証人と認めます。被告人について、貴方の知っていることを話して下さい」

裁判官に請《こ》われ、ウーゴはおずおずと頷いた。大きな背中を丸めたまま、おっかなびっくり証言台に登る。

「ええ、本当に、言いにくい話なんですけど、それがコラールの助けになるなら、すべてお話しいたします」

そして第二の証人、ウーゴは話し始めた。

コラールは捨て子だったんです。工房の親方フィーゴ・デフィーニョは「作業場の前に捨てられていた」って言ってました。「俺が描いた聖母子像があまりに見事だったから、ここなら面倒見て貰《もら》えると思ったんだろう」って自慢してました。なら教会の前に捨てるだろうって、あっしは思いましたよ。けど言い返しはしなかった。工房では親方が王様、神様みたいなモンですからね。

若い頃のフィーゴ親方は、見栄えのする肖像画を描くって評判の画師でした。しかも色男で口も上手かったから、ご婦人方に贔屓《ひいき》にされて、「肖像画を描いて欲しい」って依頼がひっきりなしに舞い込んできました。

それが一転したのが十三年前。奇妙な噂が流れたんです。「フィーゴ・デフィーニョだ」って。首都ラルゴで強盗殺人を犯し、縛り首になったディーゴ・デフィーニョの父親は、たぶん親方の評判を妬《ねた》んだ誰かの仕業だったんでしょう。噂が本当かどうかなんて、あっしにはわかりません。けど、それに対する親方の対応がまずかった。噂話を口にする連中に、片っ端から喧嘩《けんか》を売って回ったんです。

おかげで体裁《ていさい》を気にする教会からは、一切仕事が来なくなっちまいました。験《げん》が悪いって、肖像画の依頼もグンと減りました。変わらず応援してくれる人達もいたんですけどね。親方はすっかり腐っちまった。ろくに仕事もせず、朝から浴びるように酒を飲み、文句を言えば「嫌なら出て行け」と言われる。これじゃ誰だって納得しません。職人達は一人、二人と辞めていき、しまいにはあっし一人になっちまいました。

え、コラールですか？　あん時のコラールはまだ小さくて、職人どころか弟子ですらありませんでしたよ。けど工房で育ったせいか、幼いながらも気が利きましてね。顔料を砕いたり、膠《にかわ》を混ぜたり、あっしらの作業を手伝ってくれました。職人達はみんな、コラールのことを息子みてぇに可愛がったもんです。

ですからコラールを残して工房を去るのは、あっしにとっても辛《つら》い決断でした。けど、わかって下さいよ。もう我慢の限界だったんです。

「ここを出る。別の工房で職を探す」

あっしがそう打ち明けると、コラールはあっしの服を摑みましたよ。「おれも連れてって」って、「なんでもするから、置いていかないで」って泣きながら頼みましたよ。

「すまねぇ」とあっしは言いました。「あっしには、喰わせなきゃならねぇかかあと娘ッ子がいる。お前を養う余裕はねぇ。だから、ごめんよ。お前を連れてはいけねぇよ」って言いました。

コラールは「わかった」って答えました。「おくさんと娘さん、大切にしてあげてね」と言って、悲しそうに笑いました。それであっしは、後ろ髪を引かれながらも、デフィーニョ工房を去ったんです。

「その後、何度か中央広場でコラールを見かけました。敷石に炭で絵を描いて、小金を稼いでいるようでした。すっかり痩《や》せちまって、顔色も悪くて……可哀想だとは思ったけど、どうすることも出来ませんでした。顔を隠したまま、コイツの帽子に銅貨を投げ込むのが、あっしには精一杯でした」

　ウーゴは目を伏せ、両手を固く握り締めた。

　そんなウーゴに人々は冷たい目を向けた。互いに顔を近づけて、ヒソヒソと囁き合った。

　幼い子供を一人残してくなんて冷たいねぇ。あの子が人を刺したのは、彼に捨てられたからなんじゃないの？　今さら証言台に立ったところで、いったい何になるってんだよ。とんでもない偽善者だよ。

「あ、あんたらは、いっつもそうだ！」

　突然ウーゴが叫んだ。怒りに目を吊《つ》り上げ、傍聴人達を振り返る。

「自分は悪くないって顔をしながら、平気で他人を罵《ののし》りやがる。このお喋《しゃべ》りめ。無責任な人でなしめ。罪を犯したのは親方じゃねぇ。親方は何も悪いことはしてねぇ。それなのに、あんたらはフィーゴ・デフィーニョはフィーリョ《悪党》・ディ《の》・カティーヴォ《息子》だって、面白可笑《おか》しく囃《はや》し立て、親方を駄目にしちまった！」

「いい加減にしないか」

　警邏長が苦々しく遮《さえぎ》った。

「弟子の裁判に姿さえ見せない飲んだくれに同情の余地などない。それに、これはコラールの裁判だ。フィーゴのことは関係ない」

「けど警邏長さん――」

「いいから、もう下がれ」

急き立《せ》てられ、ウーゴは証言台を降りた。彼が被告席の後ろ側に下がるのを待ってから、警邏長は裁判官を見上げた。

「被告人の身の上には私も同情いたします」

誤魔化《ごまか》すように、咳払いを一つ。

「被告人はまだ幼い子供で働き口もありませんでした。飲んだくれの親方の元に一人置き去りにされ、喰う物にも困ったはずです。貧困は人を変えます。当時の被告人は『いい子』であったかもしれませんが、現在も『いい子』であるという証拠はありません。周囲の大人達から見放され、彼は世間を恨んだことでしょう。自暴自棄《じぼうじき》になって悪事に手を染めるようになったとしても、何ら不思議はありません」

警邏長の声が厳しさを取り戻す。裁判官を見上げる眼差《まなざ》しには、任務に忠実であろうとする生真面目《きまじめ》さがある。

「被告人の住まいからは、盗まれた装飾品が発見されております。倒れたオルカ氏の傍で、凶器を手にしている姿も目撃されております。疑いの余地はございません。被告人はオヴェスト氏の親切心を利用して屋敷に侵入し、金品を盗み出し、それを見咎《みとが》めたオルカ氏を殺《あや》めようとしたのです」

「裁判官」

おもむろに原告席の男が手を挙げた。

「発言をお許し願いたい」

豊かな黒髪と整えられた口髭、毛皮の縁取りがついた天鵞絨《ビロード》の上着を羽織っている。その男は貿易商オット・オヴェスト、この法廷の原告人だった。

「発言を許可します」と裁判官が言った。

「ありがとう」

オヴェストは礼を言い、ゆっくりと立ち上がった。

「まず初めに一つ訂正しておきたい。先程の警邏長の『被告人はオヴェスト氏の親切心を利用して屋敷に侵入し』たという発言。あれは正しくない。親切心から悪党を屋敷に招き入れるほど、私は愚かな人間ではない」

警邏長は面食らったように目を瞬《しばたた》かせた。

そんな彼を見て、オヴェストはくすりと笑った。

「私がコラールに仕事を依頼したのは、彼が天賦《てんぷ》の才を持っていたからだ」

オヴェストは前へと歩み出て、証言台の傍に立った。

「コラールは無実だ。私はそれを確信している。裁判官、私に証言させて下さい。私にコラールの弁護をさせて下さい」

「戯《たわむ》れはおやめ下さい！」

警邏長が声を荒らげる。

「原告が被告人の弁護をするなど、見たことも聞いたこともありませんぞ！」

だが、裁判官は鷹揚《おうよう》に頷いた。

「貴方を証人として認めましょう。ですが、オヴェストさん。もし虚偽《きょぎ》の発言をしたならば、私は貴方を偽証罪で訴追《そつい》します。どうかそれをお忘れなく」

「承知した」

オヴェストは証言台に立った。

「私がコラールを見つけたのは半年ほど前だ。第二の証人が話した通り、彼は中央広場の片隅で、敷石の上に絵を描いていた」

そして第三の証人、オット・オヴェストは話し出した。


私の家は三代続く貿易商家だ。幸いなことに大変繁盛している。この商売を成功させるコツがあるとすれば、それは真贋《しんがん》を見極める目を培《つちか》うことだ。自慢に聞こえたら申し訳ないが、私にはそれがある。だからこそ私は貿易商として、成功することが出来たのだ。

芸術に対しても同じことが言える。己の感性だけを頼りに埋もれた才能を発掘し、それを広く世に知らしめる。これほど有意義で心躍る瞬間は他にない。ゆえに私は多くの若者達を支援し、才能ある芸術家達を援助してきた——と、まあ偉そうに言ってはみたがね。私がコラールを見つけたのは、まったくの偶然だった。

帰宅の途中、馬車の車輪が壊れた。替えの馬車を呼ぶほどの距離でもなかったから、屋敷まで歩くことにしたのだ。その途中、通りかかった中央広場で、私は一人の少年を見かけた。彼は木炭の欠片《かけら》を握り締め、一心不乱に絵を描いていた。

石畳に描かれた墨《すみ》一色の聖母子像。それを見て、私の心臓は止まりそうになった。まさに魂を射貫《いぬ》かれた瞬間だった。今まで多くの聖母子像を見てきたが、あれほど深い愛に満ち溢れた絵を、私は見たことがなかった。

「君——」

作業の邪魔はしたくなかったのだが、それでも尋ねずにはいられなかった。

「名前は？」

少年は顔を上げた。茫洋《ぼうよう》とした瞳で私を見て、少し眠そうな声で答えた。

「……コラール」

「絵の描き方を誰に習った？」

「習ったことはない、です。工房のおっちゃん達を見て覚えた……ました」

それを聞いて、私はますます驚いてしまった。これは天恵だ、私は奇跡の瞬間に立ち会っているのだと思い、身が震えるような感動を覚えた。

「もしよかったら、君の作品を見せてくれないか」

「作品はない、です。描いてもすぐ消しちまうから。でないと、親方に怒られるから」

「怒られる？　弟子が絵を描くことを叱る親方がいるのか？」

「お、おれ、床に絵を描くから、そうやって練習すれば、朝には水を撒《ま》いて、洗い流せるから」

つっかえつっかえ語る彼の言葉から、次第に状況が見えてきた。彼は工房で暮らしているが、正式な弟子ではないらしい。絵を練習するため、捨てられた灰の中から炭の欠片を拾って、毎晩工房の石床に絵を描いている。早朝に洗い流してしまえば見咎められることはないし、何度でも描ける。

なんてもったいない話だと思った。このような奇跡を見過ごしてきた自分に腹が立った。私は従者のオルカに紙と木炭筆を買ってこさせ、それをコラールに手渡した。

「これに聖母子像を描いてきてくれないか。出来が良ければ高値で買い取ろう」

「うわぁ、真っ白な紙だぁ！」

コラールは目をきらきらと輝かせた。

「あ、ありがとう、旦那さん。おれ、頑張る。頑張って描いてみる」

一週間後にまた来ると言い残し、私は広場を離れた。

その一週間の長かったこと！

何をしていても、コラールのことが気になった。早く彼の絵が見たくて、待ち遠しくて、まるで仕事が手に着かなかった。

約束の日。私は期待に胸を膨《ふく》らませ、中央広場に向かった。コラールは先日と同じ場所で待っていた。その姿を見て、私は啞然《あぜん》としてしまった。彼の目は落ち窪《くぼ》み、頰はこけ、顔色は死人のように青ざめていた。皹割れた手は真っ黒で、頰や鼻も黒く汚れていた。

「どうしたんだ、その恰好《かっこう》は」

「き、汚くってすみません。おれ、上手く描けなくて、何度も描き直してたら、寝てる暇なくなって……ぎりぎりになって、ようやく仕上がった……です」

そう言って、コラールは木炭画を差し出した。繊細な濃淡で描き出された聖母子像、幼子を見つめる聖母の眼差し、それを見て私は確信したよ、彼は原石だと、天才とはまさに彼のことを言うのだと。

約束通り、私はその木炭画を高値で買い取った。

コラールはひどく驚いていたよ。

「こ、こんなに貰って、いいの？」

「無論だ。君の絵にはそれだけの価値がある」

だから――と言って、私は彼の手を握った。

「君の住まいにキャンバスと絵の具を届けさせよう。それを使って、また聖母子像を描いてくれ」

「けど、描けるかな。おれ、筆も絵の具も使ったことねぇんだ」

「失敗してもいい。弁償しろなんてケチなことは言わん。だから好きに描いてみてくれ」

「……んなら、やってみる」

コラールは頷いた。そして自分はデフィーニョ工房の作業場に住んでいると言い、住所を私に教えてくれた。

デフィーニョ工房のことは私も知っていた。その親方にまつわる良くない噂も耳にしていた。もしかしてコラールは金を持っていないのだろうか。食事さえ出来ずにいるのだろうか。そんな不安が脳裏を過《よぎ》った。このままでは身体を壊す。せっかく見つけた才能をみすみす失いたくはない。そこで私はオルカに命じ、キャンバスと絵の具とともに、服や食べ物も届けさせることにした。

オルカは荷物を工房に届け、渋い顔をして戻って来た。

「どうした？」

私が問うと、彼は眉を顰《ひそ》めたまま答えた。

「デフィーニョ工房に職人の姿はなく、仕事を請《う》け負っている様子もありませんでした。まともな家具もなく、コラールは床で眠っていると言っていました。火の気もなければ食料もない。旦那様が心配なさった通り、ろくに食べていないようでした」

やはりそうかと思った。いっそ屋敷に呼び寄せるべきかとも考えた。だが、それでは彼に警戒される。もし行方をくらまされでもしたら、いくら悔やんでも悔やみきれない。

「オルカ、明日もコラールに食べ物を持って行ってくれないか。絵が仕上がるまでの間、彼が不自由な思いをしなくてすむよう、それとなく様子を見守って欲しいのだ」

「わかりました」

オルカは私の言いつけを守り、毎日デフィーニョ工房に通った。そして工房の周辺で見聞きしたこと、コラールと交わした会話のことなどを、私に報告してくれた。

実を言うと、オルカは少し変わった経歴の持ち主でね。普段から、あまり自分のことを語りたがらないのだ。そんな彼が「俺には芸術のことはわかりません」と言い、「でもコラールが描いた聖母様を見ていると胸が痛くなります」と告白した時には、さすがの私も驚いたよ。

「胸が痛くなる……とは？」

「お恥ずかしい話です」

目を伏せて、オルカは言った。

「彼の絵を見ていると、顔も知らない母のことを考えてしまうのです。このように微笑んでくれる母がいたならば、自分はどんなに幸せだったろうと思い、落涙《らくるい》せずにはいられなくなるのです」

オルカにそこまで言わせる絵とは、いったいどんなものなのか。私はいてもたってもいられなくなった。様子を見に行こうと思ったことも一度や二度ではなかった。それでも私は我慢した。私が工房に顔を出せば、きっとコラールは萎縮《いしゅく》してしまう。私は彼の実力が知りたかった。彼に余計な圧力をかけたくなかったのだ。

一ヵ月ほどが経過した頃、絵が仕上がったという知らせが届いた。私はオルカとともにデフィーニョ工房に向かった。

それは旧市街の片隅にある古い建物の半地下にあった。じめじめと湿った階段を降りていくと、日当たりの悪い、物置のような部屋に出た。オルカから聞いていた通り、まともな家具も寝台もなかった。

「ようこそデフィーニョ工房へ」

出迎えたのはコラールではなかった。壁際には布を被《かぶ》せたキャンバスが置かれ、その横には見覚えのない痩せぎすの男が立っていた。

「お前は何者だ？」と私は尋ねた。「コラールはどこにいる？」

「コラールなら別室で休んでいます」

そう言ってから、男は優雅な仕草で挨拶《あいさつ》した。

「私はフィーゴ・デフィーニョ。この工房の責任者です」

「私は——」

「オット・オヴェスト様でしょう？」先回りしてフィーゴは言った。「旦那様のことはコラールから、すべて聞いております」

ならば話は早いと思った。

「約束の絵を見せて貰いたい」

「畏まりました」

もったいぶった仕草でフィーゴは絵から布を取り払った。

「お約束の聖母子像です」

それは期待に違わぬ逸品《いっぴん》だった。筆致は荒削りだが、欠点を補って余りある慈愛《じあい》と優しさに満ちていた。そこには希望があった。無償の愛が溢れていた。感激のあまり、私は声を発することも出来ず、目頭を熱くしたまま立ち尽くすしかなかった。

「告白しなければならないことがあります」

フィーゴの声に、私は我に返った。目が合うと、彼は胸に手を当て、申し訳なさそうな顔をしてみせた。

「この絵を描きましたのは私でございます。先日お渡しした木炭画も、実は私が描いたものなのです」

嘘《うそ》をついて申し訳ありませんと、彼は頭を下げた。

「父親が罪を犯したせいで、私は『悪党の息子《フィーリョ・ディ・カティーヴォ》』と呼ばれておりましてね。どんなに良い仕事をしてみせても、悪評と偏見《へんけん》が影のようについてまわるのです。もし私が描いたとわかったら、絵を突き返されてしまうかもしれない。そう思い、あのコラールを代役に立てました」

筋は通っているが、どこか嘘臭《くさ》いと思った。偏見は醜《みにく》いとわかってはいたが、彼に対する疑いを払拭《ふっしょく》することは出来なかった。

ゆえに私は考え方を切り替えた。たとえ誰が描いたものであろうとも、この絵の素晴らしさは変わらない。私はとてつもない才能を見つけた。それだけで充分だと。

「実は亡き妻のため、屋敷内に礼拝堂を作ろうと思っている」と私は言った。「ぜひ貴方達に、その壁画を描いていただきたい」

「これはこれは、有り難き幸せ」

フィーゴは道化のように一礼した。目だけを動かして私を見ると、唇の端を吊り上げるようにして笑った。

「ご期待に添えますよう、デフィーニョ工房の総力をもって務めさせていただきます」

「やがて屋敷での作業が始まり、私も何度か進捗《しんちょく》状況を確認しに行った。けれど礼拝堂にいるのはコラールだけで、フィーゴの姿を見たことは一度もなかった」

そこで言葉を切り、オヴェストはコラールに目を向けた。コラールは床に跪いたまま、泣きそうな顔で彼を見つめている。

「コラール」

オヴェストは呼びかけた。

「私は君を信じている。君がオルカを刺すはずがない。けれどこのまま黙秘を続ければ、君は縛り首になってしまう。私は君を失いたくない。だから頼む。どうか真実を話してくれ。真犯人を教えてくれ」

コラールは何かを言いかけた。細い顎が上下する。だが彼は言葉を発することなく、罅割れた唇を閉じた。目を閉じて、力なく首を横に振る。

「なぜそうまでして庇《かば》うのだ。あの男にそんな価値はない。君が命をかけてまで、庇う必要などないのだぞ」

「オヴェストさんの言う通りです」裁判官が同意する。「貴方が犯人でないのなら、自分はやっていないと言いなさい。もし真犯人を知っているのなら、その名前を言いなさい。でなければ貴方は窃盗《せっとう》と殺人未遂の犯人として、絞首刑になりますよ」

「うう……」

軋《きし》むような声を上げ、コラールは平伏《へいふく》した。目を固く閉じ、額《ひたい》を床に擦《す》りつけ、獣のように慟《どう》哭《こく》した。

「おれ……みんなおれが……」

「彼には言えない理由があるのです」

法廷に若い男の声が響いた。

聴衆が声の主を振り返る。人々の間をすり抜けて、一人の青年が歩み出た。黒い肌に黒檀《こくたん》の瞳。仕立ての良いズボンを穿《は》いているが、上半身は裸だ。その胸には幾重《いくえ》にも包帯が巻かれている。

「オルカ……」

コラールが呟《つぶや》いた。井戸の底のようだった少年の目に小さな光が灯《とも》った。それはみるみるうちに膨れあがり、涙となって流れ落ちた。

「生きてた……オルカが生きてた！」

オルカは小さく頷いた。それから裁判官に目を向け、はっきりとした口調で言った。

「俺に証言させて下さい」

「よろしい。君を証人として認めます」

黒い肌の青年が証言台に立った。

そして最後の証人、オルカは話し始めた。

旦那様の言いつけ通り、俺は毎日工房に通った。工房には金も食べ物もなくて、コラールはいつも腹を空《す》かせていた。

「いつからこんな暮らしをしている？」

「ご、五年くらい前から」

「親方はどこにいる？」

「たぶん、飲み屋」

「まだ昼だぞ？」

「うん……朝から晩まで、飲んでる」

「飲み明かすほどの金があるのか？」

「お金、入ったから。オヴェストさんに、絵を、高く買って貰えたから」

「あれはお前が稼いだ金だろう？」

「いいんだ。褒《ほ》めて貰えたから、それだけで嬉しい」

欲のない子供だと思った。そんな彼を憐《あわ》れに思った。おそらく俺は彼の姿に、幼い頃の自分を重ねていたのだと思う。

「お前が描く聖母様は優しい顔をしているな。モデルはいるのか？」

「ううん、いない。こんな人が母さんだったら、嬉しいなと思って、描いてる」

「お前、母親の顔を知らないのか？」

「うん、おれ、捨て子だから……」

「俺も母親を知らない」

「そうなの？」

「母だけでなく、父も知らない。両親の名前も、自分の名前も知らない。物心ついた時、俺は盗賊団にいた」

「と、盗賊！」

「怪我《けが》をして捨てられて、死にそうになっていたところを、旦那様に助けて貰った。オルカという名前も、旦那様がつけてくれた」

「い、命の恩人……なんだね」

「お前にとっても、きっとそうなる」

コラールがあの絵を描くところを、俺はすぐ傍で見ていた。だからフィーゴが嘘つきだということも、最初からわかっていた。何者かが奥様の部屋を荒らしているという話を聞いた時、すぐにあいつが怪しいと思った。

「警邏隊に突き出しましょう」と俺は言った。けれど、旦那様は「しばらく様子を見よう」と答えた。「フィーゴはコラールの親方だ。彼が捕まったら、コラールも共犯として捕らえられてしまう。それを防ぐためには、コラールに親方を告発させるしかない」

「しかし、どうやって？」

「待つのだよ。コラールが我々を信じて、すべてを打ち明けてくれるまで待つのだ」

旦那様はそう言ったが、俺は待てなかった。盗みの証拠を摑んでやろうと、フィーゴのことを監視した。奴《やつ》は鼠《ねずみ》のように勘がよく、狐《きつね》のように悪賢く、なかなかボロを出さなかった。

けれどあの夜、フィーゴが懐に何かを抱え、奥様の部屋から出てくるのを見た。言い逃れが出来ないよう屋敷を出たところで取り押さえてやる。そう思い、俺はひそかに奴を追った。

フィーゴは礼拝堂に向かった。コラールはまだ作業中だった。奴は懐から短刀を取り出し、自慢げに振り回した。

「これ見ろよ。すごいお宝だ」

それは金の柄《つか》に赤い宝玉が埋め込まれた懐剣だった。奥様の持ち物に間違いなかった。

「きっと高値で売れるぜ？」

「親方、もうやめて下さい」

泣きそうな声でコラールは言った。

「オヴェストさんは、いい人です。おれの絵を褒めてくれて、仕事もくれた。親方、お願いです。物を盗むのは、もうやめて下さい」

「俺に説教するなんざ百年早《はえ》えよ、このクソガキが。お前、今まで誰のおかげで生きてこれたと思ってるんだ」

「お、親方のおかげです。親方には、か、感謝してます。でも、おれ、この仕事が終わったら、デフィーニョ工房を出る……つもりです」

「あン？」

「おれ、絵が上手くなりたいです。だから、どこかの工房に弟子入りして、きちんと絵の描き方を習いたい、です」

「そいつはいい！」

フィーゴはけたたましい声で笑った。

「お前には才能がある。じき誰もがお前の絵を欲しがるようになる。お前の絵は高値で売れる。お前の元には大金が転がり込む」

奴はコラールの襟《えり》を摑んだ。彼に顔を近づけ、悪魔のようにニタニタと笑った。

「逃がさねぇぞコラール。人生は呪縛《じゅばく》だ。この世は闇だ。お前は俺の金づるで、金の卵を産む魔法のガチョウだ。お前は一生かけて、俺に恩返しをするんだよ」

頭にきて、俺は礼拝堂に入った。フィーゴの肩を摑み、奴の顔を力一杯殴《なぐ》り飛ばした。

「この泥棒野郎、貴様には牢獄《ろうごく》がお似合いだ。明日の朝、警邏に突き出してやる」

「あア、やれるもんならやってみろよ」

声を軋ませて、フィーゴは言った。

「フィーゴ・デフィーニョが『悪党の息子《フィーリョ・ディ・カティーヴォ》』なら、コラール・デフィーニョも『悪党の息子《フィーリョ・ディ・カティーヴォ》』だ。もし俺が捕まれば、コラールは俺と同じ目に遭う。世間から侮蔑《ぶべつ》され、嘲笑《ちょうしょう》され、唾《つば》を吐かれる。輝かしい未来は消え、人生は闇に閉ざされる。それでもいいのか？」

「コラールが、貴様の息子？」

「ああ、そうさ。こいつが工房に捨てられてたのは、俺がこいつの父親だからさ。俺が悪党の息子だって知ったこいつの母親は、こいつを捨てて逃げやがったんだ！」

コラールは目を見開いてフィーゴを見た。床に投げ出されたまま、身動きも出来ず、瞬《まばた》きも忘れて彼を見ていた。

「耳を貸すな」

俺はコラールを助け起こした。

「お前が知っていること、今までこいつにされてきたこと、すべてを告発しろ。旦那様ならわかってくれる。お前には何の罪もないと信じてくれる」

少なからず俺は動揺していた。予想外の話を聞かされて、頭が混乱していた。その隙を突かれた。しまったと思った時には、奴に背中を刺されていた。奴の手から短刀を奪い取ったのは覚えている。が、そこで力尽きて倒れた。

フィーゴは動揺していた。自分の行動に驚いていた。俺にとどめを刺そうともせず、かといって逃げ出そうともせず、その場に呆然《ぼうぜん》と突っ立っていた。

そんなフィーゴに、コラールが叫んだ。

短刀を拾い、それをフィーゴに向け、たった一言——

「逃げろ！」と。


「フィーゴを逃がしたのは、奴がお前の父親だったからか？」

静かな声音でオルカは問いかけた。

「黙秘を続けたのは、『悪党の息子《フィーリョ・ディ・カティーヴォ》』と呼ばれるのが怖かったからか？」

「それも、ある……と思う」

俯いたまま、コラールは答えた。

「おれは親方が、き、嫌いだった。こっぴどく殴られるたび、稼ぎを巻き上げられるたび、あんな奴、死ねばいいと思った。だからあの夜、親方に『逃がさない』と言われた時、背筋がゾゾッとした。吐き気がするほど、怖かった。なのにおれは、心のどこかで喜んでた。親方が、おれを必要としてくれたのが、嬉しかった」

押し殺した声で言い、震えながら笑う。

「人生は呪縛だ。この世は闇だ。それが親方の口癖だった。その通りだと思ってた。けど、まだ工房が賑《にぎ》やかだった頃、親方はおれにお菓子を買ってくれた。おれの絵を『上手だ』って褒めてくれた。『もっと上手くなれよ』って頭を撫《な》でてくれた。おれは嬉しくて、誇らしくて、その気持ちがずっと胸に残っていて、忘れられない」

どうしても忘れられないと、コラールは苦しそうに繰り返した。

「人生は呪縛で、この世は闇で、ちっぽけな光でも、見せてくれたのは親方だけだった。だから、おれが黙っていれば、きっとまた褒めて貰える。よくやったって言って貰える。そんなことあるはずないのに、そうなればいいのにって願ってた。そうなって欲しいって、ずっとずっと祈ってた」

「それが人間というものです」

しみじみとした声で裁判官が言った。

「誰かに褒められたい。価値のある人間だと思われたい。そう願うのは悪いことではありません。そういう思いがあるからこそ、人は良き人間になろうと努力するのです。ですが残念なことに、中にはそれにつけ込んで、言葉巧みに人を操り、自分の支配下に置こうとする悪人も存在します。貴方の父親がまさにそれです。貴方が見たちっぽけな光、それは偽りの灯火《ともしび》です。貴方を底なし沼に誘い込もうとする鬼火《おにび》だったのです」

けれど——と言って、彼は目を和《なご》ませた。祝福するように両手を広げ、温かな笑みを浮かべる。

「コラール君、周囲をご覧なさい。貴方に手を差し伸べ、貴方を助けようとする者達が見えるでしょう？　彼らの顔をご覧なさい。わかりますか？　彼らこそが光です。貴方を正道へと導く、真実の光です」

「お前の父は善人ではなかった」

裁判官の言葉をオヴェストが引き継いだ。

「しかし一つだけ、彼は正しいことを言った。じき世界中が君の絵を求めるようになる。悪党の息子であるという事実など誰も気にしなくなる。それは私が保証する」

「けど……オヴェストさん」

掠《かす》れた声で、コラールは言った。

「おれは、親方が盗みを働いていることを知ってた。知ってたのに黙ってた」

「お前は操られていただけだ」とオルカが言った。「自分を責めるな。お前は悪くない」

「一番痛い思いをしたのはオルカだ。彼が許すと言うなら、私は何も言わないよ」

オヴェストはにやりと笑った。

「だが、どうしても罪を償いたいというのなら、我が最愛の妻のため、一日も早く礼拝堂の壁画を仕上げて貰いたい」

「あ……ああ……」

コラールは呻いた。呻きながら彼らを見上げ、眩《まぶ》しそうに目を細めた。

「あ、ありがとう……ありがとう……ありがと……う……ございます……」

頭《こうべ》を垂れ、背中を丸めて嗚咽《おえつ》する。その背にオルカが手を置いた。彼の黒い瞳にも、光るものがある。

「四人の証言により、被告人の無実は証明されました」

朗々と響く声で、裁判官は宣言した。

「当法廷は被告人コラールを無罪放免といたします」

広間は大歓声に包まれた。オルカがコラールの縄を解く。オヴェストがコラールを抱きしめる。アルマは涙を拭《ぬぐ》い、ウーゴは歓喜の悲鳴を上げている。裁判官は満足げに頷き、元老達さえも拍手する。警邏長は真犯人を捕えるため、部下達を伴い、法廷から飛び出していく。

扉から吹き込む風が爽《さわ》やかな潮の香りを運んで来る。天窓からは正午の光が差し込んでいる。切り取られた白い光がコラールを照らし出す。その光景はまさに絵画、奇跡と救済を描いた一枚の絵画のようだった。

「見つけた」と、ローグが言った。

「無限の叡智を活かすもの。知識の活用に不可欠なもの。正道を行く指針となるもの。知恵を行使する目標となるもの」

黒い石板を、乙女の眼前に掲げる。

「それは『Light』——暗闇に差す一条の光。目ざすべき光がある限り、お前は道を失わない。二度と迷うことはない」

パシンという音が響いた。塔に絡みついた太い鎖、その一本が弾けたのだ。解けた鎖は燃え上がり、煙となって消え失せる。

同時に灰色の空が罅割れた。塔の真上に亀裂《きれつ》が走り、白い光が差して来る。目映《まばゆ》い光に照らされて、白い塔はますます白く、真珠のように輝いている。

『Beautiful.《美しい》』

「世界はもっと美しいさ」

ローグは挑戦的に笑い、守人の乙女に目を向けた。

「お前もそう思うだろう?」

「わからない」

無表情に守人は答えた。

「私には、わからない」

「ならば問え。次の質問をするがいい。それがどんな難問でも——」

拳《こぶし》で軽く、石板を叩《たた》く。

「俺の相棒が、見事に答えてみせるだろう」

# 第三問

*The Library of Wisdom and Ten Riddles*

暗灰色《あんかいしょく》の雲間から白い光が差している。光の中、六角錐《ろっかくすい》の塔は真白に輝いている。

「絵描きの少年は泣いていた」

黒一色に戻った石板を見つめ、守人《もりびと》の乙女《おとめ》は呟《つぶや》いた。

「あれが涙であることはわかっている。涙を流すという行為が、悲しみの発露《はつろ》であることも認識している」

「おやおや、これは驚いた」

揶揄《やゆ》するように、ローグは右の眉《まゆ》を吊《つ》り上げた。

「お前から涙の定義を聞かされるとは思わなかった」

『Be quiet.《静かに》』

黒い石板に忙《せわ》しなく文字が瞬《またた》く。

『Shut up and listen.《黙って聞け》』

ローグは肩をすくめた。続けてくれというように、無言で左手を振った。

「あの少年は悲しんではいなかった」

守人の乙女は表情を変えず、瞬《まばた》きすらせずに彼を見た。

「悲しくもないのに、人はなぜ泣くのか」

『Searching…《検索中……》』

石板の表面に文字が明滅する。

『Completed《検索完了》：Play.《再生》』

金文字が夜の闇へと消えていく。眼下に現れる白銀《しろがね》の氷河。鬱蒼《うっそう》とした森と麦畑。その先に灰色の街が見えてくる――

◀

腹が減った。

パンが食べたい。出来れば小麦のパンがいい。軽く表面を炙《あぶ》ってから、金色のバターか塩気の強いチーズをたっぷり載せる。それから香ばしく焼いた鶏のもも肉。パリパリに焦《こ》げた鶏皮、舌の上でとろける脂《あぶら》、奥歯を押し返す肉の弾力、溢《あふ》れ出す甘い肉汁……

ああ、腹が減った。

ここ数日、まともな飯を喰《く》った記憶がない。有り金はとっくに底をついている。帰るべき家も故郷もない。仕事も生き甲斐《がい》《い》もない。この先どうやって生きていけばいいのか、見当もつかない。

寝床を求め、家畜小屋《かちくごや》に忍び込んだ俺を、老いた雌牛《めうし》が眠そうに眺めた。追い出されるかと思ったけれど、彼女はすぐに興味を失い、退屈《たいくつ》そうに目を閉じた。

俺は小屋の片隅に腰を下ろした。枯《か》れ草《くさ》の山に冷えた身体《からだ》を横たえる。目をつぶり、眠りの中に逃げ込もうとしても、空腹の小鬼に邪魔されて、なかなか寝付くことが出来ない。

《船が来る。白銀の船が来る》
突然、天井から声が降ってきた。小鳥の囀《さえず》りのような可憐《かれん》な声だった。それに力強い歌声が重なって、神々しい大合唱になった。
《船が来る！　白銀の船がやって来る！》
俺は跳ね起き、小屋の外へと飛び出した。
時刻は真夜中、月はない。なのに空は銀色に輝いている。数多《あまた》の流星が天を覆《おお》っている。いや、あれは流星じゃない。鳥だ。幾百幾千という鳥の群れだ。姿形は鴉《からす》に似ている。でも普通の鴉は光らないし歌わない……よな？
《十日後の黎明《れいめい》、朝日に乗って船が来る！》
《選ばれし七人の巡礼者よ！》
《馳《は》せ参《さん》じよ！　アスプ山の頂《いただき》へ！》
俺は呆《ほう》けたように、飛び交《か》う銀鴉を眺めていた。俺だけじゃない。何事かと飛び出してきた村人達も驚愕《きょうがく》の表情で空を見上げている。
「神鴉《みからす》だ」
誰かが呟いた。
「畜生、本当かよ。本当に白銀の船が来るってのかよ」
白銀の船、それは創世《そうせい》の神々にまつわる伝承の一つ。銀の鴉が歌う夜、神々は帚星《ほうきぼし》に命じ、七人の巡礼者を選び出す。巡礼者は白銀の船で神々の座に迎えられ、永遠の命と万能に等しい力を得るという。この国の者ならば、誰でも一度は聞いたことがある伝説だ。でも正直な話、今の今まで、ただのお伽噺《とぎばなし》だと思ってた。

「おい、あれを見ろ！」

一人の男が東の空を指さした。神鴉による光の乱舞。そこに緑色に光る星がある。深緑色の尾を引いて、夜空を一直線に駆けてくる。その角度が急に変わった。緑色の光が落ちてくる。こちらに向かって急降下してくる。

「やべぇ、逃げろ！」

そんな声が聞こえたが、俺は動けなかった。

魅入《みい》られていた。なんて美しいんだろうと思った。

次の瞬間、星が俺の頭に激突した。


死んだと思っていた。

身体を包み込む柔らかな褥《しとね》、鼻をくすぐる芳《かぐわ》しい香り、どうやら俺は天国に召されたらしい。

そう思ったのも束の間だった。

「お目覚めですか？」

聞き慣れない女の声に、俺は目を開いた。

見覚えのない部屋――じゃない。馬鹿でかい幌馬車《ほろばしゃ》の中にいた。尻に車輪の振動が伝わってくる。窓の外には緑の丘が連なっている。

「あんた、何者ですか？」

用心深く身体を起こし、目の前の女に尋ねた。

「なんで俺は馬車に乗ってるんです？　俺をどこに連れて行くつもりです？」

「私はリダリ大王の僕《しもべ》です」

丁寧《ていねい》な口調で女は答えた。

「リダリ大王の命《めい》を受け、巡礼者である貴方《あなた》様を宮殿にお連れするところ——」

「待って、ちょっと待って」

俺は両手を突き出し、彼女の台詞《セリフ》を遮《さえぎ》った。

「俺が、巡礼者？」

女は頷《うなず》き、懐《ふところ》から手鏡を取り出した。俺はそれを受け取って、自分の顔を映してみた。

「なんだこりゃ？」

額《ひたい》の真ん中に緑色の×印が描かれている。指先でつついてみても痛みはない。つねっても引っ張っても傷口が開く様子はない。寝ている間に刺青《いれずみ》を彫られたってわけでもなさそうだ。となれば心当たりは一つだけ。俺の頭にぶち当たった、あの緑の帚星だ。

まったくわけがわからない。俺は無一文の宿無しだ。信心深いわけでもない。こんな俺を巡礼者に選ぶなんて、天上の神々はいったい何を考えてるんだ？

「目的は何です？」

手鏡を返しながら、俺は女に問いかけた。

「なぜリダリ……大王は、巡礼者達を宮殿に招いたりするんです？」

「神となられる巡礼者の皆様に、この国の平和と安寧《あんねい》を祈願するためと聞いております」

俺はつい笑いそうになった。そんな台詞、誰が信じる？　闇討ち抜き討ち騙《だま》し討ちが大好きなリダリのことだ。巡礼者を殉教者《じゅんきょうしゃ》にすることぐらい、平気でやってのけるだろう。

逃げ出すなら今のうちだ。そう思ったが、寸前で思いとどまった。リダリは俺の顔を知らない。相対《あいたい》しても正体がばれる心配はない。なら焦《あせ》って逃げ出すなんてもったいない。せっかくのお招きだ。宮殿に行って、腹一杯飲み食いして、ついでに金目のものでも失敬してこよう。

心を決めると急に腹が減ってきた。俺は女に向かい、愛想良く笑ってみせた。

「実は腹ぺこなんですけど、何か食べさせて貰《もら》えませんかね？」

その後、俺はチーズを挟んだ小麦のパンと干し肉を平らげ、葡萄酒《ぶどうしゅ》を一瓶《ひとびん》飲み干した。すっかり満腹になって、もう一寝入りしているうちに、馬車は王都の市街地に入っていた。石造りの住居が並んでいる。賑《にぎ》やかな商店が軒《のき》を連ねている。大通りには荷車が行き交い、大勢の人で溢れかえっている。

小高い丘の上には、神聖なるアスプ山を模《も》したという創世の神々を祭る神殿が建っていた。大王はそれを召し上げて自分の居城に変えてしまった。神々を崇《あが》めるように自分を敬えってことなんだろう。まったく傲慢《ごうまん》な野郎だ。

馬車を降りると、まずは湯屋へと通された。白い服を着た美女達が湯浴《ゆあ》みの準備を整えてくれる。俺は髪を洗い、鬚《ひげ》を剃《そ》り、身体の汚れを洗い流した。真新しい服を纏《まと》い、贅沢《ぜいたく》な夕食を食べ、水鳥の羽毛で出来たフカフカの寝床で眠った。

そんな日々が三日間続いた。

船が来るのは七日後だ。王都からアスプ山の麓《ふもと》までは、馬を使っても五日はかかる。山頂まで登るとなれば、明日にでも出立《しゅったつ》しなければ間に合わない。リダリの奴《やつ》、いつまで足留めする気なんだろう。何を企《たくら》んでいるんだろう。永遠の命も万能の力も欲しくはないが、意味もなく待たされるのは気分が悪い。

その日の午後、ようやくお呼びがかかった。

案内された大広間には、身なりのいい金持ち連中がひしめいていた。好奇の視線の中、七人の巡礼者が歩み出る。身なりも年齢もバラバラだ。共通するのは額の星。それぞれに色は違うけれど、形は同じ×印だ。

荘厳《そうごん》な鐘の音が鳴り響いた。着飾った人々が左右に分かれて道を作る。俺は唾《つば》を飲み込んだ。

いよいよ大王のご登場だ。

リダリ大王は大陸の支配者だ。八つの国を併呑《へいどん》し、十二の国を焼き滅ぼし、ヴェロス大陸を統一した男だ。野獣のような戦士、屈強な猛者《もさ》、そんな荒々しい姿を想像していた。

だが現れたのは目付きの悪い肥満漢だった。捻《ね》じ曲がった唇、垂れ下がった二重顎《あご》、腹の贅肉《ぜいにく》をゆさゆさ揺らしながら、その男は壇上に登り、金の玉座に腰を下ろした。

「選ばれし巡礼者よ、よくぞ集まった」

眠そうな声で大陸の覇者《はしゃ》は切り出した。

「余がヴェロス大陸を平定して一年。余の功績を讃《たた》えるため、神々の世から白銀の船がやって来る。これは大変に名誉なことである」

彼は肘掛《ひじか》けに頬杖《ほおづえ》をついた。胡乱《うろん》な目で七人の巡礼者を眺める。

「汝《なんじ》らは我が国の守護神となり、余の治世が永遠に続くよう取り計らうのだ。その報酬《ほうしゅう》として、汝らには望みのものを与えよう。何なりと申し出るがよい」

俺の右隣の巡礼者——額に黄色い×印を持つ年配の女が息を飲んだ。何か思うところがあるらしい。しかし彼女は俯《うつむ》いたまま、なかなか口を開かない。

「お願いがございます」

真っ先に声を上げたのは長身痩軀《ちょうしんそうく》の老人だった。こけた頬、鋭い眼光、額には青い×印、彼はリダリを見上げ、臆《おく》することなく切り出した。

「神殿を我らに返還していただきたい」

「異なことを言う。汝らは今も神殿で暮らしているではないか」

「暮らしてはおりますが、礼拝も集会も禁じられております。どうか我らに神官としての務めを果たさせていただきたい！」

「わかったわかった、好きにせよ」

リダリは面倒臭《くさ》そうに手を振った。

「次の者、願いは何だ」

「偉大なるリダリ大王！」

額に赤い×印をつけた大男が歩み出た。

「我が望みは唯《ただ》一つ。名刀と誉《ほま》れ高い『太陽の剣』を、ぜひともお貸し下さいませ！」

この体格、この物言い、こいつは軍人だな。

「いいだろう」リダリは鷹揚《おうよう》に頷いた。「吝嗇《りんしょく》なことは言わぬ。『太陽の剣』は汝にとらせよう」

「ありがたき幸せ！」

《赤》は平伏《ひれふ》さんばかりに頭《こうべ》を垂れた。へりくだった彼の姿に気分をよくしたらしい。リダリはホゥホゥと声を上げて笑った。

「気高く聡明《そうめい》なリダリ大王、私はアエトス侯《こう》の娘、ヒナと申します」

名を告げ、若い女が頭を下げる。白い肌、琥珀《こはく》の瞳、すこぶるつきの美女だ。慎《つつ》ましく切り揃《そろ》えられた前髪の下、紫色の星がある。ああ、もったいない。誰だ、こんな美人の額に×印を入れやがったのは。

「私は戦傷者や戦災孤児のための救済院《きゅうさいいん》を運営しております。心優しき皆様からご寄付をいただいておりますが、それでも資金が足りません。傷ついた人のため、親を亡くした子供のため、どうか出資をお願いいいたします」

「あいわかった」

リダリは上機嫌で頷いた。身を乗り出し、ニタニタと気味の悪い笑みを浮かべる。

「必要なだけ国庫番に申しつけるがよい」

「わ、私にもお金を下さい！」

俺の右隣で初老の女が叫んだ。裏返った声は、ひどく切迫した響きを帯びている。リダリは鼻から息を吹き出すと、ふんぞり返って老女を睨《にら》んだ。

「いくら欲しい？」

「ひ、百ラダーほどあれば……」

「そんな少額でよいのか？　万能の神にならんとする者が、安い願いをするものよ」

リダリは馬鹿にするように嗤《わら》った。《黄》の女は顔を真っ赤に染め、唇を噛《か》んで俯いた。陽に灼《や》けた首筋、汚斑《しみ》と皺《しわ》に覆われた顔、おそらく彼女は耕作《こうさく》人だ。痩せた土地を耕《たがや》しながら泥にまみれて生きてきた、貧しい農婦なんだろう。

「私は馬車を所望《しょもう》します」

飄々《ひょうひょう》とした声が申し出た。秀《ひい》でた額に《朱》の×印をつけた、恰幅《かっぷく》のいい中年男だ。

「これより先の七日間、それが我らの住居《すまい》となります。ぜひとも快適な馬車をご用意願いたい」

達者な口上だ。右手には翡翠《ひすい》の指輪が光っている。この《朱》は裕福な商人だろう。

「準備させよう」とリダリは応えた。その視線は俺を素通りし、左隣にいる若い女に向けられる。

「して、汝は何を望む？」

女は大王を見返した。挨拶《あいさつ》もせず、愛想笑いも浮かべず、低い声で吐き捨てた。

「んなら、自由をくれ」

「ほう？」リダリの細い目が、さらに細くなった。「汝は余の国の民でありながら、自由を持たぬと申すか？」

「大地は誰のもんでもねぇ。なのに最近は、何を狩っても税金を払わされんだ。こんなのちっとも自由じゃねぇ」

彼女の言葉には訛《なま》りがあった。短い髪は炎のように赤く、額に刻まれた印は藍《あい》色だった。

「よくわからぬな」

リダリは指先で王座の肘掛けを叩《たた》いた。

「税を払いたくないということか？　ならば汝とその一族には、生涯の税の免除を約束しよう」

《藍》は言い返そうとした。が、何も言わずに顎を引いた。歯の隙間《すきま》からチッという小さな音が聞こえる。おいおい、この女、大王に向かって舌打ちしたのか？

大変幸いなことに、リダリはそれに気づかなかった。

「さて」と言って俺を見て、「汝が最後だ。何が欲しい」と尋ねた。

イティア国を元に戻してくれ。

そんな言葉が喉《のど》まで出かかった。それを苦労して飲み込んで、俺は答えた。

「国で一番いい音を出すリュートを下さい」

「お安いご用だ」

大王はわざとらしく手を打った。

「明日の朝までにすべて用意させよう。出立の準備が整うまで、今宵《こよい》は存分に宴《うたげ》を愉《たの》しむがよい」

翌朝、城の前に六頭立ての馬車がやってきた。金の装飾が美しい、大きな黒塗《ぬ》りの馬車だった。

「さあ、皆さん。乗った乗った！」

《朱》の商人が陽気な声で促《うなが》した。意気揚々と御者台《ぎょしゃだい》に座り、自ら手綱《たづな》を握る。

「いつでも交替しますよ」と声を掛け、俺は馬車に乗り込んだ。《黄》の農婦と《紫》の令嬢、《青》の神官も馬車を選んだ。狩人《かりゅうど》らしき《藍》と、《赤》の軍人は、それぞれの馬に乗っている。

「いざ、参りましょう！」

《朱》が手綱を振った。馬車馬が足並み揃えて歩き出す。王都の沿道には、巡礼者を一目見ようと大勢の人が集まっていた。拍手と喝采《かっさい》の中、黒塗りの馬車は粛々《しゅくしゅく》と進んだ。

「彼らには祈りの場が必要なのだ」

熱狂する人々を見て、《青》の神官はしかつめらしく祈りの印を切った。

「あの俗物大王を神殿から追い出し、人々に信仰を取り戻させる。そのために神々は私に星をお与えになったのだ」

それを聞いた《紫》と《黄》は恐怖に顔を強《こわ》ばらせた。そりゃそうだ。リダリは短気で狭量《きょうりょう》だ。悪口を言っただけでも首が飛ぶ。

「そのようなこと、仰《おっしゃ》ってはいけませんわ」

声を潜め、《紫》がたしなめる。《青》の神官は、大胆にも呵々《かか》と笑った。

「私達は神々の座に連なり、万能の力を手に入れるのですぞ？　大王など、もはや恐るるに足りません」

「それは、そうですけれども……」

「心配ご無用！」《青》はドンと胸を叩いた。「私が万能の力を手に入れたなら、ただちに大王を廃《はい》し、人々に信仰を取り戻させ、戦《いくさ》のない世界を実現させてみせましょう」

《青》の言葉に、《紫》の令嬢は感じ入ったように頷いた。

「争いも貧困もない平穏な世界、それこそが私の望みです」

彼女は隣の農婦に目を向け、尋ねた。

「貴方は何を望まれます？」

「そんな大それた力……私の手には余ります」《黄》は両手を揉《も》み絞《しぼ》った。「でも、もし叶《かな》うなら、大地がいつまでも実り豊かでありますようにって……願います」

「大地の守り神ですわね。素敵ですわ！」

「お嬢さん方は夢想家でいらっしゃる」

御者台から《朱》が会話に割って入った。

「貧困のない世界も実り豊かな大地も大変けっこう。ですがもし、私が万能の力を得たならば、もっと税率を下げますなぁ」

《紫》は目を瞬《しばた》き、おかしそうに笑った。

「ずいぶんと俗な神様ですわね？」

「現実的と言って下され」《朱》は馬車の中を振り返り、にやりと笑った。「自由経済は国を豊かにします。富の独占を廃することは、貧しい人々を助けることにもつながります」

「一理ある」《青》が同意する。「心の平穏と生活の安定、この国にはそれが欠けている」

「皆さま、よく考えていらっしゃいますのね」

感心したように呟いて、《紫》は俺を見た。

「色男さん、貴方はどうします？」

「そうですねぇ」

もし万能の力が得られたら、時間の流れを巻き戻し、故郷の人々を生き返らせたい。でもイティア王はそれを望まないだろう。過去は変えられないけれど、未来ならば変えられる。それが彼の口癖だった。

俺はリュートの弦を爪弾《つまび》いた。ぽろん、ぽろろんと、どこか悲しげな音がする。

「音楽の神になって、人々の心を動かす歌を歌ってみたいですねぇ」

「ああ、それだ！」得心したように《朱》の商人が叫んだ。「ようやく思い出した。確か貴方はイティアの王宮にいなさった楽師の——」

「おっと、そこまで」俺は人さし指を唇に当てた。「ご婦人方の前で、滅びた国の話なんかしちゃダメですよ」

「こ、これは失礼」《朱》は申し訳なさそうに俺を見た。「すまなかった」と小声で詫《わ》び、再び背を向けてしまった。

馬車の中には気まずい沈黙が残された。ここは俺が冗談でも言って、場を和《なご》ませるべきなんだろうが、どうにも言葉が出てこない。

「貴方は楽師でいらっしゃいますの？」

重苦しい空気を振り払ったのは《紫》の美人だった。彼女はにっこりと笑い、俺のリュートを指さした。

「何か一曲、聴かせて貰えませんこと？」

ああ、助かった。俺は彼女に微笑み返し、「喜んで」と答えた。


馬車は市街地を抜け、アスプ山へと続く街道を走った。窓の外には長閑《のどか》な丘陵《きゅうりょう》が広がっている。天気は上々。風は爽《さわ》やか。とても快適な旅だった。

その日の夕方、馬車は予定通りミンス村に到着した。ミンス村の村長は、俺達を歓待してくれた。ご馳走《ちそう》を食べ、葡萄酒を飲み、いい塩梅《あんばい》に酔っ払って、俺は寝台に潜《もぐ》り込《こ》んだ。

翌日の朝、馬車の周りに巡礼者達が集まった。面子《めんつ》をぐるりと見回して、《朱》の商人は首を傾《かし》げた。

「おや？　神官さんはどうしました？」

そういえば姿が見当たらない。元気そうにしていても、実際かなりの高齢だ。旅の疲れが出たのかもしれない。叩き起こすのは忍びないが、置いていくわけにもいかない。俺と《朱》の商人は、《青》の神官を迎えに行くことにした。

「神官さん、神官さん、起きてますか？」

扉をノックする。しかし、返事がない。

「開けますよ？」

断ってから、俺は扉を開いた。

部屋の中を一目見て、《朱》は野太い悲鳴を上げた。床の上に《青》が仰向《あおむ》けに倒れている。喉がかき斬られ、部屋中に血が飛び散っている。俺は彼の手首に触れてみた。脈はなく、肌はすでに冷えきっていた。

ミンス村は大騒ぎになった。

「荷物が消えてんな」

血染めの部屋を見渡して、《藍》の女が指摘した。狩人なら血に慣れていても不思議はないが、知人の死体を見ても眉一つ動かさないのは可愛くない。

「荷物なんて持ってましたっけ？」

「持ってた。燭台《しょくだい》やら香炉《こうろ》やら、いっぱい袋に詰め込んでた」

「では、物取りの犯行か」

《赤》の軍人が唸《うな》った。彼は村長を呼び、居丈高《いたけだか》に命じた。

「全村民を招集せよ！　姿を消した者がいないかどうか、至急確かめるのだ！」

ただちに村人達が集められた。しかし——

「全員揃っております」

逃げ出した者はいなかった。

「必ずや犯人を見つけます」と村長は息巻いたが、それを待っている暇はなかった。白銀の船がアスプ山に到着するまで、あと五日しかない。俺は馬車に乗り込んだ。先に乗っていた女性二人、《黄》の農婦と《紫》の令嬢が不安そうに俺を見る。

「犯人は捕まりましたの？」

震え声で尋ねる《紫》に、俺は肩をすくめてみせた。リュートを抱え、昨日と同じ場所に腰を下ろす。少しでも慰《なぐさ》めになればと何曲か弾いてみたけれど、浮かれ気分は戻らなかった。時折、《朱》の商人が思い出したように冗談を言ったけれど、笑う者はいなかった。

巡礼者は金を持っている。それを知らない者はいない。宿屋に泊まるより、森の中のほうが安全だろう。そんな《赤》の言葉に従い、俺達は森の中で夜明かしすることにした。まずは軍人と狩人が寝ずの番をすることになった。四人が身を横たえるには少々手狭だったので、俺は馬車の下に潜り込み、毛布を被《かぶ》って眠りについた。


翌朝、馬車の中で《朱》の商人は冷たくなっていた。発見したのは《紫》だった。呼びかけても答えない。揺すっても目を覚まさない。それで彼の異変に気づいたという。

「あんなにお元気そうでしたのに、突然お亡くなりになるなんて、何かご病気でも抱えていらしたのでしょうか？」

嗚咽《おえつ》する《紫》を椅子に座らせてから、俺は《朱》の横に膝《ひざ》をついた。彼の顎を押し下げ、口内を覗《のぞ》き込《こ》む。まるで墨《すみ》を飲んだみたいに舌が真っ黒になっている。

「これはドロモスの毒ですね。舌が黒く変色していますし、それにほら」

俺は《朱》の右手を掲げた。

「爪も黒っぽくなってるでしょう？　ドロモスという花の種に含まれる毒を飲むと、こんな風に舌や爪が黒くなるんです。おそらくは昨夜、彼が飲み食いした何かに、ドロモスの毒が入ってたんでしょう」

「では毒殺か⁉」耳障《みみざわ》りな声で《赤》の軍人が尋ねた。「それとも自殺か⁉」

「状況からして自殺とは思えません。彼は殺されたんです。たぶん神官さんを殺したのと同じ人間にね」

「同じ人間――なのですか？」《紫》が上目遣いに俺を見た。「神官様を手にかけたのは、金品を狙った盗人《ぬすっと》ではなかったのですか？」

「そう見せかけただけでしょう。彼の荷物を隠し、物取りの仕業《しわざ》に見せることで、俺達を油断させようとしたんです」

つまり――と言って、俺は巡礼者達を見回した。

「この中に殺人者がいるってことです」

「んなこったろうと思ったよ」

狩人の《藍》が吐き捨てた。

「あたしらが神様になったら、この王国をぶっ壊すかもしれねぇもん。そんな危険な連中を、あの大王が黙って見逃すわけねぇやな」

「ですが、リダリ大王は私達を歓待して下さったじゃありませんか」

「ありゃ歓待じゃねぇよ。懐柔《かいじゅう》だよ」

正直、驚いた。《藍》も俺と同じことを考えていたんだ。田舎《いなか》言葉と鈍臭《どんくさ》い容姿に騙された。こいつ、相当に頭が切れるぞ。

「じゃあ、私達、こ、殺されるの⁉」

甲高い声で《黄》が叫んだ。両手で頭を抱え、髪の毛をかきむしる。

「そんなのいや！　私は死にたくない！　死にたくない！　死にたくないぃ！」

「落ち着きなさい！」うわずった声で《赤》が言った。「我らは選ばれし巡礼者だ。神の座に連なれば、どんな望みも自在となる。そのような者が、いくらリダリ大王のご命令とはいえ、人を殺すなど理に合わぬ！」

「たぶん殺人者は巡礼者じゃないんですよ。本物の巡礼者を殺し、自分の額に星を描き、巡礼者に成り代わった偽者なんです」

俺は額の×印を叩いてみせた。

「偽者は白銀の船に乗れない。神の力も得られない。俺達には見分けられなくても、神様はすべてお見通しでしょうからね」

「き、貴様か！」

《赤》が俺の胸ぐらを摑《つか》んだ。両手で襟《えり》を摑み、力任せに締め上げる。

「貴様が神官を殺し、この男に毒を飲ませたのか！」

「違いますよ！　俺が犯人なら、これが毒殺だなんて、わざわざ教えたりしませんよ！」

「上手いことを言いおって、そうやって自分から疑いの目を逸《そ》らさせるつもりだろう！」

「だ、から、違うって――」

首が絞《し》まる。息が苦しい。ああ、まずい。目の前が、暗くなってきた。

「やめな」

《藍》が《赤》の右肘を手刀で打った。それほど力を入れたようには見えなかったのに、《赤》は呻《うめ》いて、手を放した。

「貴様ッ、何をするのだ！」

目を吊り上げて《赤》は叫んだ。顔が真っ赤になっている。唇が震えている。こんな田舎女に負かされるのは屈辱《くつじょく》だと、彼の全身が物語っている。

「無駄なことしてっからだ」

だが、《藍》は動じなかった。

「そいつを締めたって事態は変わらねぇ。死んだもんも生き返らねぇ」

「さりとて、このままにはしておけぬ」

《赤》は《朱》の遺体を抱き上げた。

「埋葬《まいそう》するぞ。楽師、お前も手伝え」

そう言うと、彼は返事も待たず、そのまま馬車から出て行った。

《朱》を埋葬した後、馬車は再び東に向かって走り出した。手綱は俺が握った。並走する馬の上から《赤》が俺を睨んでくる。やれやれ、まだ疑われているらしい。

毒が入っているかもしれないと思うと、葡萄酒や携帯食に手をつけるのは躊躇《ためら》われた。森の中には清水《しみず》が湧き、飲み水には困らなかったが、食料はそうもいかない。途中の村々に立ち寄って食べ物を買い付けようとしたけれど、辺境の村は貧しく、食料を備蓄する余裕もなかった。どんなに金を積まれても、存在しないものは売りようがない。そうなると、頼りは《藍》が狩ってくる鳥や兎《うさぎ》だけだった。彼女は一人森に分け入り、果実や木の実も採ってきた。それを食べ、俺達は何とか喰いつないだ。

残された時間はあと三日。まだ余裕はあるけれど、この五人の中には殺人者がいる。そう簡単に事が運ぶとは思えなかった。《朱》が毒殺された後、俺達は互いを監視するため、馬車の中ではなく焚き火《たびび》の傍《そば》で眠ることにしていた。

それは真夜中近くのことだった。

「よせ！　危ねぇぞ！」

《藍》の声で俺は目を覚ました。何事かと上体を起こすと、すぐ後ろを馬車が駆け抜けていった。頭から血の気が引き、冷たい汗が噴き出してくる。危なかった。起きるのが一瞬遅かったら、間違いなく轢《ひ》き殺されていた。

「あの婆ぁ、抜け駆けとはなんたる卑怯《ひきょう》！」

寝起きの声で《赤》の軍人が喚《わめ》いた。摑みかかりそうな勢いで、見張り番をしていた《藍》に詰め寄る。

「貴様、なぜ止めなかった！」

「すまねぇな。用足しに行ってた」

《藍》は弓を背に担《かつ》ぎ、ひらりと馬に飛び乗った。《黄》を追うつもりらしい。馬車には俺のリュートが乗っている。あれを持って行かれたら困る。俺は立ち上がり、《藍》に向かって叫んだ。

「俺も行きます！」

狩人の女は面倒臭そうに舌打ちをすると、右手の親指で自分の背後を指さした。

「さっさと乗んな」

「ではヒナ様は私の馬に」

令嬢を一人、森の奥に置いていくわけにはいかない。軍人は《紫》に手を貸して、自分の後ろに座らせた。

月明かりを頼りに、俺達は馬車を追いかけた。森を抜ける街道は狭い。しかもあちこちに木の根が飛び出している。《黄》は貧しい農婦だ。六頭立ての馬車を扱うことに慣れているはずがない。下手をすれば馬車ごとひっくり返ってしまう。

嫌な予感は的中した。行く手から馬車馬が駆けてくる。止める間もなくすれ違う。さらに走ると、悲痛な馬の鳴き声が聞こえてきた。森の中に馬車が横転している。俺は馬から飛び降りて、大破したそれに駆け寄った。

倒れた馬、外れた車輪、飛び散る木片、その中に《黄》が倒れていた。仰向けになった彼女の腹には、折れた車軸が突き刺さっていた。

「しっかりして下さい」

頬を叩くと、《黄》はわずかに目を開いた。

「ごめんなさい……わたし……」

「いいんですよ」と俺は言った。「逃げ出したくなる気持ちはよくわかります。けど、無茶はよくありませんね」

「わかりました」

「この先の、クリノス村に……息子夫婦がいるんです」《黄》は咳《せ》き込《こ》み、血を吐いた。「私のお金……息子のフィノに届けて……孫の病気……薬を買って……」

俺は《黄》の手を握った。

「約束します。必ず届けます」

彼女の目から涙が零《こぼ》れた。安心したように目を閉じて、そのまま息を引き取った。

馬車の残骸《ざんがい》をかき分けて、俺は自分のリュートと《黄》の荷物を捜した。

「本当に届けるつもりか」

馬上から《赤》の軍人が訊《き》いてくる。

「その女は盗人だ。馬車を破壊した罪人だ」

「わかってます」

「刻限に間に合わなくなるぞ」

「時間がないのは病気の子供も同じですよ」

「貴様、神の力が欲しくはないのか」

俺は手を止め、《赤》を見上げた。その顔を見て、ようやく合点がいった。この男は忠臣なんかじゃない。彼は神の力を得て、リダリを超える絶対君主になりたいんだ。

「ここまで来て諦《あきら》める気はありませんよ」

俺はリュートを見つけた。壊れていないことを確認し、ほっと息を吐く。

「先に行って下さい。後から追いかけます」

「好きにしろ」

《赤》は馬の首を返し、今来た道を戻っていく。彼の馬に同乗した《紫》は心配そうに俺を見たが、馬を止めてくれるよう《赤》に頼むことはしなかった。

「あんたも行ったらどうです？」

《黄》の荷物を捜しながら、俺は《藍》に問いかけた。

「それとも俺を殺しますか？」

「あたしは殺し屋じゃねぇ」バカにすんなと呟いて、《藍》は小さく舌打ちした。「けど、あんたも殺し屋じゃねぇしな」

「どうしてそう思うんです？」

「前に死んだ男が言ってた。あんたはイティアの楽師だってさ。イティアはリダリ大王に焼き滅ぼされた。そんな国のもんが大王の手先になるはずねぇ」

この女、やっぱり賢い。

俺は苦笑し、告白した。

「イティアは文字を持たないんです。だから歴史はすべて口伝《くでん》。音楽に乗せて歴史を語り継ぐのが、楽師である俺の役目でした」

焼け落ちる城から、イティア王は俺を逃がしてくれた。

歴史を残せ。語り継げ。それが彼の最後の言葉だった。

「イティアの歴史だけでなく、それにともなう知識まで教え込まれたものだから、毒とか暗殺とかにも詳しくなっちまいましてね」

「そうだったんか」

女は申し訳なさそうに頭をかいた。

「すまねぇな。知識はあっても頭はからっぽな、スカした兄ちゃんだと思ってた」

「実際、頭からっぽでスカしてますから」

「よく言うよ。あんたの頭がからっぽなら、あたしなんてスッカラカンのカンだ」

暗い声で《藍》は笑った。

俺はようやく《黄》の荷物を見つけた。

「乗んなよ。あたしも一緒に行く」

差し出された手を借りて、俺は彼女の馬に乗った。

「あたしはリンクスってんだ」馬を進めながら、彼女は言った。「で、あんたは？」

「スマラクト」

なぜ答えてしまったのか、自分でもわからない。俺が本名を名乗ったのは、イティアを逃げ出して以来、これが初めてのことだった。

クリノス村に《黄》の金を届けた。事情を説明すると、息子のフィノは号泣《ごうきゅう》した。彼の妻は「これで薬が買えます」と言い、「ありがとうございます」と涙ながらに頭を下げた。二人は「せめてもの恩返しに」と、自分達の防寒服を譲ってくれた。

「アスプ山の山頂近くは、ぐっと気温が下がります。この季節は特に天候が変わりやすい。どうか充分に気をつけて」

その言葉通り、山を登り始めて半日もしないうちに雪が降り出した。斜面に積もった雪は滑りやすい。もう馬は使えない。俺達はフィノ夫婦に貰った防寒着を着込み、靴底に釘《くぎ》を打った長靴を履いて雪道を登った。

黙々と足を動かし続け、ようやく山の中腹にさしかかった時だった。

「あ！」

突然、《藍》が声を上げた。

俺は吃驚仰天《びっくりぎょうてん》し、咄嗟《とっさ》に岩陰に身を隠した。

「な、なんですか？」

「あの吊り橋の上――」言いながら、彼女は前方を指さした。「なんか揉めとる」

俺は岩から顔を出した。少し先に吊り橋がある。雪と氷に彩られた橋が、ゆらんゆらんと揺れている。その上に二つの人影が見える。《赤》の軍人が《紫》の頭を摑み、橋から突き落とそうとしている。

「大変だ！」

「待て」

走り出そうとした俺を《藍》が制した。彼女は弓を手に取った。矢をつがえ、充分に引き絞り、吊り橋に向かって放つ。

まるで何かに導かれるように、矢は《赤》の左肩に命中した。彼は獣のような声を上げ、よろめいて《紫》から離れた。右手で矢を摑み、力任せに引き抜こうとする。その《赤》を《紫》が突き飛ばした。彼の身体が宙に舞う。長い悲鳴を引きながら、《赤》の軍人は暗い谷底へと落ちていった。

俺達は吊り橋に駆け寄った。橋は細く頼りなかった。おっかなびっくり足を進める俺を尻目に、《藍》は軽やかに橋を渡っていく。

「もう大丈夫だぁ」

がたがたと震えている《紫》を、《藍》はそっと抱きしめた。

「怖がらんでええ。殺し屋は死んだ」

目に涙を浮かべ、《紫》は《藍》にしがみついた。《赤》と格闘したせいか、黒髪が縺《もつ》れている。

紫色の×印を縁取るように血が滲《にじ》み、周囲の肌が腫《は》れ上がっている。

ぎょっとして、俺は足を止めた。

あの血、あの腫れ方、あれは《赤》との格闘で出来た傷じゃない。《赤》と格闘したせいで露《あら》わになった傷だ。彼女は額に刺青を入れた。肌の腫れを白粉《おしろい》で隠していた。《紫》の星は偽者だ。彼女こそが暗殺者だ。

「リンクス、その女から離れて！」

俺が叫ぶと同時に、《紫》はリンクスを抱き上げた。抵抗する間を与えず、橋の外に投げ落とす。リンクスは必死に手を伸ばし、指先を吊り橋の底板に引っかけた。彼女を助けようとした俺に、《紫》が襲いかかってくる。突き出された短剣をかわし、俺は《紫》の右手首を摑んだ。

「やめて下さい！　貴方のような人が、なぜこんなことをするんです！」

「決まってるでしょ。大王様に逆らう者達を、始末するのが仕事だからよ」

彼女の膝が鳩尾《みぞおち》にめり込んだ。俺は嘔吐《えず》いて橋の底板に膝をついた。短剣が左の腕の付け根に突き刺さる。灼けつくような激痛。

「貴方達は多くを望まなかった。たとえ神になったとしても、大王様の害にはならなかった。だから見逃してあげてもよかった」

でも――と言い、《紫》は短剣を引き抜いた。血が噴き出し、彼女の顔を赤く染める。

「正体を知られたからには、生かしておけないわ」

頭上に短剣を振りかぶる。次の瞬間、彼女の胸の中央から黒い楔《くさび》が飛び出した。黒い矢に貫かれ、声もなく倒れる《紫》の後ろには――ああ、いつの間によじ登ったんだろう、リンクスが弓をかまえて立っていた。

リンクスは俺に駆け寄り、傷口を押さえた。

「動くなよ。すぐに止血すっからよ」

彼女の的確な処置のおかげで、やがて出血は止まった。けれど俺の身体は氷のように冷え切っていた。眠くて眠くてたまらない。もう一歩も動けそうにない。

「寝んな、バカ」朦朧《もうろう》としている俺を、彼女は手荒く揺さぶった。「立て。立って歩け。今夜中に山を登っちまわねぇと、明日の朝日に間に合わねぇ」

そう言われても、眠たくて、目を開けていられない。

「駄目です。もう……歩けません」

「黙れダボ」ぺしりと額を叩かれる。「あんた、歴史を語り継ぐんだろ。そのためにイティア王はあんたを逃がしたんだろ。なんもせんうちに、あんた、諦めんのかよ」

畜生、痛いところを突いてくる。そこまで言われちゃ寝てられない。俺は渋々立ち上がった。彼女の肩を借り、なんとか吊り橋を渡りきる。しかし数歩も行かないうちに、目の前が暗くなってきた。一足ごとに、膝が砕《くだ》けそうになった。

それでも必死に歩いた。一歩一歩、前へと進んだ。雪混じりの凍風《いてかぜ》の中を、暗い暗い夜の中を、何時間も歩き続けた。

ふと風が弱まるのを感じた。霧が薄れ、視界が明るくなってくる。

やがて眼下に雲海が現れた。空は白み、雲は淡く輝いている。

「見ろ、陽が昇る。間に合ったぞ！」

リンクスが東の空を指さした。

目映《まばゆ》い朝日を白い雲が照り返す。光り輝く雲の海を銀色の船がやって来る。白銀の船は雲海を渡り、俺達が立つ崖《がけ》に右舷《うげん》を寄せて接岸した。船の甲板《かんぱん》に立つ人は、髪も服も、肌色さえも銀色だった。顔立ちは端整《たんせい》だが、年齢も性別もわからない。

「この船に乗る者は人の進化の指針となる」

銀の人はリンクスを見て、俺を見た。

「ゆえに乗船者は一度に一人のみ」

「な……んだって？」

この雪山に一人残されることは死を意味する。

つまり、リンクスか俺……船に乗れなかった方が死ぬ。

「ふざけるんじゃねぇぞ！」

気づいた時には叫んでいた。

「人をここまで呼びつけておいて、最後の最後に殺し合えってのか。必死の思いでここまで来たのに、まだ試練が足りねえってのか。何が神々の船だ、このくそったれが！」

激昂《げっこう》する俺とは逆に、リンクスは恐ろしく冷静だった。

「船に乗るのはこいつだ」

彼女は俺を前へと押し出した。

「こいつは怪我《けが》してる。早く医者に診《み》せねぇと死んじまう。だからこいつを乗せてくれ。ちゃんと手当てしてやってくれ」

愕然《がくぜん》として、俺はリンクスを振り返った。真顔で頷く彼女を見て、すべてを悟った。

俺達は試された。

これが最終試験だったのだ。

「《藍》の星よ」

銀の人は胸に手を当て、恭《うやうや》しく頭を垂れた。

「貴方を歓迎いたします」

「あんた、人の話、聞いてねぇな」

リンクスは苛立《いらだ》たしげに銀の人に詰め寄った。

「あたしにゃ何の理想もねぇ。ただ森ン中で好き勝手に暮らしてぇだけだ。けど、この兄ちゃんには理想がある。こいつが神様になったら、きっと世界を変えられる」

それを聞いて、目の奥が熱くなった。

違うよ、リンクス。生き残るべきは、あんたの方だ。あんたのような人間こそ、神の力を得るに相応《ふさわ》しい。

俺は彼女の背後に回ると、その背中を力一杯突き飛ばした。俺を支えて雪山を登り、さすがに足にきていたんだろう。リンクスはつんのめり、銀の甲板に倒れ込んだ。

「何しやがんだ、この野郎！」

リンクスは跳ね起きた。崖に戻ろうとするが、見えない壁に阻《はば》まれる。それを拳《こぶし》で殴りつけ、彼女は声を張り上げた。

「畜生、格好つけんじゃねぇ！　このスカシ、バカ、ダボ、スットコドッコイ！」

溢れ出す罵詈雑言《ばりぞうごん》。ゆっくりと白銀の船が動き出す。その甲板から彼女は叫んだ。必死の形相で、声の限りに叫んだ。

「死ぬなスマラクト！　意地でも生きろ！　生きて歌え！　生きて生きて歌い続けろ！」

リンクスの声が遠ざかる。彼女を乗せた白銀の船は、雲海に銀の航跡《こうせき》を残しながら、朝日の中へと消えていく。

俺は大きく息を吐いた。リュートを抱え、仰向けに倒れた。馬鹿なことをしたという後悔と、これで良かったんだという満足感が胸の中で混じり合う。溢れる涙を拭《ぬぐ》う余力もなく、俺は睡魔に意識を明け渡した。

次に目覚めた時、俺はクリノス村にいた。

フィノの言うことには、雪と一緒に雲の中から降ってきたらしい。

俺は神になり損ねた。再び人の世に戻された。額に星を得る前と同じく、金も家も持っていなかった。残されたのはリュートだけ。だから俺は歌うしかなかった。抹殺《まっさつ》された国の歴史を、そこに生きた人々のことを、音楽に乗せて歌い続けた。

大王の手を逃れ、大陸中を旅して回った。自由を求める若者達は俺の歌に聞き入った。そして、彼らは闘った。長い長い闘いだった。弾圧と反乱が繰り返され、気づけば十年以上が過ぎていた。度重なる粛清《しゅくせい》の嵐に、国民は一斉蜂起《ほうき》した。彼らはリダリの城を取り囲み、昼も夜も絶えることなく、革命の歌を歌い続けた。

恐れずに前に進もう。自分の役目を果たそう。

過去は変えられないけれど、未来ならば変えられる。

その圧力に耐えかねて、ついにリダリは降伏した。彼の支配下に置かれていた国々は、自治と自由を取り戻した。

長い歴史を歌い終え、俺はリュートの弦から指を離した。

「今日はこれまで」

どっと拍手が湧いた。聴衆は口々に礼を言い、惜しげもなく俺の鞄《かばん》に金を投げ込んでいく。片付けの手を休め、俺は茜《あかね》に染まった夕焼け空を見上げた。

目映い朝日や美しい夕日を目にすると、今でも白銀の船を捜してしまう。「神様になんてなるもんじゃねぇ」と言いながら、戻ってくるリンクスを、ついつい夢想してしまう。

「スゲェ！」

甲高い声に、俺は我に返った。

鞄《かばん》の上に鴉がいる。艶《つや》やかな羽が夕日を受けて藍色に輝いている。

「スゲェ！　スゲェヨ！」

鴉は俺を見上げ、鋭い声で叫んだ。

「ヤッタナァ、スマラクト！」

それは俺の名前。今はもう知る者もいない、はるか昔に捨て去った俺の本名だった。

間違いない。今のはリンクスだ。

胸が高鳴るのを感じた。目頭が熱くなった。なのに、なぜだろう。腹の底から怒りが込み上げてくる。

「俺はすごくなんてない。この自由は、多くの若者達が血と汗と涙を流し、勝ち取ったもんなんだ。俺が歴史を歌ったからじゃない。ましてや、あんたが神様になったからでもない」

鴉は何も言わない。それでも俺にはわかった。リンクスは俺を見ていてくれた。神になっても忘れなかった。俺を労《ねぎら》うため、言葉を伝えるため、神鴉を寄越《よこ》してくれた。それは嬉《うれ》しい。とてつもなく誇らしい。なのに悲しくて、妬《ねた》ましくて、悔し涙が止まらない。

「あの時、正解を答えていたら、俺も白銀の船に乗れたんだろうか。あんたと一緒に、神々の世界に行けたんだろうか」

くわっと一声、鴉が鳴いた。用はすんだというように、翼を広げて舞い上がる。涙で滲んだ薄《はく》暮《ぼ》の空、藍色の鴉は染みいるように、夕闇の中へと消えていった。

「見つけた」とローグは言った。

「悲しくもないのに、人はなぜ泣くのか。その答えは『Emotion《情動》』——激しく湧き上がる感情は人の心を揺り動かす。悲哀や苦痛だけではない、憤怒《ふんぬ》や歓喜の瞬間にも、人は涙を流すものなのだ」

そこで彼は言葉を切り、乙女を見て、ほんの少しだけ微笑んだ。

「人の心は複雑で矛盾に満ちている。相反《あいはん》する感情……喜びと悲しみを、愛と憎しみを、同時に抱えることが出来る。だからこそ人の情動は、こんなにも豊かで美しい」

守人の背後で鎖が弾《はじ》けた。白い塔を縛《いまし》める黒い鎖がまた一つ、白煙を上げて消えていく。

途端、白い砂丘の間から、さらさらと水が流れてきた。滔々《とうとう》と流れる清水は、みるみるうちに砂漠を潤《うるお》し、やがて大きな湖となった。青い水面に逆しまの塔が映る。かすかな風にさざ波が生まれ、それに合わせて塔も揺れる。

「きれい……」

自然な呟きが漏《も》れた。そんな自分に驚いたように、守人の乙女は胸に手を当てる。

「これが『Emotion《情動》』？」

「そうだ」

ローグはからかうように片目を閉じた。

「感動したか？　泣きたければ泣いてもいいぞ？　なんなら俺の胸を貸してやろうか？」

守人は唇を歪《ゆが》めた。手の中で槍《やり》をくるりと回し、穂先を彼に突きつける。

「おいおい、何の真似《まね》だ？」

「お前の言動が気に入らない」

「だからって槍を向けるな」

深いため息をつき、ローグは肩を落とした。その右手では石板が、警告するように文字を明滅させている。

『Don't rush.《急ぎすぎるな》』

了解の意味を込め、ローグは軽く石板を叩いた。

「気を悪くしたなら謝る」

そう言って、再び乙女に目を戻し――そこで彼は絶句した。

槍を向けたまま、守人は泣いていた。赤褐色の両眼から、大粒の涙が零れていた。それは後から後から流れ出て、いつまでも止まることを知らなかった。

# 第四問

*The Library of Wisdom and Ten Riddles*

白い砂漠の直中《ただなか》に青く透き通った湖がある。湖畔には黒い鎖で縛られた六角錐《ろっかくすい》の塔がある。塔の守人《もりびと》は槍《やり》の先を旅人に向けている。彼女の目から溢《あふ》れ出る涙は尽きることなく、その滑《なめ》らかな頬《ほお》を伝い落ちていく。

ローグは気まずそうに顎《あご》をかき、手元の石板に問いかける。

「なぁ、こういう場合、どうすればいいんだ？」

『Give her a hug.《抱きしめてやれ》』

黒い表面に金色の文字列が現れる。

『Hug heals the sadness.《抱擁は悲しみを癒す》』

「槍を突きつけられているんだぞ。抱きしめる前に刺されるだろうが」

『So, ask why.《では理由を問え》』

やれやれと肩をすくめ、ローグは守人に視線を戻した。

「なぜ泣いているんだ？」

答えはない。

「わからないのか？　ならば、その理由を尋ねてみたらどうだ？」

守人の乙女《おとめ》は顎を引いた。赤褐色《せっかっしょく》の目でローグを睨《にら》み、銀の槍を握り直した。

「回答の機会は一度きり。逃亡すれば頭を落とす。答えなければ首を削《そ》ぐ。答えを間違えれば心臓を貫く」

『Come on!《いいぞ!》』

黒い石板が金文字で声援を送る。

『Keep going!《その調子!》』

「汝《なんじ》に問う」と言い、先を続けようとして、守人は口を閉ざした。かすかに眉《まゆ》を寄せ、困惑したように黙り込む。

「どうした?」とローグが問う。「なぜ自分が泣いているのか、知りたくないのか?」

「指図《さしず》をするな。何を問うかは私が決める」

険しい声で言い返し、乙女は続けた。

「私はお前が気に入らない。それはなぜだ?」

「おお、そうきたか!」

ローグは掌《てのひら》で額《ひたい》を打ち、愉快そうに笑った。

「なかなかの難問だが、いけそうか?」

『Searching...《検索中……》』

石板の表面に金色の文字が瞬《またた》く。

『Completed《検索完了》 : Play《再生》.』

石板に映し出される荒涼とした丘。荒野を覆《おお》い尽くす白骨。渺々《びょうびょう》たる死の大地を乾いた風が吹き抜ける——

ミグラテルは存亡《そんぼう》の危機に瀕《ひん》していた。

その知らせを受けたミグラテルの王グラナトは、ただちに評議会を招集した。円卓に座した十人の議員。彼らの顔を見回して、若き宰相《さいしょう》ロザンは言った。

「皆様すでにお聞き及びと思いますが、ティグルの大軍がミグラテル島の西部沿岸を強襲しました」

幾度《いくど》となく国の危機を救ってきた知恵者は、このような状況においても冷静さを失っていなかった。ロザンは右横に座る男に目を向け、低い声で促《うなが》した。

「コルボ公、状況の説明をお願いします」

「承知しました」

西部領主のコルボ公は陰鬱《いんうつ》な表情で頷《うなず》いた。

「西の沖合にティグルの大船団が現れたのは、今より五日前のことです。奴《やつ》らの上陸を阻止《そし》しようと我が騎士団は死力を尽くしましたが、圧倒的な戦力の差はいかんともしがたく……騎士団は殲滅《せんめつ》され、コルボ城は敵の手に落ちました」

「ティグルの狂犬め」

壮年の騎士が口惜《くや》しそうに呻《うめ》いた。

「神聖なる不可侵条約を侵《おか》すとは、教会に盾突《たてつ》くつもりか。破門されてもかまわないということか。まったく、正気とは思えぬ」

その声の主、名はムエルトという。聖騎士団の長である彼は歴戦の勇者であった。ミグラテルの剣となり、盾となって戦う姿は国中の騎士達から崇拝《すうはい》され、国王からも絶大な信頼を寄せられている。

「沿岸防衛の責務をはたすことが出来ず、まことに面目ございません」

コルボ公は、がっくりと頭《こうべ》を垂れた。

「生《い》き恥《はじ》を晒《さら》し、私一人が王都に参りましたのは、ティグル軍を率いるイラヴ王に命じられたからです。グラナト王に降伏条件を伝えろと、そうしなければコルボ領の民を鏖殺《おうさつ》すると言われたためです」

「なんたる非道か！」

憤りの声を上げたのは騎士ノルトだった。王国一の豪腕を誇る騎士は、双眸《そうぼう》に憤怒《ふんぬ》の炎を滾《たぎ》らせ、グラナト王へと向き直る。

「我が王よ、もはや一刻の猶予もございません。出撃のご命令を！」

「お待ち下さい、騎士ノルト」

東部領主グルウド公が遮《さえぎ》った。

「相手は二万を超える大軍です。正面から戦っても、我らに勝ち目はございません」

「言葉を慎《つつし》め、グルウド公。たとえ貴公でも、我ら聖騎士団を侮《あなど》ることは許さぬぞ！」

「侮ってなどおりません。私はただ現実を直視しているだけです」

騎士ノルトの怒りを受け流し、グルウド公は宰相ロザンへ目を戻した。

「して、ティグルが提示した降伏条件とは、どのようなものなのですか？」

「条件は二つあります」

ロザンは懐《ふところ》から一枚の羊皮紙を取り出した。

「一つ、ミグラテル王、並びに王家の血を引く者の首をすべて差し出すこと」

広間に呻き声が溢れた。立ち上がりかける騎士ノルトを眼差《まなざ》しで制し、宰相は続けた。

「二つ、十歳から十五歳までの男児と女児を各千人ずつ、奴隷《どれい》として差し出すこと」

「そんな条件が呑《の》めるか！」間髪を容《い》れずノルトが叫んだ。「戦おう！ティグルの悪鬼どもに、我らの意地を見せてやろう！」

立場は違えど、この場に揃《そろ》った者達は皆同じ思いを抱いていた。祖国のために命を惜しむ者は誰一人としていなかった。しかし、ノルトに追随する者はいなかった。小国ミグラテルにティグルの大軍を退《しりぞ》ける力はない。抵抗すれば叩《たた》き潰《つぶ》される。それは火を見るよりも明らかであった。

「戦えばミグラテルは滅ぶ」

沈黙を破ったのは、老師ジエットだった。

「ティグルのような卑劣漢《ひれつかん》に従うは屈辱《くつじょく》。しかしながら、我らが優先すべきは己の名誉ではなく、いかにして国民の命を守るかだ。ミグラテルの民のため、今は耐え忍び、降伏条件を呑むべきだ」

先代王の時代から国を支え続けてきた賢人の言葉だ。沈痛の面持ちで頷く者も少なくない。

「正気か、老師！」

騎士ノルトは拳《こぶし》で円卓を叩いた。

「貴方《あなた》は陛下に死ねと仰《おっしゃ》るのか！　戦わずして、王妃と殿下を差し出せと仰るか！」

「落ち着け、ノルト」

激昂《げっこう》する騎士を制したのはグラナト本人だった。

「お前の気持ちは嬉《うれ》しい。だが私はミグラテルの王だ。我が民のため、命を惜しむつもりはない」

「陛下の仰る通りです」グラナトの隣、王妃シーニュが続ける。「ミグラテルのためならば、喜んでこの首、差し出しましょう」

王は王妃の手を握った。王妃は微笑んで、彼の手を握り返した。二人は幼き頃からの親友であり、数多《あまた》の危機をともに乗り越えてきた戦友でもあった。

「両陛下の覚悟はご立派だと思う」

そんな二人を見て、南部領主アミル公は皮肉めいた口調で言った。

「だがティグルは他国民の少年達を兵士として使い捨て、少女達を慰《なぐさ》みものにする。ミグラテルの将来を担《にな》う子供達を、そんな目に遭わせるなんて、私にはとても耐えられない」

「私も容認出来ません」

同意したのは司祭アルエットだった。

「ティグルは神の名の下に交《か》わされた不可侵条約を侵しました。彼らは神を冒瀆《ぼうとく》したのです。そのような輩《やから》に唯々《いい》諾々《だくだく》と従えば、私達も神の名を穢《けが》すことになります」

「アルエット様の仰る通りだ」

意を得たりと、騎士ノルトは頷く。

「我らには信仰がある。誇り高き矜持《きょうじ》がある。敬愛する陛下と王家一族を差し出し、幼子達を生け贄《いにえ》に差し出してまで、生き存《なが》らえて何とする！」

「矜持とは、生き存えてこそ抱けるもの」

老師ジエットが静かな声音《こわね》で言い返す。

「たとえ支配下に置かれようとも、我らの魂は支配されない。生きてさえいれば、いつか必ず国を復興する機会はやってくる」

「老師は甘い！　戦わずして服従すれば、子を奪われた親は我らを憎むようになる。しかしながら、我らが命を賭《と》して戦えば、我らの遺志は民の心に深く刻み込まれる」

「騎士ノルト、貴方の勇気は尊敬に値します」王妃シーニュが言った。「ですが、戦《いくさ》になれば家や畑は焼かれ、多くの尊い命が失われることになります」

「今、我らが為《な》すべきことは、命を惜しむことではありませぬ！」

「それは騎士の言い分です。より多くの民が生き存える術《すべ》を模索《もさく》することこそ、我ら為政者《いせいしゃ》の務めです」

「生き存えたとしても、待っているのは地獄です」グルウド公が陰鬱な声で指摘した。「ティグルに占領された国々は人も食料も搾取《さくしゅ》し尽くされ、荒廃《こうはい》の一途を辿《たど》っています。たとえ降伏を選んでも、奴らはこの国が干上がるまで無理難題を押しつけてくるでしょう」

「それでは八方塞《はっぽうふさ》がりではありませんか」

年若く心優しい騎士モワノは、目に涙を浮かべ、掠《かす》れた声で問いかけた。

「なぜです？ こんな孤島の小国に、ティグルはなぜ、こうも執着《しゅうちゃく》するのです？」

「おそらく伝説のせいでしょう」

宰相ロザンの答えに、騎士モワノは息を呑んだ。恐れ知らずの騎士ノルトでさえ、緊張に身体を強《こわ》ばらせた。

今より三百年前、北方から来た蛮族《ばんぞく》がミグラテルを襲った。ミグラテルの騎士シグルドは悪魔と契約し、邪法を用いて蛮族を退けた。その代償として、彼は悪魔に魂を奪われ、非業《ひごう》の死を遂げた。畏怖《いふ》とともに語り継がれるシグルドの英雄譚《えいゆうたん》。それははるか西の大陸にも伝わった。ミグラテル人は悪魔を使うと、世界中が恐れていた。

「イラヴ王は神を信じない。神を恐れない者は悪魔のことも恐れない。彼はそれを証明したいのでしょう」

迷惑な話ですと呟《つぶや》いて、ロザンは息を吐いた。が、すぐに表情を改め、周囲の面々を見回した。

「時間がありません。早急ではありますが、決を採《と》りたいと思います。戦うべきだとお思いの方は挙手願います」

騎士ノルトが勢いよく手を挙げた。騎士団長ムエルトも無言で右手を挙げ、アミル公と司祭アルエット、グルウド公も追随する。

「では、降伏すべきだとお考えの方は？」

老師ジエットが右手を掲《かか》げた。王妃シーニュがそれに倣《なら》い、沈痛な面持ちでコルボ公も賛成する。騎士モワノは、隣にいる騎士ノルトを横目で見ながら、それでもおずおずと右手を挙げた。

「五対四だ」騎士モワノは、隣にいる騎士ノルトを睨み、ノルトは立ち上がった。「すぐに出陣の準備を――」

「いいえ、五対五です」宰相ロザンが遮った。「私も降伏すべきだと思います」

「ロザン！」

唾《つば》を飛ばしてノルトが叫んだ。

「貴様まで臆病風《おくびょうかぜ》に吹かれたか！」

「蛮勇《ばんゆう》では国は救えません」

冷静な声でロザンは言い返した。

「国を国たらしめているのは国民です。王でも騎士団でも評議会でもなく、国民こそが国なのです。降伏か抗戦か、どちらを選んでも犠牲は避けられません。ならば私は、より被害の少ない方を選びます。一人でも多くの国民が生き存える方を支持します」

そこで彼はグラナト王を見た。

「採決が均衡した場合、決断は国王に委《ゆだ》ねられます。陛下がどちらの道を選ばれようとも、評議会はそれに従います」

ご決断を――と言って、ロザンは口を閉ざした。十人の目がミグラテルの王を注視する。

グラナトは目を閉じた。沈黙の中で長考した。やがて意を決したように目を開き、重々しい声で宣言した。

「降伏はしない。さりとて戦をするつもりもない」

議員の顔に困惑が揺れる。

「陛下、何か策がおありなのですかな？」

騎士団長ムエルトが尋ねた。それにグラナトが答えかけた時だった。扉が開かれ、一人の兵士が駆け込んできた。

「ティグル軍が進撃を開始しました！　戦禍《せんか》を逃れたコルボ地方の領民が、王都に押し寄せてきています！」

騎士ノルトは血相を変え、コルボ公が悲痛な呻き声を上げた。宰相のロザンでさえ、言葉を失い立ち尽くした。そんな中――

「民を城壁内に避難させよ。無駄な戦いはせず、守りに徹するのだ」

有無を言わさぬ口調でグラナト王が命じた。

「二日で戻る。それまで持ちこたえよ」

そう言い残し、王は部屋を出た。

「お待ち下さい、陛下！」

宰相ロザンが追ってきた。

「北の遺跡に行かれるおつもりですか？」

グラナトは答えなかった。前方を見つめたまま廊下を歩き続ける。そんな彼に追いすがり、ロザンはさらに声を潜《ひそ》めた。

「悪魔は災いを招きます。邪法を扱う者は非業の死を遂げます。お願いです、陛下。どうか思いとどまって下さい」

「止めるな、ロザン」

低い声でグラナトは言った。

「私は神の教えを尊び、礼節を重んじることで世界の規範になろうとした。暴力ではなく秩序で世界を平定しようとした。だが、理想は圧倒的な武力の前に崩れ去った。これは私の責任だ。私の甘さがティグルを増長させ、この戦禍を招いたのだ」

「我が王よ、そのようなことを仰らないで下さい。陛下の御心を知らぬ国民はおりません。陛下ほど民に愛される王は、長きミグラテル史においても、ただの一人も存在しません」

「ならばこそ、私は行かねばならぬ。この命を悪魔に奉じてでも、ティグルの侵攻を止めねばならぬ」

「その判断は誤りです。陛下はこの国になくてはならぬ御方です」

ロザンは王の腕を摑《つか》み、立ち止まらせた。

「北の遺跡には私が参ります。陛下の名代《みょうだい》として、この私が悪魔と取引いたします」

冷静沈着な若き宰相、その手が震えていた。ロザンは真剣な眼差しで王を見て、懇願するように続けた。

「裏切り者の息子である私を、陛下は信頼し、重用《ちょうよう》して下さいました。そのご恩を、どうか返させて下さい」

「恩ならもう充分に返して貰《もら》った」

グラナトは微笑んだ。ロザンの肩に手を置いて、一度、二度、優しく叩いた。

「私はノルトのような武勇は持たぬ。ムエルトのような強靭《きょうじん》な身体も、お前のような知啓《ちけい》も持たぬ。だが、この国を思う気持ちだけは誰にも負けぬ。それだけは誰にも譲らぬ」

「陛下――」

「私からの最後の頼みだ。どうか王子を支えてやってくれ。我が息子カロンを立派な王に育ててくれ」

王の声に秘められた信念、その目に宿る決意に、ロザンは言葉を失った。力なくうなだれる宰相の肩を抱き、グラナトは言った。

「ロザン、後を頼んだぞ」

グラナト王は単騎で王城を出て、北へと向かった。ミグラテル島の北部は不毛の地だ。大地を耕《たがや》し、種を蒔《ま》いても、麦は枯《か》れ、野菜は腐る。呪われているのだと人は言う。悪魔の吐息《といき》が染みついているのだと噂《うわさ》する。吹きつける砂混じりの強風。それに抗《あらが》うようにグラナトは馬を駆り、死の荒野を夜通し走った。

東の空が白々と明けてくる頃、前方に遺跡が見えてきた。それは割れた卵、羽化することなく腐った蛹《さなぎ》、転覆した沈没船のようにも見えた。丘の上から見下ろせば、異形《いぎょう》の遺跡は白骨に取り囲まれている。背骨、肋骨《ろっこつ》、大腿骨《だいたいこつ》、幾千という頭蓋骨《ずがいこつ》が虚《うつ》ろな眼窩《がんか》を空に向けている。いつ見ても、何度見ても背筋が凍る。戦慄《せんりつ》を禁じ得ない眺めだった。

グラナト王は馬を操り、白骨原に踏み入ろうとした。しかし王の愛馬は高く嘶《いなな》き、抗うように首を振った。宥《なだ》めても命じても、頑として前進を拒む。

王は諦《あきら》めて馬を下り、徒歩で遺跡に向かった。長靴の下、乾いた骨が砕《くだ》ける。悪魔は災いを招く。どんなことがあろうとも、決して悪魔を蘇《よみがえ》らせてはいけない。幼き頃に聞かされた父王の言葉が脳裏を過《よぎ》る。それでもグラナトは足を止めなかった。ティグルの侵攻を知らされた時から、彼の心は決まっていた。たとえ我が身を滅ぼしても、ミグラテルを守ってみせる。固い決意を胸に秘め、彼は遺跡に足を踏み入れた。

空気は冷たく、乾いていた。細く長い廊下を抜けると円形の広間に出た。周囲の石柱は健在だったが、天井は崩れ落ちている。瓦礫《がれき》と砂が堆積《たいせき》した広間、中央には石棺《せっかん》がある。石棺の上には黒く変色した髑髏《どくろ》が置かれている。

あれが悪魔だろうか。グラナトは剣の柄《つか》に手を添え、慎重に歩を進めた。

その頭蓋骨は焼けていた。表面に黒い煤《すす》がこびりついていた。さらに一歩近づいて、グラナトは気づいた。眼窩の奥、頭蓋骨の内側に、丸みを帯びた黒いものが貼りついている。正体を確かめようと、彼は髑髏に手を伸ばした。

『死の覚悟なく、それに触れてはならぬ』

声が響いた。年老いた男の声だった。

伸ばしかけた手を止めて、グラナトは周囲を見回した。

しかし、人の姿はどこにも見えない。

「何者だ」

鋭い声で誰何《すいか》した。

「私に意見したくば、姿を見せよ」

虫の羽音のような音が聞こえた。かと思うと、石棺の向こう側に老いた男が現れる。どこの国のものにも似ていない白い服、長く伸ばした白い髪、精気のない青い瞳。すべてが霞《かすみ》のように揺れていた。薄絹《うすぎぬ》に描かれた肖像画のように、背後の風景が透けていた。

「亡霊か」

グラナトは半透明の男を睨んだ。

「それとも貴様が伝説の悪魔か」

『悪魔ではない。お前と同じ人間だ。しかし実体はすでに失われているからして、亡霊と呼ばれても致し方あるまい』

尊大な口吻《こうふん》で男は答えた。その姿を揺らめかせながら、耳障《みみざわ》りな声で続けた。

『お前が触れようとしているもの。それは《女王》の卵だ。ひとたび体内に入れば、ただちに孵《ふ》化《か》してお前を喰《く》らう。あのシグルドでさえ三日と保《も》たなかった。お前では二日、いや一日と保つまい。悪いことは言わぬ。命が惜しければ、それには近づかぬことだ』

「命を惜しむつもりはない」

臆《おく》することなく、グラナトは言い返した。

「ミグラテルのためならば、私はどんなことでもしてみせる」

『ほほう？』

亡霊は顎に拳を当てた。

『己を示威《じい》するためでなく、他者を守るために力を欲するか？　そのために命を失ってもかまわないというのか？』

「それが王としての私の役目だ」

『気骨《きこつ》のある男だ』

感心したように呟き、亡霊は薄く笑った。

『人が持ち得る感情の中で、もっとも強く崇高《すうこう》なもの。それが愛だ。お前は深き愛ゆえに、この穢《けが》れた世界を滅ぼすのだ』

「戯《ざ》れ言《ごと》につき合っている時間はない」

グラナトは頭蓋骨を摑み、顎骨の下から手を入れた。指先がヌルリとしたものに触れる。不快感を嚙《か》み殺し、王はそれを摑み出した。ねっとりと黒い液体が糸を引く。吐き気を催す臭気が鼻を突く。腐った油のような粘液を滴《しただ》らせる卵。殻はなく、ぬらぬらとした皮膜に覆われている。握る手に力を込めると、それは芋虫《いもむし》のように、ぐねぐねと蠢《うごめ》いた。

おぞましさに鳥肌が立った。投げ棄《す》てたいという衝動を抑え、グラナトは尋ねた。

「これを、どう使えばいい？」

『それを教える前に忠告しておこう。《女王》の宿主になった者は死ぬ。《女王》は宿主の魂を喰らって羽化する。羽化した《女王》は新たな宿主に卵を産みつけ、繁殖する。《女王》に喰らい尽くされるか、そうなる前に自死するか。どちらにしても、宿主は死ぬ』

その代わり――と言って、亡霊は嗤《わら》った。

『《女王》を身に宿した者は、悪魔の力を手に入れる』

亡霊は語った。悪魔の力の根源と作用を。それは狂気の沙汰《さた》だった。まごうことなき悪魔の所行だった。グラナトは戦慄した。民を守るためならば魂を売る覚悟であったが、それでも震撼《しんかん》せずにはいられなかった。

そんな彼を見て、亡霊は呵々《かか》と笑った。

『シグルドでは失敗した。奴は最後の最後で死に逃げ込んだ。だが真の愛を知るお前は、己に逃げることを許さない。お前はその崇高なる信念で、《女王》を育て上げるのだ』

「させぬ」

憤怒を押し込め、グラナトは言った。

「そうなる前に、私は我が身を焼き滅ぼす」

『ならば飲め。お前の覚悟を証明してみせよ』

哄笑《こうしょう》が広間に響く。厭《いや》らしい笑みを浮かべたまま、亡霊の姿はかき消えた。

グラナトは右手を見た。べとついた黒い粘液。ぬらぬらとした皮の下、うぞうぞと蠢く芋虫が透けて見える。

吐き気を堪《こら》え、彼は目を閉じた。熱い瞼《まぶた》の裏側に愛《いと》しい者達の面影が溢れる。素朴で温和な民の顔。勇壮な騎士達の歓声。若き宰相の真摯《しんし》な眼差し。師であり友でもある騎士団長の朗《ほが》らかな笑い声。美しい妻の髪を手で梳《す》いた時の柔らかな感触。幼い息子を抱きしめた時の甘やかな汗の匂い。守るためには捨てなければならない。温情を、理性を、命を、人間であることを。

意を決し、グラナトは目を開いた。

醜悪《しゅうあく》な粘塊《ねんかい》を口に含み、一息に飲み下した。


グラナト王が城を離れてから二日が過ぎようとしていた。約束の日の真昼を過ぎても王は戻らなかった。城壁の向こう、西の丘にはティグル軍が陣をかまえている。巨大な旗が乾いた風を孕《はら》み、挑発的にはためいている。

王都の城壁内には避難民が溢れていた。教会が礼拝堂を開放しても収まりきらない。国庫に備蓄された食料で、何とか喰いつないでいるものの、このままでは五日と保たないだろう。

騎士団長ムエルトは城壁の上に立ち、遠眼鏡《とおめがね》で敵陣の様子を窺《うかが》った。ティグル兵は軍装を解き、談笑しながら昼飯を喰っている。城攻めにかかる気配はない。こちらが弱るのを待っているのだ。そう思うと腹が煮えた。ムエルトとて騎士の一人だ。誇りあるミグラテルの騎士として戦場で死にたいと願っていた。

二日待てと王は言った。ムエルトはグラナトのことをよく知っていた。彼がまだ王子であった頃、ムエルトは彼の剣の指南役を務めていた。優しく利発な少年は、誰からも愛される賢王へと成長した。それが誇らしかった。だからこそ疑わなかった。グラナトは国民を捨てて逃げ出すような男ではない。

王の帰還を信じ、ムエルトは待った。時は無情に過ぎていった。太陽はすでに西の地平に半身を沈めている。王が約束を違《たが》えたとなれば、血気盛んな騎士達を押しとどめるのは難しい。今ならティグルも油断している。奇襲を仕掛けるならば、今夜をおいて他にない。

「これまでか」

呟いて、深く息を吐いた時だった。

北の空に黒雲が湧き上がった。いや、雲にしては動きがおかしい。意思あるもののように伸び縮みを繰り返す雲など、見たことも聞いたこともない。それでも幾多の戦場を乗り越えてきた騎士の勘が告げていた。あれは忌《い》むべきものだと。恐ろしい災厄《さいやく》だと。

びびび……いびびび……

不気味な音を響かせながら暗雲が近づいてくる。それは丘の上空に広がり、ティグルの陣へと降り注いだ。

悲鳴が聞こえた。風に煽《あお》られた炎のように絶叫が燃え広がった。悲鳴、怒号、絶叫、悲鳴。いったい何が起こっているのか。ムエルトは遠眼鏡を目に当てた。

狭《せま》い視野の中、踊るティグル兵が見えた。両腕を振り回しながら、兎《うさぎ》のように跳ねている。幾多の兵士が頭を振りながら走り出し、丘の斜面を転がり落ちていく。ティグル兵の滑稽《こっけい》な踊り。

その理由を理解した瞬間、ムエルトは血の気が引くのを感じた。

「……蟲《むし》か？」

それは死の舞踏だった。彼らは生きながらにして蟲に喰われているのだった。手を振り回す者、幼子のように叫ぶ者、泣き喚《わめ》きながら走る者、その皮膚が喰い破られ、肉が引きちぎられ、流れ出した血にも蟲が群がる。

おぞましさに全身が総毛立《そうけだ》った。数多の戦場で残酷な死を目《ま》の当たりにしてきたムエルトだったが、これほど酷《ひど》い死に様を見せられたことはなかった。それでも勇敢な騎士団長はただちに行動を開始した。城壁の階段を駆け下り、声の限りに叫んだ。

「皆の者、屋内に入れ！　窓と扉を閉め、隙間《すきま》を布で埋めよ！　急げ！」

壁の外から聞こえてくる悲鳴に、何事かと外に出ていた王都の住民は、騎士団長の声を聞き、慌てて屋内に舞い戻った。

「城門を固めよ。蟲一匹、中に入れるな！」

騎士達に指示を飛ばしながら走るムエルトに、一人の男が駆け寄った。

「何事ですか、騎士団長」

それは宰相のロザンだった。ムエルトは彼の腕を引き寄せ、その耳に囁《ささや》いた。

「ティグル兵が蟲に襲われている」

「蟲——ですか？」

「そうだ。蟲が人を喰っている」

その一言で、ロザンはすべてを理解した。彼は踵《きびす》を返し、城門へと走り出す。

「待て、ロザン！」

ムエルトは後を追った。通用口の閂《かんぬき》を外そうとするロザンを羽交《はが》い締《じ》めにして引き戻す。

「早まるな。蟲を招き入れてはならぬ」

「しかし、このままでは陛下が――」

「慌てるな。しばし待つのだ」

木戸の向こうから不気味な羽音が聞こえてくる。波のように押し寄せてくる。悲鳴はすでに絶えていた。間もなくして羽音も消えた。

ムエルトは用心深く通用口を開いた。

陽は落ちて、空には星々が輝いている。冴《さ》え冴《ざ》えと降り注ぐ月光。それに照らし出された丘は、累々《るいるい》たる死骸で埋め尽くされていた。遺骸からは肉が削げ、骨が露出している。腹から溢れ出た臓物が長く地を這《は》っている。漂ってくる濃密な死の臭い。凄惨《せいさん》な地獄絵の中に、一人の男が立っていた。ぼろぼろの服に身を包み、幽鬼《ゆうき》のように立ち尽くす。それはグラナト王だった。

「無事だったか！」

ムエルトは王に駆け寄った。が、安堵《あんど》は一瞬にして霧散した。げっそりと痩《こ》けた頬、死人のような顔色、血走った目だけがぎらぎらと光る。それは彼の知るグラナトではなかった。グラナトの姿をした別の何かだった。思わず足を止めたムエルトを追い越し、ロザンが王に駆け寄った。その足下に跪《ひざまず》き、頭《こうべ》を垂れる。

「陛下、よくぞご無事で。心から御身を案じておりました」

「心配を掛けたな、ロザン」

軋《きし》むような声で王は答えた。ゆっくりと眼差しを上げ、城壁に並ぶ騎士達を見た。

「もはや恐れることはない。私は力を手に入れた。改めて皆に誓おう。必ずやティグルを殲滅し、ミグラテルの平穏を守ると」

殷々《いんいん》と響く王の言葉。待ちに待った王の帰還。ミグラテルの騎士達は歓喜の声を上げ、王の前に城門を開いた。


ティグルの先発隊は全滅した。しかし、西部一帯は依然制圧されたままだ。コルボ城も二万のティグル軍に占拠されている。敵の本隊が動き出す前に手を打たなければ、この勝利も水泡に帰する。

だがグラナトは軍議を開くことも、評議会を招集することもしなかった。

「明日の朝、コルボに向けて出発する」

それだけを言い残し、彼は自室に戻ってしまった。王の許しなく、王の寝室に入ることが許されるのはただ一人、王妃シーニュだけだった。

「我が君、もうお休みですか?」

シーニュが燭台《しょくだい》を掲げると、王は寝台から転げ落ちた。

「近寄るな」

寝室の隅に蹲《うずくま》り、グラナトは言った。

「私は穢れている。私に接すれば、お前まで穢れてしまう。地獄に堕《お》ちるのは私だけで良い。愛する妻よ、私のことを思うなら、どうか出て行ってくれ」

「お断りします」

王妃は勇ましく微笑んだ。

「貴方を一人にはしません。貴方が地獄に堕ちるなら、私もともに参ります」

彼女は王に歩み寄り、彼の前に膝《ひざ》をついた。

「夫婦の誓いを交わした時、約束したではありませんか。お互いのために、出来ることは何でもすると」

グラナトは王妃を見つめた。シーニュは彼の膝に手を置いた。

「悪魔を受け入れたのですね？」

「そうだ……私は悪魔と取引した。国を守るため邪法を受け入れた。私は、あのおぞましき、《女王》の卵を飲んだのだ」

「《女王》の卵？」

「人喰い蟲の《女王》だ」

王は夜着の襟《えり》を摑み、左右に開いた。露《あら》わになったグラナトの身体《からだ》を見て、王妃は声なき悲鳴をあげた。彼の胸からは肉が削げ落ちていた。肋骨に皮が貼りつき、鳩尾《みぞおち》は抉《えぐ》られたように凹《へこ》んでいる。数日前、閨《ねや》をともにした時の彼とはまるで違う、変わり果てた姿がそこにはあった。

「私の中には《女王》の幼虫がいる」

呻くように、グラナトは言った。

《女王》は邪法を使い、私の血肉を人喰い蟲に変える。蟲どもの務めは《女王》を守ることだ。今は宿主である私の命令にも従う」

「では、城壁前のティグル軍を殲滅したのは、その人喰い蟲だったのですね」

「ああ……」グラナトは頭を抱えた。「恐ろしい……恐ろしいことだ」

「これは戦です。人が死ぬのは仕方のないことです。陛下は正しいことをしたのです」

「私には……わからないのだ。《女王》は人の感情や記憶を喰らう。時を経るほどに私の頭に入り込んでくる。こうしている間にも、私は私でなくなっていく。あの殺戮《さつりく》を命じたのは私なのか、《女王》なのか、わからない。それが、私には、たまらなく恐ろしいのだ」

王は自分の身体をかき抱いた。

「私の血肉と魂を糧《かて》に《女王》は成長する。すべてを喰い尽くした後、私の骸《むくろ》を喰い破って羽化する。成虫となった《女王》は自身の分身を生み出すため、人間に卵を産みつけるようになる。そうなれば、もはや歯止めは利かぬ。世界中の人々が《女王》に、人喰い蟲に、喰い尽くされることになる」

「ああ、グラナト！」

震える手でシーニュは彼を抱きしめた。

「術はないのですか？　貴方を救い、世界を救うために、出来ることはないのですか？」

「方法は一つだけ。《女王》が羽化する前に私は自害する。自らの身体に火をつけ、この首を断ち斬る」

「そんな――」

「聞いてくれ、シーニュ」

王妃の嘆きを遮って、グラナトは続けた。

「宿主である私が死ねば《女王》は糧を失う。それでも奴は死なないのだ。卵の中に閉じ籠《こ》もり、私の頭蓋骨の中で眠り続けるのだ」

だから――と言って、彼は王妃の目を見つめた。

「私の遺骸に人を近づけるな。周囲に石棺を築き、決して誰にも触れさせるな」

「……承知しました」

涙を堪え、シーニュは頷いた。

「必ずや、そのようにいたします」

ようやく安堵したように、グラナトは大きく息を吐いた。

「このことは二人だけの秘密にしてくれ。悪魔に魂を売り渡し、地獄に堕ちた王として、我が名を残したくはない」

「グラナト……貴方は私の誇りです」

王妃は王の唇に接吻《せっぷん》し、彼のやつれた頬を両手で包んだ。

「貴方ほど勇敢な王はいませんん」

「シーニュ」堪えきれずグラナトは彼女を抱きしめた。「お前のような妻を持てたことは、我が生涯で一番の僥倖《ぎょうこう》だ」

王と王妃の秘密の会話。それを聞いていた者がいた。彼らの一人息子、王子カロンだった。齢《よわい》八つの心優しい少年は、変わり果てた父親の身を案じるあまり、寝室に忍び込み、二人の会話を聞いてしまったのだ。

王子は恐れおののいた。どうすればいいのかわからず、もっとも信頼する者に助けを求めた。必死に扉を叩く王子を見て、宰相ロザンは目を見張った。

「殿下、いったいどうなさったのです？」

兄のように慕う宰相に、王子はすべてを打ち明けた。

「こんな惨《むご》い話があっていいのか」カロンは泣きながら訴えた。「父上はミグラテルに人生を捧《ささ》げてきた。己を犠牲にして民を守ってきた。その父上が、このように残酷な死を迎えるなんて、あまりにも理不尽だ」

「わかります。私も同じ思いです」

ロザンは俯《うつむ》き、やはり私が行くべきでしたと、悔しそうに呟いた。

「私達に出来ることは限られています。王妃が仰った通り、王の尊厳を守りましょう。最後まで王を信じ、支え続けましょう」

そのために——と言い、彼は続けた。

「もう一人だけ、真相を知らせておきたい人物がいます」


その夜、グラナト王は夢を見た。夢の中で彼は蟲と化していた。ミグラテルの村を襲い、略奪と暴行を繰り返すティグル兵を、見つけては喰い散らかす。凄惨な悪夢だった。

翌朝目覚めた王は、両腕の肉がごっそりと失われていることに気づいた。

あれは夢ではなかったのだ。

グラナトは嗤った。もはや罪悪感はなかった。あのような連中、死んで当然だと思った。腹の中に怒りと憎しみが膨《ふく》れあがっていた。血に飢えた蟲達が、我らを解き放てとざわめいていた。その声に従い、怒りを解放しようとした時、突然扉が開かれた。

「なぜだ、グラナト!」

駆け込んできたのは騎士団長ムエルトだった。止めようとする宰相を振り払い、グラナトの夜着を摑むと、彼は王の頰を殴った。

「ミグラテルのためならば、命を落としてもかまわなかった。お前とともに天上に昇り、また酒を酌《く》み交わせるのなら、それも悪くはないと思っていた。なのに、なぜだ! なぜ、そのような忌まわしきものを受け入れたりしたのだ!」

その言葉はグラナトの良心を蘇らせた。湧き上がってくる温かな思いに、猛々《たけだけ》しい蟲の羽音が遠ざかる。

「すまない、ムエルト」

グラナトは毅然《きぜん》として騎士団長を見つめた。

「だが、私は後悔はしていない。この国を守るためならば、私は何度でも邪法に手を染めよう。悪魔に魂を捧げ、喜んで地獄に堕ちよう」

ムエルトは怯《ひる》んだ。王から手を離し、恥じ入るように、その場に跪いた。

「申し訳ございません、陛下。怒りに我を忘れました。どうか非礼をお許し下さい」

「謝るな。実はもう痛みも感じぬのだ」

グラナトは、うっそりと笑った。

「この身体は長くは保たぬ。急ぎコルボ城に乗り込み、敵の首魁《しゅかい》を倒さねばならぬ」

騎士団長は顔を上げた。怒りと悲しみ、後悔と同情、すべてを押し込め、彼は言った。

「私もお供いたします。この命にかけて、陛下の名誉は私がお守りいたします」

「わ、私も連れて行って下さい」

細い声が聞こえた。開け放された扉から、カロン王子が飛び込んでくる。

「駄目だ」グラナトは即答した。「お前はミグラテル王となる身だ。連れては行かれぬ」

「で、でも敵の拠点に乗り込むには、降伏を受け入れるふりをするのが一番です！　私を伴えば、きっとティグルは油断します！　無用な争いを避け、父上のご負担を減らすことが出来ます！」

まだまだ子供だと思っていた息子からの予想外の提案に、グラナトは少なからず驚いた。彼はロザンに目を向け、疑わしげに尋ねた。

「これは、お前の入れ知恵か？」

「滅相《めっそう》もございません」若き宰相は畏《かしこ》まって頭を垂れた。「私も驚いております」

「私は父上のお役に立ちたいのです！」

カロンはさらに言い募る。

「それに、私が傍《そば》にいれば、父上は是が非でも正気を保とうとなさるはず！」

「然《しか》り」と言って、騎士団長は破顔した。「陛下、カロン殿下に一本とられましたな」

それでもグラナトは首を縦に振らなかった。

「人喰い蟲がカロンを襲ったらどうする」

「それは陛下が正気を失ったという証拠ゆえ――」

ムエルトは立ち上がり、胸に手を当てた。

「その時が来ましたら、私が陛下の首を刎《は》ねましょう」


グラナト王は騎士団長ムエルトとカロン王子だけを伴い、コルボを目ざした。その道中、略奪にあった村を通った。家は焼かれ、女は斬り殺され、男は腹を裂かれて木に吊《つ》られていた。腐敗した遺骸に集《たか》る蠅《はえ》の群れを見て、カロン王子はたまらずに嘔吐《おうと》した。

「ごめんなさい……ごめんなさい」

詫《わ》びながら嘔吐《えず》き続ける王子、その馬に自らの馬を寄せ、ムエルトは彼の背を撫《な》でた。

「詫びることなどありませぬ。私も初陣の時は、さんざん吐きました」

そう言いながら、騎士団長は王の様子を盗み見た。グラナトは王子の身を案じることもせず、吊られた遺骸を眺めている。その顔には何の感情も浮かんでいなかったが、身体からは蜂《はち》の巣を突《つつ》いたような羽音が聞こえていた。

街道沿いの村々は、すべて同様に焼き尽くされていた。なのにティグル兵の姿は見当たらない。ただ道端に、草むらに、森の中に、ティグルの鎧《よろい》を着けた白骨が転がっていた。彼らに何があったのかは明白であった。

「大丈夫か？」ムエルトはグラナトに尋ねた。「無理はするな」と幾度となく呼びかけた。そのたび王は「大丈夫だ」と答えた。「イラヴの前に立つまでは抑えてみせる」と言って笑った。その笑顔は酷薄《こくはく》で、むしろ愉《たの》しげでさえあった。


王都を出て三日目の朝、三人はついにコルボ城に到着した。

「我が名はグラナト、ミグラテルの王だ！」

コルボ城の門前でグラナト王は名乗りを上げた。しかし城門は固く閉ざされたまま、応《いら》えの声すら聞こえない。

「開門せよ！　ティグルの王は腰抜けか！　たかだか三人のミグラテル人を恐れるか！」

度重なるグラナトの挑発に、ついに城門が開かれた。ティグル兵に取り囲まれ、三人は城に入った。鷹揚《おうよう》さを示すためか、たかが三人と侮ったのか、ティグル兵は彼らの武装を解くこともしなかった。

コルボ城の広間では、イラヴ王が領主の椅子に腰掛けていた。若く野心的なティグルの王は、挨拶《あいさつ》も前置きもせずに切り出した。

「どうやって我が軍の先発隊を叩いた？」

「悪魔の力を使った」

その答えを、イラヴは一笑に付した。

「悪魔の名を出せば、私が怯《おび》えるとでも思ったか。生憎《あいにく》、私は神も悪魔も信じぬのよ」

「……そのようだな」

「降伏の証《あかし》として、王子を伴ったことは評価しよう」イラヴは身を乗り出し、厭らしく唇を歪《ゆが》めた。「だが貴様《きさま》らの命だけでは足りぬ。我が兵士を殺した代償として、五千の奴隷を差し出して貰おう」

「断る」とグラナトは言った。「イラヴ王よ、軍を引け。でなければ貴様もろとも、ティグル軍を殲滅する」

「やれるものならやってみろ！」甲高い声でイラヴは嘲笑《ちょうしょう》した。「まずは王子と従者を殺し、ミグラテルの民を鏖殺し、そのすべてを見せつけてから貴様の首を刎ねてやる！」

「この狂犬が！」

思わず前に出かかるムエルトを、グラナトが制した。目前の敵を見据えたまま、彼は低い声で命じた。

「下がれ、ムエルト」

その声に蟲の羽音が重なった。風もないのに王の服が波打っていた。ムエルトはカロン王子の手を引き、急ぎ壁際へと飛び退《の》いた。

次の瞬間、グラナト王の身体から黒い蟲が放たれた。幾千幾万の人喰い蟲が禍々《まがまが》しい羽音を猛らせ、イラヴ王に襲いかかる。悲鳴を上げる暇もなく、ティグルの王は一瞬にして蟲の大群に包まれた。蟲の嵐が旋回する。血飛沫《ちしぶき》が跳ぶ。肉が磨《す》り潰される。ものの数秒と経たないうちに、床に白いものが転がった。頭蓋骨だった。背骨と肋骨、数多の骨がそれに続いた。

「お、王が喰われたぞ！」

「悪魔だ……悪魔が来た！」

けたたましい悲鳴が上がった。イラヴ王の血肉を喰い尽くした蟲が、逃げ惑うティグル兵を襲う。蛮勇を誇るティグル軍も小さな蟲の前には無力だった。剣も矢も虚《むな》しく空《くう》を切った。彼らは為す術もなく、蟲の餌食《えじき》となっていった。

ムエルトとカロン王子は飾り布の裏に隠れ、その一部始終を見守った。広間の兵士を喰い尽くしても、蟲の勢いは衰《おとろ》えなかった。グラナト王の身体からは続々と蟲が湧き出し、広間の外へと溢れていく。

「おやめ下さい、父上！」

耐えきれず、カロンが叫んだ。

「敵は戦意を失っております。これ以上の殺戮は、どうかおやめ下さい！」

黒い蟲柱が動いた。うぞうぞと蠢く蟲の中、白い眼球が現れた。頬肉が削げ落ち、歯列が露わになっている。頭髪も頭皮も失われ、頭骨が露出している。凄惨な父の姿を見て、カロン王子は悲鳴を上げた。

人喰い蟲が王子に襲いかかる。ムエルトは飾り布を引きちぎった。それを振り回し、襲い来る蟲を払いのけた。

「やめろ、グラナト！」

ムエルトは叫んだ。が、その声は蟲の羽音にかき消され、王の耳には届かなかった。もはやここまでと、騎士団長は覚悟を決めた。彼は蟲を叩き落としながら、背後のカロン王子に言った。

「殿下、私は王をお止めします。私が首を刎ねた後、火を掛けて下さい」

カロンは全身を震わせながら、それでも何とか頷いた。ムエルトは頷き返し、腰の剣を抜いた。気合いの怒号を発し、変わり果てた王へと走る。

そのムエルトに蟲が群がった。人喰い蟲が皮膚を喰い破り、眼球に牙を立てる。喉《のど》が裂かれ、肺腑《はいふ》に蟲が飛び込む。目を潰され、呼吸を止められ、指の何本かが骨と化しても、ムエルトの突進は止まらなかった。

「我が王の仇《かたき》……！」

渾身《こんしん》の力を込め、ムエルトは剣を真横に振り抜いた。残された指に、首の骨を断つ手応えが伝わる。その感覚に満足し、彼は床に倒れ伏した。

「ムエルト！」

カロン王子が駆け寄った。倒れた身体を助け起こす。ムエルトはすでに絶命していた。

泣き叫ぶカロンの目前に、黒い蟲が落ちてくる。動きを止めた蟲達が雨のように降ってくる。

床を覆った蟲の死骸は、どろりと溶け、黒い粘液と化した。

カロンは涙を堪え、よろめきながら立ち上がった。壁のランプを手に取り、それを床に叩きつける。黒い粘液は油のようによく燃えた。燃えさかる炎がグラナトとムエルトの遺骸を包む。それを見届けて、カロン王子は広間を出た。

その直後だった。焼け焦《こ》げたグラナト王の頭蓋骨から一匹の蟲が這い出した。それは蟬《せみ》のような半透明な翅《はね》を持っていた。顎は蜻蛉《とんぼ》のように強靭で、胴は蜂のように細く、蠍《さそり》のような尾を持っていた。異形の蟲は劫火《ごうか》をものともせず、翅を広げて飛び立った。

いびび、いびびび……

異様な羽音を響かせて、蟲は窓の外へ出た。立ち上る黒煙、炎上するコルボ城、その上空を緩やかに旋回した後、《女王》は西の空へと飛び去っていった。

■

「ふざけるな！」

守人が槍を撥《は》ね上げた。ローグの手から石板が飛び、数歩離れた砂上に落ちる。

『Ouch!《痛い！》』

石板の表面に文字が波打つ。だが守人は目もくれなかった。もはや泣いてはいなかったが、今度は怒りが収まらない。彼女は頭上に槍を掲げ、眦《まなじり》を吊り上げてローグに迫った。

「彼らは外敵から国を守ろうとしただけだ。このような悲惨な末路、納得がいかない」

「そう怒るな。彼らは身に余る力を欲し、その制御に失敗した。それだけの話だ」

「力を求めて何が悪い。力がなくては何も守れない。為す術もなく外敵に滅ぼされる」

「まあ、その通りだな」

ローグは両手を挙げたまま後じさった。飛ばされた石板を拾いあげ、表面の砂を払う。

「人間は多様性を嫌う。些細《ささい》な違いを許容せず、意見の異なる者を糾弾《きゅうだん》する。異種だ異物だといがみ合い、排斥《はいせき》しようと殺し合う」

そこで彼は右手を挙げ、守人を指さした。

「四番目の答えは『Xenophobia《異物嫌悪》』だ。お前が俺を気に入らないのは、俺のことが理解出来ないからだ。お前は異物である俺が怖い。だから力ずくで排除しようとしているんだ」

そうだろうと問うように、首を傾《かし》げる。

返答の代わりに、塔の鎖が軋んだ。巻きついていた黒い鎖の一本が、音を立てて弾《はじ》け飛ぶ。砕けた鎖は白炎を噴き、煙と化して消えていく。

それに呼応するように、灰色の雲が蒸発し、白い太陽が現れた。容赦なく照りつける太陽光が、じりじりと肌を灼《や》く。

「……お前の言う通りだ」

槍を砂に突き立て、乙女は額の汗を拭《ぬぐ》った。

「だが私は《守人》だ。守ることが私の本質だ。お前のような異物から塔を守るため、私は存在しているのだ」

「知っている」ローグは鷹揚に頷いた。「大切なものを守ること、そのために戦うことを否定するつもりはない。けれど、誰よりも強い力を持った者が、誰よりも正しいとする考え方は間違っている。異物を嫌悪し、多様性を否定し、力による統一支配を求める種族は、例外なく滅びる」

「それは警告か」

守人は目を細め、ローグを睨んだ。

「人間は滅びるとでも言いたいのか」

「問うまでもないだろう?」

ローグは意味深な笑みを浮かべた。

「それについては俺よりも、お前の方がよく知っているはずだ」

# 第五問

*The Library of Wisdom and Ten Riddles*

照りつける太陽。砂上に立つ六角錐《ろっかくすい》の白い塔。その守人《もりびと》である乙女は、不可解そうに目を細めた。

「それはどういう意味だ。何故お前は、私が人間の行く末を知っていると思うのだ」

「最初に言ったはずだぞ？　その塔の知的深度は臨界に達していると。それこそが叡智《えいち》の図書館に至る扉なのだと。叡智の図書館は万智《ばんち》の殿堂だ。お前がその気になれば、知り得ぬものなど何もない」

「私は守人だ。塔に踏み入る権限はない」

「いい加減、認めたらどうなんだ？」

ローグは手荒くフードを撥《は》ねのけた。

「お前が問い、俺達が答えるたび、塔を縛る鎖は消えていく。彫像だったお前は肉体を得て、感情さえも習得した。すでにお前も承知しているのだろう？　この塔はお前自身で、お前はお前自身を封じているのだと？」

「答えるに値しない」

「なぜ逃げる？　何を恐れる？　お前の言う『外敵』とは何だ？　お前はなぜ自身を封じた？　何のために、お前はここにいる？」

「問うのは私だ。お前ではない」

守人の乙女は槍《やり》の柄《え》を握り、ローグを睨《にら》んだ。

「答えよ。何のために、私はここにいるのか？」

『Awaited!《待ってました！》』

黒い石板に金の文字が輝いた。

『Searching...《検索中……》』

いつになく、せわしく文字が点滅する。

『Completed : Play.《検索完了再生》』

盤面が白く光った。

映し出される真夏の太陽。青い海と白く泡立つ波頭。名残《なごり》惜しげに伸びる航跡。そして遠ざかる、遠ざかる故郷の町並み——


生ぬるい夏の夜、寄り合いからの帰り道。サフィロは一人、川沿いの石畳《いしだたみ》を歩いていた。海が近い。生臭《なまぐさ》い潮の香りが鼻をつく。風は重たく湿っている。それでも彼の足取りは軽かった。

普段なら、商工会議の寄り合いにはアトラス親方が出席する。しかし今朝方、親方は腰を痛めた。寝台に俯《うつぶ》せ、ウンウン唸《うな》りながら、親方はサフィロに言った。

「いい機会だ。代わりにお前が行ってこい」

サフィロは喜んで引き受けた。今回持って行く見本は、彼が考案した最新式の錠前《じょうまえ》だ。これがコリエンテの職人や商人にどう評価されるのか。是非とも聞いてみたかった。

「コイツはすげぇや」

「なかなかの優れモンだ」

職人達は口々にサフィロの錠前を褒《ほ》めてくれた。

「仕掛けが凝ってる。姿も形もいい」

気難しいことで知られるロッカ親方でさえ、賞賛を惜しまなかった。

「気に入ったぜ。これを二十個、来月末までに頼めるか?」

サフィロは舞い上がらんばかりだった。契約書に署名し、前金を貰《もら》い、旨《うま》い夕飯をご馳走《ちそう》になった。「娘さんにも喰《く》わせてやれ」と手土産《てみやげ》まで持たされた。

アトラス親方の工場《こうば》で働き始めて十三年、親方や先輩職人に叱られながら懸命に仕事を覚えた。寝る暇を惜しんで技を磨《みが》いた。うだるような暑さの中、日がな一日工場に籠《こ》もり、鉄火《てっか》に槌《つち》を打ち込んだ。

そのすべてが報われた。頑張ってきた甲斐《かい》があった。涙がこぼれそうになり、サフィロは足を止めた。見上げれば、濃紺《のうこん》の夜空に白い満月が浮かんでいる。

「幸せだなぁ」

しみじみと呟《つぶや》いた。

「こんなに幸せでいいのかなぁ」

彼の声に応えるように、暗雲が満月を飲み込んでいく。不意にサフィロは恐ろしくなった。この幸福は砂上の城だ。砂の下には過去という名の化け物が埋《う》もれている。それが目を覚ましたら、今ここにある幸せなんて、一瞬で消し飛んでしまう。

彼は頭を振り、不穏な妄想《もうそう》をはね飛ばした。大きく息を吐き、再び歩き出そうとした。

途端、視界が暗転した。頰《ほお》に触れるざらついた布。誰かが彼の頭に麻袋を被《かぶ》せたのだ。

「な、なんだ！　なにするんだ！」

サフィロは麻袋を取り払おうとした。鳩尾《みぞおち》に衝撃が走る。息が詰まり、意識が遠のく。彼は石畳に倒れ、そのまま気を失った。

親方、あの錠前、好評でしたよ。こんなにいっぱい注文を貰ってきましたよ。

ええ、これもみんな、親方のおかげです。

ここまで長い道のりでした。覚えてます？　俺が初めてこいつの試作品を作った日のこと。俺はよーく覚えてますよ。作業の終わった工場で、職人達は帰っちまって、残っているのは俺と親方だけだった。親方は椅子《いす》に座って、俺が作った錠前の出来を確かめていて、俺は心臓をバクバクいわせながら、その様子を見守ってましたっけ。

あれは何度目の挑戦でしたっけね。少なくとも両手の指だけじゃ足りないな。俺にはここの他に行く場所も帰る場所もなかったから、必死でしたよ。来る日も来る日もふいごを踏んで、鉄火に槌を打ち込んで、魂込めて仕上げた錠前が不合格になるたび、がっくりと落ち込んだっけ。情けなくて涙が出たなぁ。何度も挫《くじ》けそうになったなぁ。もうたくさんだって叫んで、工場を飛び出たこともありました。

でも結局、ここに舞い戻ってきちまった。何度不合格を喰らっても、もうやめちまえと親方に怒鳴られても、ひたすら錠前を作り続けた。

親方に「合格だ」と言われた時には、すぐに意味が飲み込めなくてね。「よく頑張ったな」って言われても、まだ実感が湧《わ》かなくてね。とても信じられなくて、「うへ？」とか、間抜けな返事をしたりして。

そしたら親方は、奥の棚から葡萄酒《ぶどうしゅ》とグラスを二つ、持って来てくれました。「祝いに一杯やろう」って。それで俺、ようやく理解出来たんです。認められたんだって。ついに一人前の錠前職人になれたんだって。

嬉《うれ》しくて嬉しくて、腹ン中で蜂《はち》の群れがブンブン暴れてるみたいでした。顔が火照《ほて》って、喉《のど》が熱くて、口を開いたら火ぃ噴《ふ》いちまいそうで、何も言えなかったなぁ。

突っ立ったままの俺にグラスを渡して、「お前も飲め」と言ってくれましたよね。「俺、下戸《げこ》なんで、形だけ」って、俺は水、親方は葡萄酒で乾杯しましたね。

本当を言うとね、酒は大好きなんですよ。だから飲みたかったなぁ。親方と飲み明かしたかった。でも俺にとっちゃ酒は疫病神《やくびょうがみ》、飲むと幸《さち》が逃げやがる。だから今後もね、二度と口にするつもりはありません。

あの夜の親方は、酒のせいもあったのか、いつになく饒舌《じょうぜつ》でしたよね。夜が更《ふ》けるまで、二人で話をしましたよね。

「お前、俺の工場に来て何年になる？」

「今年の夏で十年になります」

「月日が経つのは早《はえ》ぇもんだ。正直、お前がこれほど頑張るとは思わなかったよ」

「親方のおかげです。要領悪くて失敗ばっかする俺を、見捨てることなく鍛《きた》えてくれた、アトラス親方のおかげです」

親方は答えなかったけど、親方も喜んでるんだってこと、俺にはちゃんと伝わりましたよ。でも俺みたいな男に、どうしてここまで親身になってくれるんだろうって、ずっと不思議に思ってたんです。だからかな。「お前に話しておきたいことがある」って親方が切り出した時、何か特別な話が始まるって、直感しましたよ。

「実はな、俺も流れ着いたクチなんだ」

「……え？」

「俺も一度、海に飲まれた。瀕死《ひんし》の状態でコリエンテの海岸に流れ着いたところを、先代の親方に救われた。俺がお前を拾ったのはな、恩送りの恩返しなんだよ」

あれには驚きました。親方みたいに立派な人が俺と同じ流れ者だったなんて、嘘《うそ》だろって思いましたよ。

「拾ったのはお前だけじゃなかった。最初の男は半年も保《も》たずに逃げ出した。二人目はどうにも悪い性根《しょうね》が直らなくてな。客の金を盗んで警邏《けいら》に捕まった。で、三人目がお前だ。細っこくてヘラヘラして、こいつもモノにはならんだろうと思っていたんだが、お前は踏ん張った。叩《たた》かれても、冷や水を浴びても折れなかった。まるで鋼《はがね》みてぇに、打たれるたびに強くなった」

皺《しわ》に埋もれた親方の目、そこに涙が浮かんでいるのを見て、心臓を貫かれたような気がしましたよ。

「努力し続けるお前の姿を、俺はこの目でちゃんと見た。だからこそ胸を張って言える。お前は信じるに足る男だ。どこに出しても恥《は》ずかしくない一人前の錠前職人だ。ロゼの夫で、エレノアの親父で、俺の自慢の息子だ」

ずしんときました。

俺も若い時分には、司祭や貴族から数多《あまた》の賞賛を頂戴《ちょうだい》したもんです。美しい貴婦人に「貴方《あなた》は私の自慢の恋人よ」と言われたこともありました。けど、今まで聞かされたどんな賛辞より、親方の言葉は胸にきた。何より一番、心に響いた。

「俺も歳《とし》だ。そろそろ身を引こうと思ってる。こっからはお前がこの工場を仕切れ。この工場と俺達の家族を守ってくれ」

頼むと言って、親方は頭を下げた。

俺はもうビックリしちまって、慌てて親方の前に膝《ひざ》をついたっけ。

「俺はまだヒヨッコです。腕も技術も親方の足下にも及ばない。まだまだ教えて貰いたいことが一杯あるんです。後生《ごしょう》ですから、そんなこと言わないで下さいよ！」

俺の実父は悪党だった。俺がまだ子供の頃、とっ捕まって縛り首になった。恨みこそすれ、感謝したことも尊敬したこともなかった。親も子供も邪魔なだけ、そんなものいらねぇよと、肩肘《かたひじ》張って生きてきた。

けど、間違ってました。

親方は俺の親父です。誰よりも厳しくて優しい、唯一無二の、俺の自慢の親父です。


麻袋が外され、サフィロは現実に引き戻された。擦《す》れた顔がヒリヒリ痛む。頬をさすろうとして両手が動かせないことに気づいた。

彼は重い木椅子に座っていた。手は背もたれの後ろに回され、麻縄《あさなわ》で縛られている。両足首もきつく拘束されている。力を込めても踏ん張っても、結び目はビクともしない。

「起きてるか？」

謎の男が彼の頬を叩いた。髪は黒く、瞳も黒い。黒い布で鼻と口を隠しているが、目元に見える肌は黒い。シャツもズボンもブーツも黒、まさに黒ずくめだ。

サフィロは周囲を見回した。小汚くて薄暗い部屋だった。明かりは天井から吊《つ》るされた小さなランプ一つきり。四方は煤《すす》けた煉瓦《れんが》の壁で窓はない。正面には錆《さ》びた扉があり、その横にもう一人、小柄な男が立っている。黒ずくめと同様、覆面《ふくめん》で顔を隠しているが、こちらの男は全体的に白い。髪色は薄く、肌は白く、覆面の隙間《すきま》から覗《のぞ》く目の色は青い。

「久しぶりだな」

黒い方の男がサフィロの顎《あご》を摑《つか》んだ。

「俺のこと、覚えてるか？」

サフィロは答えなかった。聞き覚えのある声だったが、誰だかは思い出せなかった。そもそも顔を半分隠しているのだ。覚えているかと問われても、答えようがなかった。

「忘れたとは言わせないぞ。アスカリの店で、何度か顔を合わせただろう？」

アスカリのことは覚えている。盗品を売買する闇商人だ。アスカリの店で会ったのなら、この男達も堅気《かたぎ》の人間ではない。

「そんな奴《やつ》、知らない。あんた達のことも知らない」

呻《うめ》くように答え、サフィロは目を閉じた。

「人違いだ。俺はただの錠前職人だ。どうかもう家に帰してくれ」

「とぼけても無駄だ。俺達はお前を知っている。お前が何をしてきたか、お前がどんな人間なのか、お前以上によく知っている」

低い声には凄《すご》みがあった。人を脅《おど》すことに慣れた者の声音《こわね》だった。

「アトラス親方はお前の正体を知ってるのか？　ああ、知るわけないよな。盗人《ぬすっと》に錠前作りを教える馬鹿はいないもんな」

黒い男は乾いた声を上げて笑った。

「その様子じゃ、嫁さんにも話してないんだろう？　自分の夫が人殺しだって知ったら、嫁さん、どんな顔をするだろうな？」

「やめろ！」

サフィロは唇をわななかせ、引きつった声で叫んだ。

「言うな、ロゼには言わないでくれ！」

「ああ言わないさ。錠前職人のサフィロ」

黒服はサフィロの髪を掴み、ぐいと後ろに引っ張った。のけぞる彼の耳元に優しげな声で囁《ささや》く。

「黙っててやるから手を貸してくれ。なに、そう難しいことじゃない。金貸しコンテニードの金庫を開けてくれるだけでいいんだ」

サフィロは息を止め、縛られた足を踏ん張った。でないと過去という名の底なし沼に引きずり込まれてしまいそうだった。

「こ……断る」

喘《あえ》ぐように彼は答えた。

「そ、そんなこと、出来るわけがない」

「邪魔な連中は俺達が片付ける。お前は金庫を開けるだけでいい。もちろんタダでとは言わない。お前にも分け前をやる」

黒服はサフィロの頭を振り回し、ようやく髪から手を放した。

「どうだ？　悪い話じゃないだろう？」

「嫌だ！」サフィロは激しく頭を振った。「俺は親方と約束したんだ。工場と家族を守るって、もう悪いことはしないって、ロゼと約束したんだ！」

「綺麗事を言うな！」

黒服はサフィロの頬を叩いた。派手な音がして、頬が熱く痺《しび》れる。男は彼の襟元《えりもと》を掴み、サフィロの目を覗き込んだ。

「お前は悪党だ。過去から目を逸《そ》らし、善人面《ぜんにんづら》をしてみたところで、お前の罪は消えない。過去からは決して逃れられない」

サフィロは目を閉じた。男の言うとおりだった。仕事に打ち込んでいる時も、家族に囲まれている時も、過去は影法師のように貼りついていた。いつか過去が復讐《ふくしゅう》しに来る。そう思うと、恐ろしくて仕方がなかった。

「確かお前には娘がいたよな？　あの子、いくつだ？　四つか？　五つか？」

彼を突き放し、男はクスクスと笑った。

「お前の正体が世間に知れ渡ったら、あの子の人生は滅茶苦茶《めちゃくちゃ》になるぞ。まともな職にもつけない。幸せな結婚など望むべくもない。行き着く先は娼婦《しょうふ》か、盗人か。悪党の父親を持ったばっかりに、あの子は人生を踏み外すんだ。気の毒すぎて泣けてくるな」

瞼《まぶた》の裏に、娘の笑顔が浮かんだ。

エレノアはまだ五歳、可愛い盛りだ。

「あの子を巻き込むな！」

重い椅子をガタガタと揺らし、彼は立ち上がろうとした。椅子が右に傾《かし》いだ。縛られたままでは受け身も取れず、サフィロは横倒しになった。床にしたたかに頭をぶつける。

じぃんと頭が痺れ、涙が溢《あふ》れてきた。

ごめん、エレノア。

俺のせいだ。みんな俺が悪いんだ。

五年前、初めてお前を腕に抱《だ》いた時、俺は誓《ちか》った。お前を守るって、家族を守るって、そう心に誓ったのに――

ああ、忘れたことなんてない。

ロゼが産気づいたのは、まだ風の冷たい初春の朝だった。俺は寝間着《ねまき》のまま家を飛び出し、産《さん》婆《ば》を呼びに行った。産婆はてきぱきと準備を整え、俺と親方を廊下に追い出した。

寝室からロゼの悲鳴が聞こえるたび、俺は寝室に駆け込もうとして、何度も産婆に叱られた。あの時は生きた心地がしなかった。だってロゼはもう三十路《みそじ》を超えていたし、初産《ういざん》には遅かった。難産になるよ、覚悟おしって、何度も脅されてたんだ。不安で不安で座っていられず、俺は廊下をウロウロ歩き回ったよ。

「落ち着け、みっともない」

アトラス親方にも叱られた。親方はどっしりと椅子に腰掛け、腕を組んでいた。けど、彼だって落ち着いてるとは言えなかった。

「親方だって、さっきからずっと貧乏揺すりが止まらないじゃないですか」

む、と親方は唇を歪《ゆが》めた。

やっぱりね、図星だったんだよ。

寝室からまた悲鳴が聞こえた。ロゼは強い女だ。あんな声で叫ぶなんて、よっぽどのことなんだ。なのに何もしてやれない自分が歯がゆくて、俺は壁に頭をゴンゴン打ちつけた。悶々《もんもん》としながら待ったよ。ジリジリしながら待ち続けたよ。

昼が過ぎ、教会の鐘が三度鳴った時だった。ふいごが風を起こすような音が聞こえた。ふわあ、ふわあってさ。赤ん坊の泣き声だった。生まれたんだ。ついにお前が生まれたんだよ！

「ロゼ、無事か！　赤ん坊は無事か！」

「ちょっと待ちな！」

寝室から産婆が怒鳴り返した。やきもきしながら待っていると、しばらくして、また声が聞こえた。

「よし、いいよ。入っといで！」

俺は寝室に駆け込んだ。でも真っ赤に染まったシーツが目に入ってさ、一瞬、気が遠くなった。

「何のぼせてるんだよ」

産婆がバシンって、俺の肩を叩いた。

「ほれ、早く見ておやり」

「お、おう」

俺は気を取り直し、おそるおそる寝台に近づいた。真っ赤な顔をしたロゼが胸に布を抱《かか》えてた。真っ白な布にくるまれて、生まれたてのお前はひよひよと泣いていた。

「女の子だよ」

掠《かす》れた声でロゼは言った。

「名前はエレノアにしようと思うんだ。エレノアはあたしの母さんの名前でね。『光』って意味があるんだ」

ひようひようと泣き続けるお前を、ロゼは愛《いと》おしげに見つめてた。その顔は疲れはてて、濡《ぬ》れた髪が額《ひたい》にぺったり貼りついてた。なのに目はキラキラって、まるでお星様のように輝いてた。

「エレノアか、いい名前だ」

「じゃ、決まりだね」

ロゼは笑った。その頬を涙が伝った。彼女は目を伏せて、子供のように泣きじゃくった。

「こんなあたしが母親になれるなんて、思ってなかったよ。ありがとうサフィロ。ありがとう……ありがとね」

「なに言ってんだ」

俺は寝台に腰を下ろし、ロゼとお前を抱きしめた。

「礼を言うのは俺の方だ」

胸が一杯になったよ。あの気持ち、なんて言えばいいんだろうな。頭の中で喜びの鐘が鳴り響き、その周りを愛しさがぐるぐる飛び回ってた。世界中が光り輝いて、お前の誕生を祝福しているように思えた。

「さ、エレノアを抱っこしてあげて」

ロゼは俺に、お前を差し出した。俺はおそるおそる、小さなお前を抱き取った。膨《ふく》れた頬。お情け程度の髪。目は細く、額は飛び出して、お世辞にも美人とは言えなかった。

けど、美しいと思ったよ。この世に存在する何よりも可愛いと思った。嬉しくて愛おしくて、同時に辛《つら》くて呪《のろ》わしくて、俺は涙が止まらなくなった。

二十年以上も前のこと。俺は赤ん坊を――自分の息子を抱いたことがある。あの頃の俺は傲慢《ごうまん》で自信過剰なガキだった。俺はこれから名をあげる、子供なんて邪魔なだけだと粋《いき》がって、俺は息子を捨てたんだ。そんな自分が潔《いさぎよ》く、格好いいとさえ思ってたんだ。

今ならわかる。俺はどうしようもないクソだった。地獄に落ちて当然のクズだった。出来ることなら、息子に詫《わ》びたい。俺が悪かったと、ひれ伏して許しを請《こ》いたい。もう遅いってことはわかってる。でも、もし神様が見逃してくれるなら、今度こそ俺は間違わない。俺は誠実な夫になる。誰よりもいい父親になる。心の底から誓うよ。今度こそ、俺は家族を守ってみせる。


ごとん……と、椅子が起こされた。

「この阿呆《あほう》、手間をかけさせるな!」

罵声《ばせい》とともに頭を叩かれる。

サフィロはのろのろと目を開いた。目の前に黒い男が立っている。

「決心がついたか?」

男が問いかけてくる。その声は悪魔のように、心の罅割《ひびわ》れに忍び込んでくる。サフィロは絶望を噛《か》みしめた。我が身を呪い、家族のことを思った。どうすれば家族が守れるのか。何が正しい選択なのか、必死に考え続けた。

「悪党に戻る覚悟は出来たか？」

俺はどうなってもいい。何でもするから誰にも言わないでくれ。

そう答える寸前で息を止めた。

初めてロゼと会った時のことを思い出す。その時の誓いを思い出す。

「手は貸さない」

サフィロは顔を上げ、黒服を睨んだ。

「言えばいい。錠前職人のサフィロは人殺しの悪党だって、家族にでも世間にでも、言いふらせばいい」

「それが本音か」

嘲《あざけ》るように、黒い男は嗤《わら》った。

「結局お前は自分のことしか考えていないんだ。嫁や娘がどうなろうとかまわないんだ」

「違う！」吠《ほ》えるように叫んだ。「確かに俺は悪党だ。愛する家族を騙《だま》し続けた最低のクソ野郎だ。でもロゼは……俺の奥さんは、本当にまっすぐで、まっとうな人間なんだ。だからもし俺が再び悪事に手を染めたら、彼女は生涯、俺のことを許してくれない」

ぐっと顎を引き、サフィロは続ける。

「俺の正体がばれたら家族は傷つく。この先ずっと後ろ指をさされる。それでもロゼは、わかってくれる。なぜ俺が誘いを断ったのか、どうして罪を重ねなかったのか、きっと理解してくれる。

すぐには無理でも、いつかきっと、彼女は俺を許してくれる」

黒服は腕を組み、冷たい眼でサフィロを見下ろした。

「そうかい。よくわかったよ」

彼は背後を振り返り、扉の前に無言で佇《たたず》む白服に命じる。

「こいつの嫁さんを連れてこい」

「やめろ！」

サフィロは歯を剝《む》いた。部屋を出て行く白服に向かい、必死に声を張り上げた。

「駄目だ！　戻ってこい！　ロゼには手を出すな！」

「黙れ」

黒服がサフィロを殴《なぐ》った。唇が切れ、口の中に血の味が広がる。それでもなお叫ぼうとすると、反対側の頬も殴られた。

「頼む……お願いだ」

すすり泣きながら、彼は懇願《こんがん》した。

「家族は、家族だけは巻き込まないでくれ」

「もう遅い」

冷ややかな声で黒服は言った。

「鼻を削《そ》がれ、指を切り落とされても、嫁さんがお前を許してくれるかどうか、試してみようじゃないか」

頭から血の気が引いた。怒りと恐怖で身体が震え出す。サフィロは椅子を揺らし、唾《つば》を飛ばして泣き喚《わめ》いた。

「クソったれ！　この悪魔め！　地獄に落ちやがれ！」

ロゼ、すまない。

神様が俺を助けたのは、俺に人生をやり直させるためじゃない。俺に罰《ばつ》を与えるためだったんだ。大切な者を与え、そして奪うために、神は俺を生き存《なが》らえさせたんだ。

あの時、深い海に沈んでいきながら、俺は思った。このまま死ぬんだって、海の底で魚の餌《えさ》になるんだって。でもキーンって耳鳴りがしはじめて、息が苦しくなってきて、そしたら急に、死ぬのが恐ろしくなっちまったんだ。

浮き上がろうと、俺はもがいた。神なんて信じたことなかったくせに、助けてくれって祈ったよ。神様、もし俺を生き存えさせてくれたら、心を入れ替えます。きっと堅気の人間になってみせますって。

だから、お前の部屋で目を覚ました時には、嬉しくて仕方がなかった。体中の骨が軋《きし》んで、頭は割れそうに痛んだけど、まだ生きてるんだって思うと、笑いが止まらなくなった。

俺の声を聞きつけて「なに笑ってんだ？」って、お前が部屋に入ってきた。えらの張った魚顔。目は離れ気味で、鼻も口もでかかった。一目見て、なんて不細工な女だろうって思ったよ。それだけで俺はお前を馬鹿にした。自分よりも下に見た。助けて貰った礼も言わないで「ここはどこだ?」って偉そうに尋ねた。

失礼だよな。不愉快に思って当然だよ。

なのにお前は怒るどころか、気を悪くした様子さえ見せなかったっけ。

「ここはコリエンテ」

飄々《ひょうひょう》とした声でお前は答えた。

「ラッセル通りにある錠前工場の二階だよ」

お前は水を飲ませてくれた。生ぬるかったけど旨かった。せめてここで礼を言えばいいものを、俺はやっぱり偉そうに問いかけちまった。

「なんで俺は錠前工場の二階なんかで寝てるんだ?」

「あたしがあんたを拾ったから」

まるで子供に言い聞かせるみたいに、お前は丁寧《ていねい》に説明してくれた。

「コリエンテの沖合では、二つの潮流がぶつかり合ってんだ。そのせいでコリエンテの浜にはいろんなものが流れ着く。難破船の破片とか、木箱とか、溺死体《できしたい》なんかもしょっちゅう打ち上げられる」

俺はぎょっとした。女のくせに、さらりと不気味なことを言いやがる。

「あんたも砂浜に倒れてたんだ。傷だらけで真っ青な顔をしてたから、もう死んでるだろうと思った。けど、まだ息があったから、ここに運んで手当てした」

「恩着せがましいこと言うんじゃねぇ」

なんでかな。なんか素直に感謝出来なくてさ。気づいた時には言い返してた。

「俺は助けてくれなんて頼んじゃいないぜ」

「わかってる。あたしが拾いたかったから拾っただけ」

お前は笑った。どこか寂しそうに、幸も不幸も達観しちまったように。

「せっかく拾ったんだし、元気になるまでは面倒見るよ。その後は勝手にすればいい。出て行きたければ出て行けばいいし、ここにいたければ好きなだけいればいい」

「俺が何者かも知らないくせに」

「知ってるよ。ろくでなしだろ？」

ひどいことを言うよな、お前も。

「ウチは貧乏だから金目のものは何もない。盗まれて困るものなんて何もないよ」

「へぇ、そうかい」

奇妙な女だと思った。俺の知ってる女とは何もかも違ってた。だからさ、ちょっとからかってみたくなったんだ。

「じゃ、元気になったらお前を襲って喰ってやる」

「あたしを？」

お前は目をまん丸に見開いた。で、底が抜けたみたいに笑い出した。ゲラゲラと、腹を抱えて大笑いしたんだ。

「気の毒に。あんた頭打ってたからねぇ」

ヒイヒイ笑いながら、お前は言った。

「こんな面相《めんそう》の女を抱きたがるなんて、よっぽど打ちどころが悪かったんだねぇ」

「そういうこと、自分で言うなよな」

別に同情したわけじゃない。ただお前があんまり笑うから、毒気を抜かれちまったんだ。

「あんただって、そう捨てたもんじゃないぜ。髪の色は綺麗《きれい》だし、おっぱいもでかい」

「残念。これは筋肉」お前は腕を曲げて、二の腕に力瘤《ちからこぶ》を作ってみせた。「毎日工場で槌を振ってるからね。そんじょそこらの男には負けないよ」

「それは自慢か？　女が自慢することか？」

つい笑ってしまった。振動が頭に響いて、頭蓋骨《ずがいこつ》が割れそうに痛んだ。

「あいてて……」

「そりゃ痛いだろうさ。あんた、右目をなくしてるんだから」

「う、ええっ……？」

俺は右目に手をやった。頭に巻かれた分厚い包帯が右目を覆い隠している。

「ほ、本当かよ」

「本当だよ。多分流されてくる途中、岩か何かにぶつけたんだろうね」

お前は神妙な顔をした。けれど、すぐにまた笑顔に戻った。

「ま、くよくよしなさんな。命は助かったんだからさ。目玉の一つぐらい、海にくれてやんなよ」

「お前なぁ。人ごとだと思って、簡単に言いやがって……」

生き存えたのは嬉しかったさ。けど、顔がいいってのが俺の唯一の自慢だったんだ。右目をなくすってことは顔に傷が残るってこと、唯一の取《と》り柄《え》がなくなっちまうってことだ。がっかりするなってのが無理だよ。

言い返すことも、憎まれ口を叩くことも出来ないくらい落ち込んでた俺に、お前は言ってくれたよな。

「あんた、眠っている間、ずっと謝ってたよ。すまない、許してくれって、泣きながら謝ってた。その人が許してくれるかどうかはわかんないけど、神様はあんたを許してくれた。だから右目を奪っただけで、この世に戻してくれたんだ」

「んなことあるか。俺は悪党だ。女には聞かせられないようなひどいことだって、いっぱいしてきたんだ」

「本当の悪党は謝ったりしないよ」

何のてらいもなく、お前はきっぱり言い切った。

「あんたに見所があったから、神様はやり直す機会を与えてくれたんだ。心を入れ替えて、二度と悪事は働かないと誓えば、きっとあんたは生まれ変われる」

あの時のお前、後光が差して見えたよ。俺は何も言わなかったけど、その言葉を信じたいって思った。まっとうな人間に生まれ変わりたいって、それが許されるなら右目でも右足でも、好きなだけ持ってってくれって思った。

「あたしの名前はロゼッタ。みんなはロゼって呼ぶ」

そう言われても、俺は名乗れなかった。言えば過去がついてくる。きっとお前に軽蔑《けいべつ》される。警邏に突き出されて縛り首になる。

「そっか、言えないよね」って、お前は頷《うなず》いた。じいっと俺を見て、もう一度頷いた。

「あんたの目、蒼玉《そうぎょく》みたいな色だから、サフィロって呼ぶよ」

あの瞬間、俺はサフィロになった。

お前が俺を生まれ変わらせてくれたんだ。

ロゼ、お前は世界一格好良くて、世界一いい女だ。それに引き替え、俺は醜《みにく》くて浅ましい臆《おく》病者《びょうもの》だ。もしあの時、すべてを打ち明けていたら、お前を巻き込まずにすんだんだ。お前を傷つけることも、不幸にすることもなかったんだ。


階段を下る足音が聞こえた。錆びた扉が開かれると同時に、ロゼが駆け込んでくる。

「サフィロ、無事かい！」

彼女はサフィロに抱きついて、傷ついた彼の顔を撫《な》で回した。

「かわいそうに。こんなにボコボコにされちまって、色男が台無しじゃないか」

「俺のことは、いい」

彼は強がって笑ってみせた。

「お前は大丈夫か？　乱暴なこと、されなかったか？」

「そんなこと、される前にぶっ飛ばすよ」

「エレノアと、親方は？」

「両方とも無事さ。今頃、父さんが警邏んとこに駆け込んでる。きっと助けに来てくれる」

サフィロは力なく俯《うつむ》いた。警邏兵に助けを求めても、彼らはこの場所を知らない。奇跡でも起こらない限り、助けは来ない。

「すまない。お前を巻き込んじまって」

「何言ってんのさ。あんたとあたしは一蓮托生《いちれんたくしょう》。何でも一人で抱え込むのは、あんたの悪い癖だよ」

「ずいぶんと気の強い奥さんだな」

厭《いや》みたらしく黒服が言った。ロゼの肩に手を置いて、悪魔のように甘く囁く。

「旦那は聞き分け悪くてね。何があっても金庫破りに手を貸さないと言うんだ。このままだと、俺達にとっても旦那にとっても困ったことになる。そうなる前にあんたから、手を貸すよう説得してくれないか？」

「お断りだよ」

黒服の手を撥ねのけて、ロゼはすっくと立ち上がった。

「この悪党ども！　これ以上あたしのいい人に傷をつけたら、ただじゃおかないよ！」

「威勢のいい女だ」

黒服は鼻で笑った。腰ベルトに吊るした鞘《さや》から、すらりとナイフを引き抜く。

「強気な女は嫌いじゃない。手足を切り刻まれても、泣き喚いてくれるなよ?」

ランプの光を受け、ナイフの刀身がギラリと光る。さすがのロゼもたじろいだ。それでも彼女はサフィロをかばい、果敢に両手を広げてみせる。

「や、やれるもんならやってみなッ!」

「駄目だ、ロゼ!」

サフィロの額に冷や汗が噴き出した。なんとか立ち上がろうとするが、拘束された手足はいうことをきかない。

「逃げろ。俺のことはいいから、お前だけでも逃げてくれ!」

「泣かせる台詞《セリフ》だが――」

黒服はロゼの喉元にナイフを突きつけた。

「この男は根っからの悪党だ。盗みを働き、人を殺し、その罪を子供になすりつけた。こんなろくでなし、かばう価値などない。こんな悪党がまっとうに生きられるはずがない」

「ああ、そうだ。その通りだ!」

サフィロは叫んだ。真実を知られることよりも、ロゼが刺されることの方が、はるかに恐ろしかった。彼は考えた。ロゼを逃がす方法を必死に考えた。そのために出来ることは、一つしかなかった。

「聞いてくれ、ロゼ。俺の名はフィーゴ・デフィーニョ。宝飾品を盗み、人を殺し、その罪を実の息子になすりつけた悪党だ。ペルーレには今でも俺の手配書が貼ってある。もし捕まれば、縛り首は確実だ」

だから頼む――と、彼は心の中で念じた。失望してくれ。軽蔑してくれ。地獄に落ちろと言い残して、この場を立ち去ってくれ。でなければ、俺は俺が許せない。

「へぇ、そうなんだ」

ロゼは振り返った。

そして、にっこりと微笑んだ。

「でも、今のあんたはサフィロだよ。コリエンテの錠前職人で、あたしの大切な旦那様だ」

サフィロは絶句した。

目の前が真っ暗になった。


死んでしまえばよかった。

あの海の底で魚の餌になるべきだった。

首都ラルゴに向かう粗末な移民船、俺はその甲板《かんぱん》に立っていた。船尾に立って、遠ざかる故郷を見つめていた。

その時、右手の方でドボンという音がした。続いて「おい、男が落ちたぞ!」という叫び声。甲板は騒然となった。浮きはないか、ロープを投げろ。怒号と悲鳴が飛び交《か》った。

「放っておけ」

一人の老人が言った。声を張ったわけでもないのに、その一言で甲板は静まりかえった。

「自ら身を投げたんだ。助けたりしたら、むしろ迷惑ってもんだ」

「しかし……」

「よくいるんだよ」吐き捨てるように、老人は続けた。「あの薔薇《ばら》色が見えなくなるあたりで、海に飛び込んじまう奴がさ。その証拠に、ほら見ろ。浮いてこないだろ？」

青い海に残る引き波。水平線へと消えていく薔薇色の都市。『蒼海《そうかい》の薔薇』と謳《うた》われる美しい港町。もう二度と戻れない、麗《うるわ》しのペルーレ。

「二度と戻れない。そう思うと、胸に迫るものがあるんだろうよ」

俺の心をなぞるように老人は言った。

「人間は生まれる場所を選べない。なら人生の幕引きぐらい、好きにさせてやれ」

俺は揺れる水面を見つめた。

きらきらと陽光を照り返すこの海のように、俺の未来は輝いていた。俺には才能があった。皆に求められ、多くの女に愛された。もっと上に行けるはずだった。もっと上手くやれるはずだった。

なのに、俺はどこで間違えた？

どこで道を誤ったんだ？

そうだ、あいつだ。あいつが生まれたせいだ。最初は可愛いと思ったんだ。俺の後をついて回って、頭を撫でてやると嬉しそうに笑ったりして。でもあいつが絵を描くようになってからは、心安まる暇がなかった。あいつは天才だった。いつか俺を飛び越えて、広い世界へ羽ばたいていいく。その姿を想像するたび、嫉妬《しっと》で気が狂いそうになった。

なんでこいつなんだ。どうして俺じゃないんだ。いっそ殺してやりたい。そんな衝動を抑えるために、浴びるように酒を飲んだ。自分を呪い、神を呪った。嘘をつき、金を盗み、人を殺し、あいつに罪を負わせて逃げた。

この世は闇で、人生は呪縛《じゅばく》だ。

もう戻れない。


「俺は息子に嫉妬した。天賦《てんぷ》の才能を持つあいつが、神に愛されているあいつが、憎くて憎くてたまらなかった。俺の人生が思い通りにならないのは俺自身のせいなのに、すべてあいつが悪いんだと思い込んだ。あいつを罵《ののし》り、暴力を振るい、あいつの輝かしい才能を叩き潰《つぶ》そうとした」

サフィロは叫んだ。神に、ロゼに、捨ててきた息子に懺悔《ざんげ》した。

「恨まれてると思ってた。憎まれて当然だった。なのにコラールは言ったんだ。人を殺した俺に『逃げろ!』って。その時、俺は思い知らされた。才能の違いとか、生まれの違いとか、そんなもんじゃないんだって。あいつと俺とでは性根が違う。人間の質が違う。俺はどうしようもない悪党で……あいつは神に選ばれた天使なんだって」

サフィロはロゼを見上げた。不細工だけれど誰よりも頼もしい、誰よりも愛する女を見つめた。

「自首するべきだった。罪を償い、縛り首になるべきだった。けど俺は笑いものになるのが嫌で、故郷の街を逃げ出した。な、これでわかったろ? 俺は死んで当然の人間だ。こんな悪党のために、お前が命を張る必要はないんだよ」

「うるさい！」

ロゼは一喝《いっかつ》した。

「助ける価値があると思ったから、あたしはあんたを拾ったんだ。あたしの目に狂いはない。勝手に価値を下げるなんて、あたしに対して失礼だよ」

彼に背を向け、ロゼは再び黒服に向き直る。

「あたしの旦那はね、もう二度と悪事は働かないって誓ったんだ。こんなに殴られても、その誓いを守り抜いたんだ。あたしはね、あたしの旦那を誇りに思うよ」

「面倒臭い夫婦だ」

黒服は床に唾を吐き捨てた。

「もういい。二人とも死ね。仲良くバラして、海に捨ててやるよ」

「ああ、望むところさ！」

「やめろ……やめてくれ……」

サフィロはがっくりと頭《こうべ》を垂れた。

「わかった。手を貸すよ」

「馬鹿を言うんじゃないよ！　今まで頑張ってきたのに、また悪党に戻るつもりかい！」

「だって、そうでもしなきゃ、お前を守れねぇだろうが！」

サフィロは椅子を揺らし、黒服の視線を自分の方へと向けさせた。

「家族に手を出さないと約束してくれるなら、金庫の鍵を開けてやる。お前らの分まで、俺が全部罪を引っ被って、縛り首になってやらあ！」

「ほう？」

ロゼの喉にナイフを突きつけたまま、黒服は揶揄《やゆ》するように問いかけた。

「そんなに家族が大事か？」

「当たり前だッ！」

涙と鼻水と唾をまき散らし、サフィロは叫んだ。

「俺は一度、家族を捨てた。今になってそれを死ぬほど後悔してる。息子に謝りてぇ。けど、どんなに悔やんでも過ぎたことは変えられねぇ。だから俺は二度と間違えねぇ。もう二度と、家族を捨てたりしねぇ！」

小さく湿った密室に彼の声がこだました。

殷々《いんいん》と響いて、静かに消えた。

「まいったな」

呟いて、黒服は白服の男を振り返った。

「俺達の負けのようだぞ？」

白い男は頷いた。頭の後ろに手を回し、覆面を解く。現れたのは白い顔。十三年の時を経ても、決して忘れられないその顔は——

「……コラール？」

呆然《ぼうぜん》とサフィロは呟いた。

「なぜだ？　なぜお前が、こんなとこにいるんだ？」

「あんたの留守中に訪ねてきたんだよ」

答えたのはロゼだった。床に膝をつき、サフィロの足首に巻かれた麻縄を解き始める。

「サフィロは改心した、真人間になったんだってあたしは言ったんだけど、この人達は信じてくれなかった。フィーゴは悪党だって、あたしは騙されてるんだって、この人達は言ったけど、あたしは信じなかった。だから、悪いとは思ったんだけどさ、一芝居打って、あんたを試すことにしたんだ」

「そういうことだ」

黒服がサフィロの背後に回り、手首を縛る縄を切った。ナイフを鞘へと収めてから、顔に巻いた布を引き下げ、真っ白な歯を見せて笑った。

「金庫破りの話も、アスカリの店で会ったというのも嘘だ」

それでもまだ信用出来なかった。痛む手首をさすりながら、サフィロはロゼを見て、再び黒服へ目を向けた。

「じゃあ、みんな芝居だったのか。芝居だったのに、俺はこんなに殴られたのか？」

「殴られたくらいでピーピー言うんじゃないよ！」ロゼが彼の肩をどついた。「あんた、この人を刺したっていうじゃないか！」

そうだった。サフィロは肩を落とした。詫びて許されることじゃない。刺されたって文句は言えない。

「でも、あんたは人殺しじゃなかったんだよ。なら縛り首になることもない」

ロゼはサフィロの肩に手を回し、力を込めて抱きしめた。

「ペルーレで罪を償っておいで。待ってるからさ。父さんやエレノアと一緒に、あんたが戻ってくるのを、ずっと待ってるからさ」

サフィロは頷いた。幾度《いくど》も幾度も頷いた。最後にもう一度、ロゼをぎゅっと抱きしめてから、彼は立ち上がった。両手首を揃《そろ》え、黒服の前に突き出す。

「俺を捕まえてくれ。ペルーレまで連れてってくれ」

「その必要はないよ」

ここに来て初めてコラールが口を開いた。

「この人は、おれが捜してる悪党じゃない」

黒服は困惑の表情で白服を見た。

「コラール、お前の気持ちもわからなくはないが、こいつで間違いないと思うぞ？」

「いいや、オルカ。彼は別人だよ。警邏の報告書に書かれていたとおり、フィーゴ・デフィーニョは海に身を投げて死んだんだ」

自身を納得させるように、コラールは一つ大きく頷いた。

「オヴェストさんが言ってた。『寛容であれ』って。『憎しみは呪縛だ』って。『誰かを許すということは、自分自身を許すということだ』って。その意味が、やっとわかった。おれはもう誰も憎まなくていいんだ。もう罪悪感に縛られなくていいんだ」

オルカは小さく嘆息した。

「まったく、お前は人がよすぎるよ」

「そうかもね」

コラールは笑った。ロゼを見て、最後にサフィロに目を向けた。

「ありがとう、サフィロさん。おれ、ようやく自由になれたよ」

彼を見るコラールの眼差《まなざ》しに嘘はなかった。その表情は晴れ晴れとして、唇には天使のような微笑みが浮かんでいた。

言葉もなく、サフィロは床に跪《ひざまず》いた。

堪《こら》えきれず、ひれ伏して泣いた。

ロゼの温かな手が自分の背中を撫でるのを感じながら、声を上げて泣き続けた。

■

石板から光が消えた。

白い砂漠に沈黙が戻ってくる。

ローグはしかつめらしい顔をしたまま、黒い盤面を見つめている。なかなか答えようとしない彼に苛立《いらだ》ち、守人は砂から槍を引き抜いた。

「なぜ黙っている」

「迷っている」

ローグは顔を上げた。もったいぶっているわけではなく、本当に困っているようだった。

「答えの候補が二つあるんだ」

「回答の機会は一度きり。答えを間違えれば心臓を貫く」

「融通《ゆうずう》の利かない奴だな」

小声で文句を言い、ローグは爪で黒い石板をコツコツと叩いた。

「おい、何でもいいから助言をくれ」

『Want to forgive《許したいのか》 or Want to be forgiven???《許されたいのか???》』

「それが問題なんだ」

『Apologize《謝罪》 → Because want to be forgiven???《許されたいから???》』

「許しを求めない謝罪はないということか」

「答えよ」

厳しい声で守人が告げた。ローグを睨み、槍の先を彼に向けた。

「何のために、私はここにいるのか？」

「わかった、答えよう」

ローグは拳《こぶし》を口に当て、咳払《せきばら》いを一つした。

「お前は罪を犯した。そんな己を罰するため、お前は塔に自分を封じた。五番目の答えは『Absolution《赦免》』だ。お前は誰かに許されたいと願い、誰かを許したいと願っている。だからお前はここにいる。ここで罪から解き放たれる時を待っている」

一瞬、空が光った。雷に打たれたように、塔に巻きついた鎖の一本が弾《はじ》け飛ぶ。屹立《きつりつ》する塔の足下に緑が滲《にじ》んだ。白い砂地に新芽が萌《も》える。それらはみるみる背を伸ばし、白い砂漠を見渡す限りの草原に変えた。

「劇的だな。なかなかに壮観だ」

満足げに呟き、ローグは守人を振り返った。

「青空、湖、太陽、そして草原。これだけでも悪くはないが、出来ればもっと色どりが欲しい。次は色鮮やかな花畑を頼む」

「必要ない」

槍を下ろし、守人は答えた。

「花は私だけで充分だ」

『What !?《何だって!?》』

石板に大きな金文字が表示された。それを抱えるローグもひたすら首を傾げている。

「今のは、もしや冗談か？」

守人は不愉快そうに唇を歪め、拗《す》ねたように言い返した。

「そう思うなら、笑ってみせるのが礼儀というものだ」

# 第六問

*The Library of Wisdom and Ten Riddles*

空に太陽が輝いている。緑の丘陵《きゅうりょう》が地平の果てまで続いている。薫風《くんぷう》に夏草がそよぎ、湖面は日光を照り返している。

右手に槍《やり》を携《たずさ》えて、守人《もりびと》の乙女は凜々《りり》しく草原に立っている。白い美貌《びぼう》に変化はないが、その眼差《まなざ》しはずいぶんと和《やわ》らいでいる。

「いや、驚いた」

旅人ローグは感慨深げに呟《つぶや》いた。

「お前が冗談を言うとは思わなかった」

「つい口から出てしまったのだ」頬《ほお》をかすかに赤らめて、守人が言い返す。「意図があっての発言ではない」

「それにしても目覚ましい変化だ」

『Positive.《肯定する》』

黒い石板に金文字が並ぶ。

『Beautiful.《美しい》 Wonderful.《麗しい》 Delightful.《魅力的》』

『Great.《凄い》 Fabulous.《素敵》 Fantastic.《素晴らしい》』

「ほら、見てみろ」

ローグは石板を乙女に向けた。

「俺の相棒がお前をベタ褒《ぼ》めしているぞ?」

「馴《な》れ合うつもりはない!」

守人は槍の石突きで大地を打った。湿った土がそれを受け止め、さくりと柔らかな音を立てる。

「次の質問をする!」

『OK, come on!《よし来い!》』

「私が許しを与え、許しを得るために必要なものとは何か?」

『Searching…《検索中……》』

石板は忙《せわ》しなく金の文字を明滅させる。

『Completed《検索完了》:Play《再生》.』

黒い盤面に赤茶けた荒野が映し出される。銀の線路を埃《ほこり》まみれの列車が走る。その先に町がある。乾いた荒野の真ん中に、古く寂《さび》れた町並みがある――

◀

ラッセルタウンの夏は暑い。まるで地獄のように暑い。まだ早朝だというのに国道には陽炎《かげろう》が揺れている。あのアスファルト、空焚《からだ》きしたフライパンみたいに熱そうだ。

それに較べたら、ここはまるで天国だ。調度品も内装も一世紀前の代物だけれど、室内はひんやりしていて気持ちいい。あのカーテンボックスが怪しい。あの上にクーラーの吹き出し口が隠れてるんだろう。

この『ホテル・ヴィスタ』は僕が生まれる前からここにある。最上階のスイートルームは古くて閑雅《かんが》で退廃的《たいはいてき》だ。時を重ねたものだけが持ち得る重みと威厳が漂っている。

アールデコ風の窓辺に立って、君は外を眺めている。白銀の髪を結い上げて、喪服《もふく》に身を包んでいても、やっぱり君は美しい。物憂《ものう》げな瞳も横顔も以前と変わらず美しい。

戻ってきてくれて嬉《うれ》しいよと言いかけて、僕は言葉を飲み込んだ。君がこの町に戻ってきたのは葬式に参列するためだ。久しぶりの再会だからって、あからさまに喜ぶのは不謹慎すぎる。

「驚いたかい?」

君の隣に立ち、僕は寂れた町並みを見下ろした。

「線路が通ってからは車通りも少なくなって、店もずいぶん潰《つぶ》れてしまってね」

錆《さ》びついた給水塔。埃まみれの信号機。かつては多くの店が軒を連《つら》ね、そこそこ賑《にぎ》わっていた商店街も、今では空き店舗ばかりが目立つ。『ホテル・ヴィスタ』の斜向《はすむ》かいにある映画館『シネマ・フルール』も例外じゃない。

「でも駅前では再開発が始まって、新しいビルも建ち始めているんだよ。僕らがよく行ったボウリング場、覚えているかい? あれが『ディアマンテ記念図書館』になるなんて——」

大きなため息が、僕の言葉を遮《さえぎ》った。

君はふいっと背を向けて、部屋の奥へと歩いて行く。クラシカルな鏡台の前、クッション付きの丸椅子《いす》に腰掛ける。鏡に君の顔が映る。引き締《し》まった唇。眉間《みけん》には深い皺《しわ》。間違いない。怒っている。

「ごめん」

咄嗟《とっさ》に謝って、僕はぺこりと頭を下げた。

「無神経だった。申しわけない」

「貴方《あなた》って、ほんと変わり者よね」

呆《あき》れたように君が言う。

僕は顔を上げ、鏡越しに君を見た。でも君が見つめているのは僕じゃない。鏡の前に置かれた四角いブリキ缶だ。蓋《ふた》には赤いポップな文字で『ウェリーズ・バタークッキー』と書かれている。

その缶を君は膝《ひざ》の上に置いた。蓋に爪を引っかけ、指先に力を込める。

錆びついているせいか、なかなか開かない。

「無理するな。爪が折れてしまうよ」と僕が声をかけた時、

ぱかん、と蓋が外れた。

入っていたのはサクサクのバタークッキー——ではなくて、小さな紙切れやカード、新聞や雑誌の切り抜きだった。麻紐《あさひも》で束ねた白黒写真、ネジやガラスの欠片《かけら》、ピンバッジなんかも入っている。

「あら？」

君は缶の中から細長い紙切れを拾い上げた。見るからにボロボロだ。ちょっと引っ張っただけ

でも破けてしまいそうだ。

「いやだわ」と言って君は笑う。「こんなもの、まだ持っていたのね」

つられて僕も微笑んだ。

「捨てられないよ。それは君と初めて言葉を交《か》わした日の、記念すべき一品なんだから」


君がラッセルタウンにやってきたのは、確か八歳の時だった。住人総数が千人にも満たない小さな町だ。どんな些細《ささい》なニュースでも、半日あれば町中に知れ渡ってしまう。だから学年は違っても、僕は君を知っていた。ベン爺《じい》さんが亡くなってから、ずっと空き家になっていたオーク通りの一軒家に、お父さんと二人で住んでいるってこともね。

この町の住人は良心的でおおらかだけれど、余所《よそ》からやってきた人に対しては少し冷たいところがある。来て半年が過ぎても、君は周囲に溶け込めずにいた。学校でも一人ぽつんと座っていて、誰とも話そうとしなかった。そんな君を気の毒に思っても、自分から声をかけようとは思わなかった。あの頃の僕は、あまり社交的ではなかったからね。

あれは地獄のように暑い夏の日だった。雨とは無縁なこの町に突然、嵐がやってきた。真っ黒な雲が上空を覆《おお》ったかと思うと、いきなり滝のような雨が降り出した。道を歩いていた人達は慌てて友達の家に逃げ込んだり、知り合いの店に駆け込んだりした。

僕は店のレジカウンターに肘《ひじ》をついて、その様子を眺めていた。僕の母は『グリーン雑貨店』の女主人で、その日も朝からトラックを転がし、隣町まで商品の仕入れに行っていた。父は僕が幼い頃に事故で死んだ。僕は写真でしか父を知らない。写真の父は店番をしてくれないし、他に家族もいないので、母の留守中は僕が店番する羽目になる。

十一歳の少年にとって、雨の日の店番ほど退屈なものはない。この町の人間は傘を持たない。雨が降れば客足は絶える。でも閉店時間までは鍵を閉めるわけにもいかない。ガラス窓を雨水が筋になって流れていく。茶色い砂埃が洗い流され、ガラスに縞模様《しまもよう》が出来あがる。出入り口の扉の前、ビニール製のひさしの下で一人の女の子が雨宿りをしている。僕は気にも留めなかった。この雨じゃ母の帰りは遅くなるだろうなとか、夕食には何を作ろうかなとか、そんなことを考えていた。

その時だった。雨音を伴奏にして、勇ましい鼻歌が聞こえてきた。それは先週封切られたばかりの冒険映画『大海原の勇者達』のテーマソングだった。海の覇権を争う豪傑達の戦いは僕の心を捉えて放さなかった。迫力ある大海戦が観《み》たくて、もう三回も『シネマ・フルール』に足を運んでいた。

あの子も、映画を観たんだ。

そう思うと黙っていられなくなった。僕はレジカウンターを出て、店の扉を開いた。

「その曲、『大海原の勇者達』だよね？」

君は驚いたように振り返った。

「そう……だけど？」

「七人の勇者の中では誰が一番好き？」

「きまってるわ。サミアよ」

「僕はアッカ船長が好きだ」

「船長も嫌いじゃないけど、サミアのほうがクールだもの」

サミア役の青年は、カフェオレ色の肌をしたエキゾチックな色男だった。

「よかったら中に入らないか？　雨はしばらく止《や》みそうにないし、お客さん来ないから僕も暇だし」

君はすぐには答えなかった。貴婦人みたいに小首を傾《かし》げ、逆に僕に問い返した。

「貴方、映画は好き？」

「好きだよ。『シネマ・フルール』にかかる映画は全部観る」

それを聞いて、君の眉毛《まゆげ》がひょこっと跳ね上がった。

「なら退屈しなくてすみそうね」と右手を差し出す。「私はエヴァ・ストーク。貴方は？」

「オーヴェン・グリーンだ」

握手を交わし、僕は君を店に招き入れた。

レジカウンターのスツールに、君はちょこんと腰掛けた。ポニーテイルに結った金髪。この町ではあまり見かけないフリルのついたワンピース。きっちり足を揃《そろ》えて座る姿は、気位の高い小さなお姫様みたいだった。

「何か飲むかい？」

「いいえ」君は恥《は》じらうように俯《うつむ》いた。「今、持ちあわせがないの」

「いいよ、お金なんて」

「施《ほどこ》しは受けないわ」

「じゃ、家の冷蔵庫からレモネードを持ってくるよ。売りもんじゃないから、それなら飲めるだろ?」

君が頷《うなず》くのを見て、僕は急いで裏口を抜けた。店の裏手にある我が家のキッチンに飛び込み、グラスにレモネードを注《つ》ぐ。小腹が空いていたので、ついでにクッキージャーも持っていくことにした。

店に戻って、君にレモネードを手渡した。クッキージャーの蓋を開け、レジカウンターの上に置く。

「よければ食べて」

捻《ねじ》れた半月形のお菓子をつまみ上げ、君は困惑したように眉根を寄せた。

「フォーチュンクッキー?」

「そう」

「ここ中華料理店には見えないんだけど?」

「母さんが面白がって買ってきたんだ。旨《うま》くはないけれど、腹の足しにはなる」

僕はフォーチュンクッキーの端っこを囓《かじ》り、挟まっていた紙片を抜き出す。

「なんて書いてある?」

「ええと……」クッキーを嚙《か》み砕《くだ》きながら、僕は答えた。「『明日の雨は今日には止まない』って」

「なにそれ」

笑いながら、君もクッキーを齧った。細長い紙を抜き出し、そこに書かれた文面を読んで、急に表情を曇らせた。

「どうした？」

僕が問うと、君は紙片を押し広げ、僕に向かって差し出した。

「『Pain and sorrow will be your nutrition.《痛みも悲しみも貴方の栄養になる》』」

ボロボロの紙片に書かれた一文を読み上げ、君は懐かしそうに目を細めた。

「フォーチュンクッキーのおみくじって、大概《たいがい》わけのわからない文章が書かれているものだけど、時折ハッとするような文章に巡り合うことがあるのよね。これが出てきた時もそう。ロッタ牧師のお説教を聞くよりも、身近に神の存在が感じられて、何だか敬虔《けいけん》な気持ちになったわ」

わかるよと、僕は頷いた。

「あの時はまだ知らなかったけれど、君がうちの店先で雨宿りをしていたのは、雨で家に帰れなかったからじゃない。家に帰りたくなかったから……だったんだよな」

君は鏡の前に紙片を置くと、今度は一枚の写真を取り出した。長い間、額に入れて飾ってあったから、すっかり色褪《あ》せてしまっている。縁《ふち》は擦《す》り切れ、角も丸くなっている。

「これ、私の卒業写真じゃない」

「そう」僕は威張って胸を張った。「君が僕の母に渡したやつだよ」

君のお父さんは、そこそこ売れた小説家だった。けれど奥さん、つまり君のお母さんを亡くしてからは、一切物語が書けなくなってしまった。それで彼は君を連れて、都会からこの町へと逃げてきたんだ。

そんな現実を忘れるために、君のお父さんはよくお酒を飲んだ。理性をなくすほど酔っ払って、時々君にも手を上げた。あの大雨の日、僕らは友達になっていたから、顔に痣《あざ》を作った君のことを、僕は放っておけなかった。君が家に帰らなくてすむように、「映画を観に行こう」とか、「レモネードを飲みにおいで」とか、毎日のように君を誘った。

驚いたことに、君は一度観ただけで映画の台詞《セリフ》をすべて覚えてしまった。ラジオから流れてくる流行歌を一度耳にしただけで、歌詞もメロディも完璧に再現することが出来た。

「君、すごいな」

「そうなの？　これくらい誰にでも出来るんじゃないの？」

「出来ないよ。少なくとも僕には出来ない」

苦笑交じりに僕は言った。

「すごい才能だよ。君は……そう、女優になるべきじゃないかな？」

「本当にそう思う？」問い返し、君は瞳を輝かせた。「私、役者になるのが夢なの。映画の中や舞台の上で、様々な人生を演じてみたいの！」

「絶対、そうするべきだよ」と僕は答えた。

どんなに退屈な物語でも、君が身振り手振りを交えて語れば、引き込まれずにいられなかった。ありきたりな教会の賛美歌も、君が歌うと天使の福音になった。そんな君に夢中になったのは僕だけじゃなかった。僕の母も映画やお芝居が大好きだったから、すぐに君のことが気に入った。僕らが雑貨店の片隅で映画談義に花を咲かせていると、母は必ず君を夕食に誘った。

「施しは受けません」と固辞する君に、母は言った。「じゃあ、お返しに歌を聞かせて。今夜は月が綺麗《きれい》だから、クレア・エレノアの『月は今も明るい』が聞きたいわ」

一年が過ぎ、二年が過ぎると、君もすっかりこの町に慣れて、母が運転するトラックに乗って一緒に買い物に行ったりして、もうグリーン家の娘みたいになっていた。

本音を言うとね。僕は少し怖かった。突然君の父親が現れて、この家から君を連れ去ってしまうんじゃないかって。でも君のお父さんはオーク通りの一軒家に引きこもったままだった。彼は自分を守るのに手いっぱいで、君のことにまで気が回らなかったんだね。

お酒を飲み過ぎて、君のお父さんが亡くなったのは、君が高校二年生になった、暑い夏のことだった。君は気丈に喪主《もしゅ》を務めて、お葬式の間も涙一つ見せなかった。でも埋葬《まいそう》を終えて家に戻り、僕と二人きりになった時、不意に君は泣き出した。

「よく頑張ったね」と僕が言うと、君は泣きながら、頭を横に振った。

「違うの。父の死が悲しいんじゃないの」

「じゃ、なんで泣いてるんだい？」

「うちにはお金がないの。もう学校にも通えない。私は未成年だし、きっと施設送りになる。この町を離れなきゃならなくなる」

君のお父さんは財産をすべて使い果たしてしまっていた。彼の死後、君には家しか残らなかった。その家も君のお父さんが買うまでは空き家だったくらいだから、たとえ売りに出したとしても、買い手が現れる可能性は低かった。

「泣くなよ、エヴァ」

僕は君を抱き寄せた。

「僕が探すよ。これからも君が学校に通える方法を。ここで暮らしていかれる方法を。大丈夫、きっと見つけてみせるよ」

その頃、僕はもう成人していた。一度は都会に出ることも考えたけれど、ラッセルタウンを離れがたくて母の雑貨店を手伝っていた。

都会の好景気は、この田舎町にも波及していた。郊外にある渓谷を見に、週末には多くの観光客が訪れた。おかげで雑貨店の売り上げもそこそこ良かった。都会から来る富裕層の若者達のように、毎晩シャンパンを開けるような贅沢《ぜいたく》は出来なくても、母も僕も心の豊かさでは負けていなかった。

「あたしが後見人になるよ」と僕の母は言った。「学費も生活費も面倒を見る。あの家に一人で暮らすのは寂しいだろう？　ならウチに引っ越しておいで。広くはないけど、ウチに来ればオーヴェンの手料理が毎日食べられるよ？」

「そこまでお世話にはなれません」と君は言った。でも頑固さにかけては、母のほうが一枚も二枚も上手だった。僕の母は一度そうすると決めたら、太陽が爆発したって火星人が攻めてきたって、絶対に引かない人なんだ。

二年後、君は高校を卒業した。

母はケーキを焼き、僕はチキンを焼いて、君の卒業を祝ったね。君は成績優秀で、学年の首席で、卒業生代表としてスピーチもした。僕も母も、そんな君が誇らしかった。

ささやかな卒業パーティ。君も終始楽しそうにしていたけれど、真夜中を過ぎて、そろそろ寝ないと——って母が言った時、すっくと席を立って、真顔で言ったんだ。

「このご恩は決して忘れません。かかった学費と生活費は、これから働いて返します」

「いいんだよ、そんなの」

「いいえ返します。返させて下さい。それと、これは私の気持ちです。どうか受け取って下さい」

君は卒業写真を差し出し、深々と頭を下げ——

「お母さんのおかげで、無事に卒業出来ました。ありがとうございました」と言って、僕の母を大泣きさせたんだ。

「お母さんにはお世話になるばっかりで、何のお返しも出来なかった」

古い写真を見つめたまま君は言う。

「私は親不孝者ね」

「そんなことないよ。母は君の大ファンだったんだ。活躍する君から、いっぱい勇気を貰《もら》っていたよ」

店に雑誌の新刊が入ると、母は小さな老眼鏡を鼻に載せて、記事の中に君の名前を探していた。入院してからも、欠かさず新聞に目を通していた。最後の息を吐くその瞬間まで、君のことを気にかけていた。

「母が生きているうちに、一度でいいから、会いに来て欲しかったよ」

僕がそう言っても、君は言い返さなかった。古ぼけた卒業写真を置き、ブリキ缶の中から、束ねられた写真を取り出す。

その拍子に、青い紙が床に舞い落ちた。

「バスのチケット？」

それを拾い上げ、君は目を瞬《しばたた》いた。

「払い戻したんじゃなかったの？」

「うん、そうしようと思ったんだけれどね」

気まずさをごまかすため、僕は痒《かゆ》くもないのに耳の後ろをかく。

「あの後、急に忙しくなっただろう？　ついつい後回しにしていたら、払い戻し期限を過ぎてしまったんだよ」

君が高校を卒業して、半年ほどが過ぎた頃。

キッチンで夕食の片付けをしていると、突然、君が言ったんだ。

「私、この町を出る」って。

僕はびっくりして、その理由を問いただした。でも君は何も言わず、翌日には荷物をまとめて、バスのチケットまで買ってしまった。あの時代、ラッセルタウンに鉄道の駅はなかった。君はまだ車の免許を持っていなかったから、頼れるのは週に一度やってくる長距離バスだけだった。

僕は必死に君を止めようとした。いよいよ出発の日がやってきて、町外れにあるバス停に向かう間も、僕は君を説得し続けた。

「君を怒らせたのなら謝るよ。だから理由を言ってくれ。僕に出来ることなら何でもするから、出て行くなんて言わないでくれ」

「貴方が悪いんじゃないわ」

「じゃ、この町が嫌になったのか？　みんなみたいに都会に出てみたくなったのか？」

「そんなはずないでしょ！」

腹立たしげに、君は叫んだ。

「ここは私の故郷、唯一無二の故郷なのよ。嫌いになるわけないじゃない。ここに住む人達も、商店街も公園も、『シネマ・フルール』も、大好きに決まってるじゃない」

「なら、なぜ出て行くんだ。ずっとここにいればいいじゃないか」

「ここにいたら、私は貴方の厚意に甘え続けてしまう。それじゃ駄目なのよ」

「何で駄目なんだ。それの何が駄目なんだ？」

君は黙って目を伏せた。

堪《こら》えきれず、僕は君の腕を摑《つか》んだ。

「黙っていないで教えてくれ。納得のいく説明をしてくれ。それを聞くまで、僕は絶対に引き下がらないぞ」

「私……見てしまったの」

震える目で僕を見上げ、君は言った。

「貴方とセリーナが、グローヴさんの店で、仲良く指輪を選んでいるのを」

ぎくりとして、僕は君の腕を放してしまった。

「あれを、見てたのか？」

君は目を閉じ、頷いた。

「邪魔しちゃいけない、貴方の幸せを願わなくちゃいけないって、何度も自分に言い聞かせた。演技力には自信があったし、きっと隠し通せると思った。けど、駄目だった。これ以上、いい友達を演じることなんて出来ない。だから出て行くの。貴方に嫌われたくないから、ここを出て行くのよ」

「違うんだ、エヴァ。それは誤解だ」

「いいのよ、オーヴェン。言いわけなんてしなくていいの」

「本当に誤解なんだって！」

僕は髪をかきむしった。

セリーナはお洒落《しゃれ》だしセンスもいい。だから相談に乗って貰ったんだ。神に誓《ちか》ってそれだけなんだ。でも、これを告白するってことは、すべてを白状するしかないってことで――ああ、まったく。なんてこった！

「このタイミングで言うべきことじゃないのはわかっている。あらかじめ断っておくけれど、今すぐにってわけでもない」

渋々、僕は切り出した。本当は『シネマ・フルール』で、ロマンティックな映画を観た後に言いたかった。でも、こうなったら仕方がない。

「決心がつくまで保留ってことにしてくれてもいい。結果、断ってくれてもかまわない」

僕はアスファルトに片膝をついた。ジャケットのポケットから指輪を取り出し、君に向かって差し出した。

「エヴァ・ストーク。どうか僕と結婚して下さい」

その翌日、僕らは役所に結婚許可証を申請した。教会に行き、母を立会人にして、結婚の誓いを立てた。

あの瞬間のことを思い出すと、今でも胸が温かくなる。

「やだ、こんなものまで入ってる！」

長距離バスのチケットを置き、君は缶の中から黄色と黒のゴム製品をつまみ上げた。

「そういう持ち方はやめろ。ちゃんと拭《ふ》いてある。汚くなんかないぞ」

それはミツバチを模した、アーサーの『魔法のおしゃぶり』だった。


君が二十二歳、僕が二十五歳の時、僕らに子供が生まれた。僕と同じ灰色の目をして、君と同じ金色の髪をした可愛い男の子だった。

初孫アーサーの誕生に母は狂喜乱舞した。ラッセルタウンの住人達も、まるで自分に孫が出来たみたいに、アーサーの誕生を祝福してくれた。

それと同じ年、町の中央に鉄道の駅が建設された。それでもラッセルタウンは寂れていく一方だった。交通網が整備され、刺激的な遊び場所が増えるにつれ、観光客の数は減っていった。小さな渓谷ぐらいでは、もう誰も満足出来なくなっていたんだろう。

お客さんが減り、日々の収入も減って、生活は苦しかった。それでも僕は幸せだった。毎朝目を覚ますと隣に君の顔がある。毎晩アーサーにおやすみなさいのキスをする。それだけで僕は幸せだった。

アーサーは元気でやんちゃで、とにかく手がかかった。壊れかけたラジオみたいに、突然スイッチが入って大泣きする。お腹《なか》はいっぱいのはずだし、おしめだって濡《ぬ》れてない。何が気に入らないのかまったくわからない。なのに抱《だ》っこしてもあやしても、夜通し泣き続けるんだ。あれには本当にまいったよ。

奇跡を起こしたのは母だった。彼女が旅行先で買ってきたミツバチのおしゃぶりだった。アーサーはどんなに大泣きしていても、このミツバチが口に入った途端、まるで魔法のように泣き止んだ。

「すごい」

「すごいわ」

このミツバチを、僕と君は『魔法のおしゃぶり』と呼んだ。奇跡をもたらしてくれた母に、ひれ伏して感謝した。子育ては決して楽ではなかったけれど、今思えば、あの頃が一番幸せだったように思う。幸せで、幸せすぎて、逆に僕は怖くなった。多分、僕は気づいていたんだと思う。この幸せはかりそめだって、永遠には続かないんだって。


長距離バスのチケットの隣に『魔法のおしゃぶり』を並べると、君は四つ折りにされた舞台のチラシを取り出した。

用心深く折り目を開く。それに包まれていたものを見て、君の目がキラリと光った。

それは黒ずんだ銀の指輪。

君が置いていった結婚指輪だった。


忘れもしない。あれはアーサーが三回目の誕生日を迎えた春のこと。息子を母に預け、僕らは『シネマ・フルール』に『君とトウモロコシ畑で』という青春映画を観に行った。恵まれない生い立ちに苦悩する主人公に同情し、幼なじみの少女の気持ちを踏みにじる彼に憤慨し、大人になった彼がトウモロコシ畑で遊ぶ子供達を眺めているラストカットに涙して、満ち足りた気持ちで席を立った。

　映画館を出ようとした時、『シネマ・フルール』のオーナーが君を呼び止めた。

「エヴァ、オーディションを受けてみないか？」

　あの大傑作映画『大海原の勇者達』が舞台化されるのだと彼は言った。エヴァは美人だし、歌も上手い。なにより『大海原の勇者達』が大好きだ。

「いい機会だ。挑戦してみたらどうだい？」

「映画も舞台も観て楽しむものよ」と言って、君は笑った。「ああいう人達は演技の学校に通って、特別な訓練を受けている。私みたいな素人が出て行っても、恥《はじ》をかくだけだわ」

　君はまったく乗り気じゃなかった。でも僕は、君がただの素人じゃないことを知っていた。僕の母も、君が希有《けう》な才能の持ち主であることを知っていた。僕らはふいごのように風を送って、大いに君を焚きつけた。

「君には才能がある。チャレンジしないなんてもったいないよ」

「そうだよ。女優になるのが、あんたの昔っからの夢だったじゃないの」

「舞台裏を見学するつもりでさ、行っておいでよ」

「駄目なら駄目で戻ってくりゃ良いだけの話だもの。行くだけ行っといで」

　僕らに押し切られ、ついに君は決意した。「一週間で戻るから、アーサーのことをお願いね」と言って、君は列車に乗り込んだ。

その言葉通り、君は一週間後に戻ってきた。

「で、どうだった？」

「駄目よ。緊張しちゃって、もう最悪」

そう言って、君は笑った。『二次審査に参加するように』という通知を見ても、「まぐれよ」と言って、微笑んでいた。三次審査も切り抜け、最終候補に残っても、「いい記念になったわ」と言って、困ったように笑っていた。

採用を告げる通知が届き、君の舞台デビューが決まった。僕と母は舞い上がって喜んだ。ついに夢が叶《かな》った、さすがはエヴァだと歓声を上げた。でも君は、待ちに待った知らせを受け取ったというのに、少しも笑っていなかった。幽霊《ゆうれい》のように青白い顔で、採用通知を食い入るように見つめていた。

その理由を、最初、僕は誤解した。

「準備期間は三ヵ月、舞台公演は一ヵ月、人気が出ればさらに延びる可能性もあるって書いてあるけれど、どうってことないさ。その間、会えなくなるのは寂しいけれど、ついに夢が叶うんだ。そのぐらい我慢しなきゃね」

考えが、甘かった。

うん、わかっていなかったよね。

「やっぱり行けないわ」

呻《うめ》くように、君は切り出した。

「この幸せを捨てて、叶うかどうかもわからない夢を追いかけるなんて、あまりにも馬鹿げているもの」

「そこまで深刻になることはないんじゃないか？　舞台が終わるまでの辛抱なんだし、もう二度と会えなくなるってわけじゃないんだし――」

そこでようやく、僕は気づいた。

君にとって、舞台に立つということは、夢の成就《じょうじゅ》を意味するものではないんだと。大いなる夢に向かって、踏み出す最初の一歩にすぎないんだと。考えてみれば当たり前のことだった。一度舞台に立っただけで、君が満足するわけがない。君の情熱はそんなにお手軽なもんじゃない。やるなら徹底的にやる。絶対に諦《あきら》めない。それが君だ。君の生き方だ。ならば選択肢は二つしかない。僕らを捨てて夢を追うか、夢を捨てて僕らと暮らすか――だ。

そのどちらを選んでも、きっと君は後悔しない。女優になりたいと願う気持ちも本物ならば、僕らを置いていけないという君の言葉も本物だから。

でも、きっと僕は後悔する。

出会った時から気づいていたんだ。君には非凡な才能がある。それはまさに神から与えられた特別な贈り物《ギフト》で、誰にもその輝きを消すことは出来ないんだって。そうわかっていても、僕は君を離したくなかった。僕とアーサーの傍《そば》にいて欲しかった。有名になんてならなくていい。ずっと僕の奥さんでいて欲しい。けれど、もしここで君を引き留めてしまったら、僕はきっと後悔する。だって僕は知っているから。君が生きるべき場所は、ここじゃなくて、あの銀幕の向こう側にあるんだって。

「行っておいで」

君の手を握り、僕は言った。

「僕はここにいる。倒れそうになったり、挫《くじ》けそうになったら、いつでも戻っておいで」

「いいえ、私は倒れないわ。決して挫けたりしない。この幸福を捨てることより辛《つら》いことなんてないもの。何を奪われても何を失っても、これより大きな犠牲なんてないもの。この痛みを思えば、どんなことにも耐えられる。諦めるなんてあり得ないわ」

「その覚悟があるなら大丈夫。君は絶対に成功する」

確信を込め、君の手にキスをした。

「僕は君ほど潔《いさぎよ》くなれない。だから僕は待っているよ。君がどこに行っても、たとえ遠く離れても、いつか君が戻ってくることを信じて、ずっとずっと待ち続けるよ」

君は答えなかった。僕を抱きしめて、声を殺して泣き続けた。

君がどちらの道を選ぶのか、僕にはわかっていたよ。二日後の朝、キッチンのテーブルに結婚指輪を残して君が消えても、僕は驚かなかったし、これで良かったんだって、少し安堵《あんど》もしていたんだ。


君は結婚指輪を鏡台に置いた。

缶の中に散らばる新聞や雑誌の切り抜きを拾い上げ、その一枚一枚に目を通す。

最初の一枚は記念すべき君の初舞台『大海原の勇者達』の記事だ。君のこと「驚異の新人現る！」って書いてある。次の記事は『はるか彼方《かなた》に』だ。「役者の演技力は及第点《きゅうだいてん》、だが音楽はいただけない」って、厳しいよね。ああ、それは『裏庭』だ。君が初めてこなした母親役だ。それ以外にも十を超える舞台に立ったけれど、『第三の波』の舞台を最後に、君の名前は消えてしまった。

「この頃は……本当に辛かった」

『第三の波』を酷評《こくひょう》する記事を見ながら、君はため息まじりに独りごちる。

「何をしても上手くいかなかった。どんなに頑張っても、端役《はやく》さえ貰えなかった。お金がなくて、水しか飲めない日もあった。惨《みじ》めで悲惨で、まさにドン底だったわね」

鏡の前に切り抜きを投げ出し、自嘲《じちょう》気味に笑う。

「辛くて悲しくて、家に帰りたい、もう家に帰りたいって、毎晩のように泣いたわ」

「なら帰ってくれれば良かったのに」

「でもオーディションを受けに行った舞台の監督に『君には淑女《しゅくじょ》より悪女が向いている』って言われて、気づいたの」

鏡に映った自分に向かい、君は唇の両端を吊り上げる。妖艶《ようえん》で蠱惑《こわく》的、一世を風靡《ふうび》した『銀幕の魔女』の微笑みだ。

「それまで私が演じてきたのは、どれもこれも正統派だった。可憐《かれん》な少女、貞淑《ていしゅく》な妻、優しい母親、そんな役ばかりだった。意識していたわけじゃない。けど私が汚れ役を避けてきたのは、オーヴェンやアーサーのことを考えたから。私が悪役を演じたら、彼らはどう思うだろうって、どこかで考えていたのね。決して戻らないと言いながら、私は自分が帰れる場所を残そうとしていたのよ」

狡《ずる》い女ね——と呟いて、君は結婚指輪を爪で弾《はじ》いた。

「私は悪い女。家族を捨てても後悔しない。欲望の赴《おもむ》くままに誰かを傷つけてもへっちゃら。ほら、私には悪女が向いている」

君は写真の束を解いた。君が演じてきた数々の悪役達、そのブロマイドをトランプのように広げてみせる。

君の活躍は舞台だけに留《とど》まらなかった。僕は『シネマ・フルール』のスクリーンで、何度も何度も君を見た。『キャプテン・レッド』の二重スパイ、『波止場の夜』の欲深い娼婦《しょうふ》、『運命の女』の毒婦エンディ、『眠れる森の美女』の魔女。銀幕の中で、君は笑いながら人を撃ち殺していた。マフィアの首領に機関銃で撃ち殺されていた。汚れた金を抱きしめたまま高層ビルから飛び降りていた。

映画雑誌の記者達は一抹《いちまつ》の揶揄《やゆ》を込め、君を『銀幕の魔女』と呼んだ。「エヴァ・ディアマンテが銀幕に現れると、男達は魅入《みい》られ、女達は罵声《ばせい》を浴びせ、子供達は泣き叫ぶ」と囃《はや》し立てた。

それでも君は立ち止まらなかった。「あの人、狂気じみていて怖いの」と共演女優に言われても、「彼女とのロマンスだけはゴメンだね」と主演男優にからかわれても、迷うことなく自分の道を突き進んだ。

およそ二十年間、君は様々な悪女を演じ続けた。艶《つや》めいた唇で、濡れた瞳で、しなやかな脚線美で多くの男を虜《とりこ》にした。憎たらしいほどしたたかで、冷徹で酷薄《こくはく》で恐ろしい女。それが人々が君に抱くイメージだった。


「あの事件の記事はないのね」

ブロマイドの束を置き、君はクッキー缶をかき回した。初めて海を見た時に、君が拾ったシーグラス。お父さんからの贈り物で、君の宝物だった自転車のネジ。映画雑誌の懸賞に応募して、当たった『カルマ』のピンバッジ。懐かしい思い出が、缶の中でカラカラと鳴る。

「あの可哀想《かわいそう》な少年の記事は、切り抜いておかなかったのね」

「あれは君とは関係ない」

少し腹を立て、僕は答えた。

「誰がなんと言おうと君のせいじゃない」

君が演じた悪女の一人。教え子を言葉巧みに操って、自分を軽《かろ》んじる者達を殺害させる女教師キャサリン・ハント。彼女は少年に銃を手渡し、「私を愛しているなら、証明してちょうだい」と言って、同僚の男性教師を射殺させる。

それを真に受けた現実世界の少年が、学校で乱射事件を起こした。三人が死亡、七人が大怪我《けが》をした。逮捕された十七歳の少年は、警察官に言ったそうだ。

「見てくれたかい、キャサリン。僕は貴方を愛してる」

君はキャサリン・ハントを演じただけだ。その台詞は脚本家が書いたものであって、君には何の罪もない。なのに世間は君に責任を求めた。正義の味方を気取って、ここぞとばかりに君を叩《たた》いた。激しいバッシングに晒《さら》された君は、銀幕世界から姿を消した。

君を探して、何人もの記者がこの町に来た。本当のことなんて何も知らないくせに、「エヴァ・ディアマンテは家族を捨てた本物の悪女」と扇情《せんじょう》的に書き立てた。君の生い立ちを暴き立て、父親が小説を書けなくなったことも、酒に溺《おぼ》れて死んだことも、みんな君のせいにした。

「彼らはなぜ、あんなにもエヴァのことを悪く言うんだろう？」

『シネマ・フルール』のオーナーは悔し涙を流していたよ。

「美しい銀幕の時代は終わってしまった。今の映画界には、腹を空《す》かせた醜《みにく》いハイエナしかいない」

それ以来、僕らが愛した『シネマ・フルール』に、明かりが灯《とも》ることはなかった。

あんな言いがかりのような記事を書かれて、誤解されて憎まれて、僕は君のことが心配でならなかった。その一方で、もしかしたら君が戻ってきてくれるんじゃないかって、どこか期待もしていたんだ。

でも、君は戻ってこなかった。

思い出の品をほぼ全部、鏡の前に並べ終え、君はひょいと肩をすくめた。

「私が姿を隠していた間の記事もないのね」

「仕方ないだろう。新聞にも雑誌にも、君の行方は載っていなかったんだから」

「ということは、国を出たのは正解だったたってことね」

「って、君。外国にいたのか！」

「名前も偽って暮らしていたのに、ラリーはどうやって私を見つけたのかしら」

君は缶の底に残されたピンバッジを手に取った。二重円の中央に流線型のロケット、人気テレビドラマシリーズ『ロケットマン』のエンブレムだ。

隠遁《いんとん》生活を送っていた君を呼び戻したのは、『ロケットマン』の火付け役、名プロデューサーのラリー・ホイットマンだった。

「雑誌のインタビューで読んだよ。ホイットマンは君の大ファンで、『ロケットマン』に出演して下さいって、これは貴方にしか出来ない役なんですって、しつこく言い寄ったらしいじゃないか。あれ、本当なのかい？」

君は掌《てのひら》の上でピンバッジを転がし、愛おしそうに微笑んだ。

「言ったのよ、ラリーに。宇宙軍の艦長役なんて私には似合わないって。悪女の役しかやってこなかったし、世間もそういう目で見るだろうし、今さら正義の味方を演じるつもりはありませんってね」

「じゃ、なんで引き受けたんだい？」

「でもアニー・レイトンはただの正義の味方じゃなかった。彼女は多くの戦場をくぐり抜け、大勢の部下や戦友を失ってきた。その経験があるからこそ、彼女は自分の信念に従い、時には軍規からも逸脱《いつだつ》する。脚本を読んで、ラリーが求めているのは、そういう深みなんだってことに気づいたの。顔の皺ばかり気にしている女優に、この役は務まらない。レイトン艦長を演じられるのは、私しかいないって思っちゃったのよ」

「君の気持ちもわからなくはないよ。でもホイットマンのオファーを受けたのは、彼のことが気に入ったからだって——」

「それにね、ラリーはアーサーと生年月日が一緒なの。これって運命だと思わない？」

それじゃあ仕方ない。許してやろう。

僕としても、本気でラリー・ホイットマンに嫉妬《しっと》していたわけじゃない。君の本当の魅力に気づいてくれたことには感謝しているし、彼がいなければ君はショウビジネスの世界に戻ってこなかった。銀幕じゃなくてテレビってところに、時代の流れを感じるけれどね。

端役だったレイトン艦長が、じわじわと人気を集め、ファンの要望に応えるように出番がどんどん増えていくのを見るのは、実に痛快だったよ。レイトン艦長を主役に据えたスピンオフシリーズもヒットして、ついには劇場版も制作された。

「銀幕に戻ってきた君の姿、母や『シネマ・フルール』のオーナーにも見せてやりたかったな」

「不思議なものね」と君は囁《ささや》く。「昔は石を投げられたり、唾《つば》を吐かれたりもした。けど今は子供にサインをねだられるの。『レイトン艦長のように信念のある女性になりたい』ってファンレターも貰ったわ。本物の軍人さんから、『艦長、ぜひご一緒に写真を撮らせて下さい』って頼まれたこともあるのよ」

君は宇宙軍のピンバッジを握りしめ、拳《こぶし》の上からキスをした。

「これがなかったら戻れなかった。何があっても、たとえ貴方が――」

その時、誰かが扉をノックした。

「母さん、準備出来てる？」

木製の扉越しにくぐもった声が響く。僕らの息子、アーサーの声だ。

「もうすぐ時間だけど、その前に少し話をしてもいいかな？」

君は写真や切り抜きをかき集め、クッキー缶に押し込んだ。それを鏡の前に置き、ゆっくりと立ち上がる。

「どうぞ入って。鍵は開いているわ」

一呼吸分の間を置いて、扉が開かれた。

アーサーが入ってくる。白髪を後ろになでつけ、黒いネクタイを締めている。鏡の前に立つ君を見て、彼は気まずそうに目を伏せた。

「僕らの間には、いろいろと葛藤《かっとう》がある。正直言って、僕はまだ怒っている。だから、今はまだ、貴方を許したとは言えない」

「当然ね」

「でも、来てくれて嬉しい」

アーサーはまっすぐに君を見た。君は意地の悪い微笑みを浮かべ、鏡台に置いたブリキ缶をポンと叩いた。

「こんなものを送ってこられたら、いくら私でも断れないわよ」

「それを送ろうって言い出したの、ルーシーなんだ」

貴方の孫だよ、お祖母《ばあ》ちゃん――と言って、アーサーも意地悪く笑った。

「遺品の中にそれを見つけて、絶対に貴方に渡すべきだって、でないとお祖父《じい》ちゃんが可哀想だって言い張ってね」

「優しい娘さんね」

「僕もそう思う」

素直に認め、アーサーは耳の後ろをかく。

「ルーシーは貴方の大ファンなんだ。貴方が自分の祖母だと知って、卒倒しそうなくらい驚いてる。よかったら、あとでサインしてやって」

「ええ、喜んで」

「じゃ、準備が出来たら下りてきて。ロビーで待ってるから」

そう言い残し、アーサーは出て行った。

部屋に一人残された君は、緊張の糸が切れたみたいによろめいて、再び丸椅子に腰を下ろした。胸に手を置いて息を整え、思い出がいっぱい詰まった古いクッキー缶を見つめる。

「私って、本当に馬鹿だわ」

ため息に乗せて、君は呟く。

「こんなことなら、もっと早く戻ればよかった。余計な意地など張らないで、もっと早く帰ってくればよかった。まさか貴方が私よりも先に死ぬなんて、思ってもみなかった」

うん、それについては僕も驚いている。こんなに突然、心臓が止まるとは思わなかった。

けれど、これで良かったんだよ。もし僕が長く患《わずら》ったりして、自分の死期を悟っていたら、そのクッキー缶を処分してしまったかもしれない。そしたらルーシーがクッキー缶を見つけることもなく、僕の葬式に参列するために、君が戻ってくることもなかった。

そりゃあね、出来れば生きているうちに会いたかったよ。幽霊じゃ君を抱きしめられないし、キスだって出来ない。君には僕が見えないし、僕の声も聞こえない。でも……まぁ、いいさ。君はけっこうな怖がりで、ホラー映画が大の苦手だったから、幽霊なんて見えないほうが、君にとっては幸せだ。

「ねぇ、オーヴェン」

僕の名を呼び、君は立ち上がった。腰に手を当て、スイートルームの天井をぐるりと見回す。

「まだ近くにいるんでしょう？」

見えるはずがない。

なのに、ぴたりと目が合った。

「見えなくたってわかるのよ。貴方と私の魂は、固い絆《きずな》で結ばれているんだもの」

驚きのあまり、僕は心臓が止まりそうになった——って、もうとっくに止まっているんだけれども。

「死んでも待っていてくれるなんて、本当に律儀《りちぎ》な人ね」

うん、よく言われる。

「悪いけど、当分そちらには逝《い》けないわよ。だって来月には『ロケットマン』の第七シーズンの撮影が始まるし、ファンタジー映画のオファーも貰っているの。機知と知略で小国を守り抜いた女王の役なのよ。すっごく格好いいんだから」

それに――と言って、君は嬉しそうに目を細める。

「せっかく戻ってきたんだもの。ラッセルタウンに恩返ししたいじゃない？『シネマ・フルール』も建て直したいし、可愛いルーシーをべったべたに甘やかしたい。いつかはアーサーとも和解したい。それにはまだまだ時間が必要なの」

君は僕を見上げ、にっこりと微笑んだ。

「でも、待っていてくれるわよね？」

もちろんだよ、エヴァ。

約束しただろう、待っているって。いつまでも待ち続けるって。だから急がなくていいよ。君がこちらに来る日まで、僕はのんびりと映画でも観ているから。

■

「今回はわかりやすい」

黒色に戻った石板を叩き、ローグは自信をもって答えた。

「お前が許しを与え、許しを得るために必要なもの。それは『Nexus《絆》』だ。許すことも出来ず、許されることも叶わず、お前は絆を断ち切った。それゆえにお前は孤立し、世界は死骨の砂漠と化したのだ」

強風が吹き抜けた。塔に絡んだ鎖がギシギシと軋《きし》む。そのうちの一本が堪えきれずにはち切れた。バラバラになった黒鎖は炎に包まれ、煙となって消え失せる。

その直後、天空から楽しげな囀《さえず》りが降ってきた。

白い鳥が群れをなし、塔の周囲を飛び回る。大地には色とりどりの花が咲き乱れ、白い蝶《ちょう》がひらひらと舞っている。

「槍が……震えている」

守人の乙女が呟いた。槍の柄《え》を両手で摑み、研ぎ澄まされた穂先を困惑の眼差しで見つめている。穂の付け根に埋め込まれた宝玉には、妖しげな青い光が灯っている。

「これはいったいどうしたことだ」

「繫《つな》がったんだよ」

いつになく真剣な声でローグは答えた。

「お前は許し、許されたい相手との縁を取り戻した。同時にお前は、お前を侵《おか》し、支配しようとする者とも繫がったんだ」

「わからない」

戸惑《とまど》いの中、かすかな恐怖を漂わせ、守人は言い返した。

「もっとわかりやすい言葉で言え」

『We can see them.《私達には彼らが見える》 ＝ They can see us.《彼らには私達が見える》』

「わかりやすく言うとだな」

　ローグは石板の文字を指さした。

「早くすべての謎を解けってことだ。他の誰かに、先を越される前にな」

# 第七問

*The Library of Wisdom and Ten Riddles*

天空には太陽が輝いている。爽《さわ》やかな風が吹き、湖面には細波《さざなみ》が揺れている。湖畔《こはん》に立つ六角錐《ろっかくすい》の塔。それを見上げ、ローグは言った。

「さあ、次の質問をするがいい」

守人《もりびと》の乙女は右手に握る槍《やり》を見つめた。穂先の根元に埋め込まれた宝玉が青く輝く。その光を瞳に宿し、自身に言い聞かせるように乙女は呟《つぶや》く。

「私は知った。なぜ自分がここにいるのかを、自分が何を求めているのかを、私は知った」

彼女はローグに目を向けた。彫像の如《ごと》き美貌に不安の影が差している。

「自分を知ること。自身の望みを知ること。それは刺激的で興味深い。しかし変化は価値観を揺るがし、私自身をも変容させる。私はそれを、恐ろしいと感じている」

『Sympathy.《共感する》』

黒い石板に金の文字が現れる。

『To know the unknown.《未知を知ること》 = Interesting but horrific.《楽しいが恐ろしい》』

「それでもお前は問いかけた。それはお前自身の意志だ」

厳《おごそ》かな声でローグは言う。

「知ってしまったものを知らなかったことには出来ない。もう後戻りは出来ない。お前も俺も、先に進むしかない」

『Let's go together.《ともに行こう》』

力強く点滅する金文字。それを見せつけるように、ローグは石板を乙女に向ける。

『Don't worry. You are not alone.《心配ご無用君は一人じゃない》』

光り輝く文字列を見て、乙女は唇をほころばせた。

「では問おう。私が許し許されたいと欲する相手。それを見つけ出すために、私が為《な》すべきことは何か？」

『Searching…《検索中……》』

石板に金の文字が明滅する。

『Completed：Play.《検索完了再生》』

石板の表面に曇天《どんてん》が映し出される。垂れ込めた暗雲、響く雷鳴、叩《たた》きつけるような驟雨《しゅうう》を、一条の光が切り裂いていく——

◀

古来より、吉備《きび》一族は調伏師《ちょうぶくし》の家系であった。吉備に連《つら》なる男達は、類《たぐ》い希《まれ》なる方術で数多《あまた》のあやかしを滅し、大妖《だいよう》を封じてきた。その高名は広く知れ渡り、京の都だけでなく、西は薩摩《さつま》、東は上総《かずさ》の集落からも物《もの》の怪《け》退治を頼まれた。

その年、吉備家当主の吉備火比等《かひと》はあやかし討伐の依頼を受け、武蔵《むさし》国へと旅立った。彼を招いたのは久保《くぼ》村を筆頭とする、まとめて十の集落であった。

「豊多摩《とよたま》の森に狐《きつね》の化け物が出るのです」

「弁当や釣った魚を盗まれるのです」

「人々に憑《つ》いて一晩中裸踊りをさせたり、真冬の川で水浴びさせたりするのです」

「腹立たしくとも人語が通じる相手ではなし、仕方がないと諦《あきら》めておりました」

「その悪戯《いたずら》が、最近目に余るようになりまして」

「人家に入り、幼子を攫《さら》っていったのです」

「大雨で川を氾濫《はんらん》させ、稲を倒し、畑を押し流すのです」

「落雷で森を焼き、山火事を起こすのです」

「まったく心安まる暇《いとま》がございませぬ」

「吉備様、お頼み申します。どうかあの化け物を退治して下さいませ」

あいわかったと、吉備火比等は請《う》け合った。さっそく豊多摩の森へと分け入って、人に仇《あだ》なす狐の化生《けしょう》と対峙《たいじ》した。

白銀の毛皮を纏《まと》った狐の化生、その名を『妖狐《ようこ》』という。齢《よわい》百を超える大妖は斬《き》っても死なず、絞めても死なず、封印の札も破邪《はじゃ》の呪《しゅ》も効かなかった。それでも火比等は諦めなかった。幾度《いくど》となく豊多摩の森に赴《おもむ》き、妖狐に戦いを挑んだ。しかし、白銀の化生は歯牙にもかけなかった。火比等を鞠《まり》のようにころりころりと転がしては、『面白し、面白し』と大地を震わせ、嘲笑《あざわら》った。

侮《あなど》られた火比等は意気消沈するどころか、ますます闘志を燃え上がらせた。

「今に見ていろ、物の怪め。吉備一族の名にかけて、必ずや貴様を調伏してみせる！」

火比等は久保村へと移り住んだ。そこに屋敷を築いて家族と仲間を呼び寄せた。

その後、千年にもわたる吉備一族と妖狐の戦いは、こうして始まったのである。


時は流れ、火比等は死んだ。彼の闘志はその子孫へと受け継がれていった。新たな呪や方術、南蛮渡来《なんばんとらい》の薬や道具を用いて、吉備の男達は妖狐に挑んだ。だが不死の大妖には、どのような攻撃も通用しなかった。

武蔵国に移り住んで五百年あまりが過ぎた頃、吉備一族に変わり者の調伏師が誕生した。名は弥比古《やひこ》。彼は下妖《かよう》と結んで使役とし、あやかしの力を借りて、人に害なす妖怪を倒していった。

そんな弥比古のやり方は一族から忌み嫌われた。「あやかしの力を借りるなど、吉備にあるまじきこと」と散々に罵《ののし》られた。彼の実の両親でさえ「悔い改めて、その邪法を手放しておくれ」と哀願する始末だった。

若く自信家であった弥比古は、悔い改めるどころか、自分を非難する者達に言い放った。

「この五百年、吉備一族が何をした。まじないを唱え、札を貼り、妖狐を遠ざけてきただけではないか。変化を拒み、守りに入った吉備一族など、もはや調伏師とは呼べぬ。このようなていたらくでは、あと五百年、いや千年経《た》っても、吉備火比等の念願を果たすことなど出来はせぬ！」

吉備一族は怒り心頭に発し、弥比古を村から追い出した。弥比古もまた、頭の固い家長に腹を立てたが、そこは若さゆえの気楽さで「まあ、いいさ」と思い直した。「いい機会だ。世の中を見て回ろう。津々浦々を巡れば、どこかで妖狐を調伏する術に出会えるかもしれない」

弥比古は全国を旅して回った。堺《さかい》で知り合った女と所帯を持ち、その間に娘を儲《もう》けてからも、彼の放浪の旅は続いた。

そして四十を超えた頃、弥比古はある鬼の話を耳にした。曰《いわ》く、富士《ふじ》山麓には『鬼満《きみつ》』という名の鬼がいる。鬼満は鬼の身でありながら、あやかしを斬ることが出来る『破魔《はま》の剣』を打つという。邪を持って邪を制す。それは弥比古の得意とするところだった。「これぞ自分の探し求めてきたものだ」と、彼はさっそく富士へと向かった。そして並々ならぬ執念で鬼が潜《ひそ》む岩山を探り出し、その洞窟に「頼もう、頼もう」と呼びかけた。

「我が名は吉備弥比古。調伏師、吉備火比等の血を継ぐ者なり。先祖代々の悲願を果たすため、鬼満様のお力をお借りしたい！」

『帰れ——』

地を這《は》うような声が聞こえた。

『吾《われ》は人には剣は与えぬ』

「そこを曲げてお願いしたい！」

弥比古は土下座し、額《ひたい》を大地に押しつけた。

「俺には破魔の剣が必要なのだ。それさえあれば妖狐を倒せる。胸を張って故郷の地に戻れるのだ」

『知らぬ――帰れ――』

「鬼満よ。破魔の剣を与えてくれたなら、俺はどんなことでもしよう。この命、この魂さえも差し出そう！」

鬼満は沈黙した。ややあってから、硫黄《いおう》臭い吐息とともに声が返った。

『ならば――貴様の――娘を寄越《よこ》すか』

弥比古には、おきぬという妻がいた。おきぬとの間に生まれた娘おせんは、この年で十八歳になろうとしていた。

「わかった」と弥比古は答えた。「おせんはお前にくれてやる。その代わり、俺に破魔の剣を寄越せ」

『――承知』

弥比古は堺の港に戻った。

彼の話を聞いて、妻おきぬは怒り狂った。放浪癖のある夫を頼ることなく、女手一つで娘を育ててきたのだ。いきなり「おせんを鬼の嫁にやる」と言われ、「はい、そうですか」と頷《うなず》けるわけがなかった。

「ふざけんじゃないよ、この唐変木《とうへんぼく》が！　おせんはあたしの娘だ。あんたの勝手にゃさせないよ。鬼の嫁にやるだなんて、絶対に許しゃしないんだからね！」

おきぬの怒りは噴火山のように激しかった。弥比古が宥めすかしても、少しも衰《おとろ》えなかった。

最後には出刃包丁まで持ち出して、弥比古は危うく刺されそうになった。

「お母ちゃん、もう怒らんで」

おきぬを止めたのは娘のおせんだった。親思いで、しっかり者のおせんは、弥比古に向かってこう言った。

「父ちゃんが行けというなら、あたし、鬼の嫁になる」

こうして、おせんは刀鍛冶鬼《かたなかじおに》の嫁となった。彼女が鬼満の洞窟に入ってから三年が経った頃、堺の家におせんがひょっこり戻ってきた。彼女は右の手に乳飲み子を抱《だ》き、左の手には一振りの太刀《たち》を握っていた。

「鬼満は優しい鬼だったよ」とおせんは言った。「あたし、ずっとあそこで暮らしてもよかった。でも鬼満が、鬼の暮らしは人には辛《つら》かろうと、この子を連れて家に帰れと、言ってくれたんだよ」

かくして破魔の太刀『鬼満丸《きびまる》』だけでなく、鬼の血を引く孫娘も手に入れて、弥比古は意気揚々と一族の元に戻った。

「斬っても斬れぬ大妖を、斬ることが出来るだと？」

「そうだ」

「そんな太刀などあってたまるか」

「ならばともに来い。実際に大妖を斬ってみせよう」

弥比古は吉備の若衆を引き連れて豊多摩の森へと向かった。

深い森を行く彼らの前に、ふわりと妖狐が現れた。下弦《かげん》の月のような目、耳元まで裂けた口、鼻の穴から黒い煙を吐き出して、揶揄《やゆ》するように嗤《わら》っている。

「覚悟しろ妖狐！　この『鬼満丸』が貴様を滅ぼす！」

弥比古は抜刀《ばっとう》し、妖狐の鼻面を斬りつけた。しゅっと白い煙が上がる。鼻先を削《そ》がれ、妖狐は大きくのけぞった。

「おお、怯《ひる》んだ！　怯んだぞ！」

「効いている！　本当に効いているぞ！」

一族の声に押され、弥比古はさらに踏み込んだ。一太刀、二太刀と、狐の化生に斬りつける。太刀の攻撃を喰《く》らうたび、妖狐の軀《からだ》は削られ、削られ、どんどんと小さくなっていき、ついには『ぱちん』と弾《はじ》けて消えた。

「やったぞ！　弥比古が妖狐を討ち滅ぼしたぞ！」

吉備一族は歓喜した。拳《こぶし》を突き上げ、勝ちどきを上げた。そんな中、弥比古だけは喜ばなかった。『鬼満丸』は確かに効いた。が、どうにも手応えがない。あれほどの大妖が、これで滅びたとは思えない。

「妖狐を侮るな」重々しく弥比古は言った。「あれは不老不死の大妖だ。たとえ霧散しようとも、いずれ必ず蘇《よみがえ》る。警戒を怠《おこた》るな。今後も鍛錬を怠らず、『鬼満丸』と鬼の血を守り、妖狐の再来に備えるのだ」

その言葉を聞いた若衆は浅薄な自分らを恥《は》じた。弥比古の前に平伏し、感じ入って答えた。

「我ら吉備一族は調伏師。その運命に準じましょう。妖狐の再来に備え、『鬼満丸』と鬼満の血脈を守りましょう」

これ以後、吉備《きび》は『鬼満』と表されるようになる。そして破魔の太刀『鬼満丸』と、鬼の血を引く『鬼満の娘』は、一族になくてはならない家宝となっていくのである。

鬼満一族の掟《おきて》。

その一、破魔の太刀『鬼満丸』は、鬼満本家の男子にのみ佩刀《はいとう》抜刀が許される。

その二、鬼満本家に生まれた女子は、齢十八で分家の若者を婿《むこ》に迎え、必ずや一男一女以上の子を生《な》す。

その三、鬼満本家に置かれた『鬼満丸』と鬼の血筋を守るため、四つの分家——すなわち青鬼満、白鬼満、赤鬼満、玄鬼満を、本家の東西南北に置き、これをもって結界となす。

鬼満一族は三つの掟を守り続けた。弥比古の予言通り、妖狐が再び舞い戻ってきても恐れず怯まず、『鬼満丸』を佩《は》く当主を筆頭に勇敢に戦い続けた。妖狐の反撃を喰らい、多くの仲間を失いながらも、あと一歩のところまで追い詰めた。そのたび妖狐は霧に風に姿を変えて逃げおおせ、封印するには至らなかった。

そのような一進一退を繰り返すうち、妖狐の襲来に間が空くようになってきた。その理由を、ある者は「さしもの大妖も回復が遅れているのだろう」と言った。またある者は『鬼満丸』の恐ろしさが身に染みたのだろう」と呵々大笑《かかたいしょう》した。

かつては月に一度、何かしらの悪さをしていた妖狐は半年に一度、一年に一度、ちらりと尻尾《しっぽ》を見せるだけになった。理由がわからないまま、やがてはまったく現れなくなり、十年、二十年が経過した。それでも鬼満一族はかたくなに掟を守り続けた。相手は千年を経た大妖だ。たかが二十年、姿を消したからとて、消滅したとは思えない。いつか必ず、人に災いを為しに戻ってくる。

だが、災いは別の方角からやってきた。

もたらしたのは妖狐でも、他の大妖でもなく、人間だった。

戦火の中、数多の町村が破壊され、大勢の人間が命を落とした。鬼満一族が暮らす久保町も例外ではなかった。空襲を受けて屋敷は焼け落ち、火比等の末裔《まつえい》も多くが死んだ。それでも鬼満の家宝『鬼満丸』は、家長が命がけで守り抜いた。鬼満の血筋を引く本家の娘も生き残った。

終戦を迎えた後、鬼満一族は久保の地に屋敷を再建した。再び結界を築き、いずれ来るであろう妖狐の襲撃に備えた。

戦争の記憶が遠ざかり、戦禍《せんか》を逃れた鬼満の娘に女児が生まれた。その女児が親となっても、妖狐は現れなかった。

鬼満一族の宿敵妖狐。その姿が最後に目撃されてから、七十年あまりが経過した。

焼け野原となった大久保は、大勢の人が暮らす大都会へと変貌を遂げた。街には昼夜を問わず光が溢《あふ》れ、あやかしが潜む暗闇は失われた。人々は物の怪を恐れなくなり、それを信じる者も少なくなった。妖狐の名も姿も、その存在さえも人々の記憶から消えていった。

鬼満一族も戦後はその数を減らすばかりだった。本家分家を合わせても、たった十八名を残すのみとなっていた。その十八名の中からも、妖狐の存在を疑う者が出始めた。

「今どき妖怪なんてあり得ない」

「いるはずのないものを恐れて、本家は無駄に金を使っている」

「妖狐の正体は未知の希少生物だったんだろう。かつては実在していたのかもしれないが、とっくの昔に絶滅した。二度と現れることはないだろう」

密《ひそ》やかに言い交わされる懐疑《かいぎ》の声。それを聞きながら鬼満比呂士《ひろし》は育った。本家の息子である彼は、やがては鬼満の当主となり、『鬼満丸』を引き継ぐはずであった。

だが、比呂士は妖狐の存在を一片たりとも信じていなかった。調伏師の家名など、彼にとっては己を縛る呪いでしかなかった。自分や妹に普通の生活を許さない鬼満の掟を、彼はひたすら憎み続けた。

十八歳になった比呂士は美術大学への進学を希望した。しかし、鬼満家当主である叔父《おじ》の高比呂《たかひろ》は、それを許さなかった。

「鬼満家の男子には妖狐の襲来に備える責務がある。あやかしとの戦いに芸術など不要。絵など描いている暇があったら、守護札の一枚でも描けるようになれ」

その言葉に、抑え続けてきた不満と怒りが爆発した。

「あんたこそ、目を覚ましたらどうなんだ！」

叔父に向かい、比呂士は叫んだ。

「何が妖怪だ！　何が妖狐だ！　そんなものいやしないんだよ！　なのにあんたは調伏師の家系とか、鬼の血筋とか、くだらない妄想《もうそう》に浸るばっかで、ちっとも現実を見ようとしない。いい加減に認めろよ。妖狐なんていないんだって。そんなものハナから存在しないんだって！」

「比呂士！　お前、なんてことを――」

「俺は自由にさせて貰《もら》う！　時代錯誤の掟に縛られるのは、もうたくさんだ！」

その時だ。鬼満の屋敷に雷が落ちた。大地が震え、照明が消えた。

「……停電？」

「いや、違う！」

高比呂は『鬼満丸』の元へと走った。

「妖狐だ。妖狐が来たんだ。逃げろ、比呂士！　早く、結界の中に入るんだ！」

必死な叔父の呼びかけに、甥《おい》は薄ら笑いで答えた。

「ったく、みっともねぇな。何回言ったらわかるんだよ。妖狐なんてもの、この世には存在しないんだって――」

言い終わらないうちに、比呂士の背後の窓ガラスが割れた。稲光とともに、白銀に輝く巨大な獣が飛び込んでくる。それは全身に雷光を纏い、瞳に金の炎を滾《たぎ》らせていた。裂けた口からは真っ黒な煙が吹き出し、九つに分かれた尻尾には青白い火花が散っていた。怒りに満ちた妖狐は前足を振り上げ、鋭い爪の一振りで、鬼満比呂士の首を刎《は》ね飛ばした。

「この物の怪が！」

高比呂が『鬼満丸』を抜き、大妖へと斬りかかる。

「唵《おん》！」

調伏師の気合いに、壁に貼られた墨文字の呪が蠢《うごめ》き、蛇のように妖狐に巻き付いた。一瞬動きを止めたその喉元に、『鬼満丸』の一撃が命中する。雷鳴のような声を上げ、妖狐は身を翻《ひるがえ》した。銀色に輝く風となって、割れた窓から外へと飛び出す。

「待て！」

高比呂は窓に駆け寄った。白けた夜空、埃《ほこり》まみれの赤い月、天に逆らうように屹立《きつりつ》する高層ビルの黒い影。雷光を纏う化生の姿は、もうどこにも見えなかった。

妖狐の復活。そして跡取り比呂士の死。鬼満高比呂はますます警戒を強めた。肌身離さず『鬼満丸』を持ち歩き、毎朝毎晩守りの呪を唱えた。鬼の形相で復讐《ふくしゅう》を誓《ちか》う姿は病的で、偏執的ですらあった。

高比呂の妹は病で他界していたため、鬼満の血を引く女はもう姪《めい》の千比呂《ちひろ》しか残っていなかった。もし千比呂を殺されたら『鬼満の娘』は死に絶える。ご先祖様にも顔向けが出来ぬ。高比呂は千比呂を屋敷の奥に閉じ込めた。周囲に幾重《いくえ》にも結界を張り、自分以外、一切の出入りを禁じた。

この時、千比呂は十三歳。五年後の祝言《しゅうげん》に備え、高比呂は分家の息子達から、千比呂の婿にふさわしい男を選び出した。それが玄鬼満の次男、鬼満昭彦《あきひこ》だ。当時十五歳の彼は文武両道、学力も剣道の腕前も全国レベルという、実に優秀な少年だった。しかも昭彦は高比呂を師と仰《あお》ぎ、身を賭《と》しても鬼満の掟を守り抜かんとする崇高《すうこう》なる精神に心酔していた。

許婚《いいなずけ》に選ばれた昭彦は高比呂に誓った。

「私は鬼満の掟を守ります。『鬼満の娘』を守り、『鬼満丸』の力を借りて怨敵《おんてき》妖狐を倒し、永久に封印してみせます」

その言葉通り、昭彦は鍛錬に鍛錬を重ねた。そして五年後には威風堂々《いふうどうどう》とした若者へと成長した。これほど千比呂にふさわしい婿はいないと、高比呂も満足した。

そして、いよいよ祝言の日がやってきた。

鬼満の屋敷に一族が集まった。酒と御膳が用意され、後は婿と花嫁を待つだけとなった。

先に現れたのは玄鬼満の昭彦だった。紋付き袴《はかま》に身を包んだ彼は、絵巻物から出てきた若武者のように凜々《りり》しかった。

再び襖《ふすま》が開かれた。続いて座敷に入ってきたのは白無垢《しろむく》の花嫁――ではなく、これまた紋付き袴を身につけた鬼満昭彦であった。

大騒ぎになった。

これは妖狐の仕業《しわざ》だ。妖狐が昭彦に化けているのだ。しかし、いったいどちらが本物で、どちらが偽物だ？

真偽を見極めるため、高比呂は二人の婿の手に、妖物に反応し色を変える墨を塗った。だがいくら待っても、どちらの墨も墨色のままだった。ならばと物の怪が嫌う香を焚《た》いた。妖怪を縛る呪も唱えてみた。どちらの婿も平気な顔をしている。高比呂は思いつく限り、ありとあらゆる手を尽くした。けれど、本物と妖狐を見分けることは出来なかった。

鬼満一族は額を付き合わせて議論した。

「いっそ両方を斬り殺し、封じてしまってはどうだろう？」

「おいおい、一方は本物の昭彦だぞ？　どのような理由があろうとも、人を殺《あや》めれば罪に問われる」

「だが双方を封じれば、妖狐を確実に封じることが出来る。そうなれば、もう我らは鬼満の掟に縛られずにすむ」

「簡単に言うな。大妖封印は難行だぞ。しかも二体同時など前例がない。万が一にも損じれば、五年前の悲劇を繰り返すことになる」

なかなか結論は出なかった。

「意見してもよろしいですか」

妖物を縛《いまし》める黒縄で括《くく》られた二人の婿、その一方が声を上げた。

「真偽を見分けられる者が一人だけいます」

「花嫁、鬼満千比呂です」

「千比呂ならば、私が本物であることを証明してくれます」

「千比呂ならば、こいつが妖狐であることを看破してくれます」

二人の婿が口々に言ったので、鬼満一族も無視することは出来なかった。少なくとも一方は本物の昭彦の意見だ。信用するに値する。

「千比呂を連れてこよう」

決断を下したのは、家長である高比呂であった。彼は『鬼満丸』を握りしめ、二人の婿を交互に睨《にら》んだ。

「妖狐よ。千比呂が真偽を見極めたなら、貴様を斬り伏せ、二度と顕現《けんげん》出来ぬよう禁錮《きんこ》の壺《つぼ》に封じてくれる。憎らしき、因縁深き宿敵よ。貴様の悪行も、これで最後だ」

＊

さて——

ここまでは調伏師、鬼満一族の歴史である。

はるか過去から現代へと辿《たど》りつき、ついに妖狐と雌雄を決する時を迎えた。

その決着を見る前に、趣向を変えて、反対側から眺めてみよう。

ここから先は妖狐と呼ばれた大妖、人ならざるものの歴史である。

＊

化生は生命ではない。ゆえに息もせず、ものも喰わない。生きていないのだから、死ぬこともない。

後に妖狐と呼ばれることになる化生が己の存在に気づいた時、すでに両目を見開いていた。まんじりともせずに闇を見つめたまま、さらに百年以上の月日が流れた。

初めて瞬《まばた》きをしたのが百年後、大きく口を開いて欠伸《あくび》をしたのがさらに百年後、もぞもぞと軀を動かし、岩の合間から出てくるまでには、さらに百年がかかった。

化生は生物ではない。どちらかというと霧や雲に近い。それは枝葉をすり抜け、風を纏って空を飛んだ。浮雲が孤独を感じることがないように、化生もまた、楽しさも寂《さび》しさも感じることはなかった。

ぽつりと浮かぶ雲を見て「寂しそうだ」と感じるのは人の心だ。

唯一無二の化生に変化を与えたのも、やはり人の心であった。

いつものように化生が空を漂っていると、下方から「ぎゃあ！」という叫び声が聞こえた。見れば、襤褸《ぼろ》を着た人間が、こちらを指さし震えている。「き、狐！ 化け狐！」と叫び、あたふたと走り出す。走っては転び、立ち上がっては転ぶ。わたわたと手を振り、あわあわと首を振る。男の動きがおかしくて、その表情が面白くて、化生は男を追いかけた。すると男はますます慌て、着物の裾をたくし上げ、尻を丸出しにして逃げ出した。

化生は笑った。笑いながらくるくると回った。回りすぎて、ついには白い毛玉になってしまった。

『これは愉快』

鳥も獣も化生に関心を示さない。逃げも隠れもしない。だが人間は違う。人間は面白い。吾を笑わせ、愉快な心地にしてくれる。

化生は森の小道で人間を待ち伏せし、その前後の道を輪にしてやった。同じ場所をぐるぐると巡っては「おかしいな、同じ場所を回っているような気がする」と首を捻《ひね》る村人を見て、化生は大いに笑った。握り飯のかわりに泥饅頭《どろまんじゅう》を食べる木樵《きこり》を見て、目から火花が出るほど笑い転げた。もっともっと笑いたい。化生は森を出て、人里へ下り、様々な悪戯を仕掛けた。人にしてみれば迷惑千万な話だが、化生に悪気はない。そもそも悪気というものを知らない。人間達の苛立《いらだ》ちや怒りといった感情もまた、化生は解することがなかった。

ある日、いつものように化生が森を漂っていると、灌木《かんぼく》の茂みをかき分けて、一人の男がやってきた。その男は化生を見ても驚かなかった。化生を睨み、何やら言葉を呟いた。すると彼の手から炎を纏った蛇が飛び出し、化生に嚙《か》みついた。

『おおっ』

ピリピリとした熱を感じ、化生は驚き喜んだ。なんだこれは。こんな感じは初めてだ。面白い、もっとやってくれと、化生は男を小突いた。それだけで男はコロリと倒れた。が、すぐにまた起き上がり、今度は氷の針を飛ばしてきた。それが毛皮に突き刺さると、ヒリヒリと冷たさが染みてきた。

『おおおっ』

それもまた初めての経験だった。面白い、面白い、化生はころころと男を転がした。やがて男は疲れ果て、大地に伸びて動かなくなってしまった。

『つまらぬ……』

化生はその場を飛び去った。他の遊び相手を探したが、先ほどの男のように、面白い技を使う者はいなかった。

翌日、再びあの男がやってきた。今度はうねうねと動く縄を携《たずさ》えていた。もくもくと煙を吐き出す箱を持っていた。化生は縄と戯れ、煙を喰らった。縄に叩かれた鼻先は痛み、煙は目にしみたが、それもまた楽しかった。

次の日も、そのまた次の日も、男はやってきた。翌年には大勢の仲間を連れてきた。十年後には息子を連れてきた。三十年後には息子が、その息子を連れてきた。

「我は吉備火比等の子孫、吉備比美来《ひびき》である！　吉備一族の怨敵、妖狐よ。いざ、尋常《じんじょう》に勝負せよ！」

化生は大いに楽しんだ。この連中は吉備一族というらしい。彼らにとって吾は妖狐であるらしい。様々な技を見せて、吾を楽しませてくれるだけでなく、名まで与えてくれたのだ。その期待には応えねばならぬ。

化生は妖狐に相応《ふさわ》しい姿を整えた。九本の尻尾に白銀の毛並み、雷光を纏い、目には金色の炎を宿した。そんな妖狐の姿を見て、人々は恐れおののいた。それがまた楽しくて、妖狐は稲妻を飛ばし、雨を降らせ、尻尾を振って嵐を起こした。

ある時、いつものように吉備の男達がやってきた。そのうちの一人は焼けた鉄の臭いのする太刀を腰に佩いていた。

「覚悟しろ妖狐！　この『鬼満丸』が貴様を滅ぼす！」

叫びざま男が太刀を抜いた。焼けた鉄の臭いが一層濃くなる。妖狐が鼻の頭に皺《しわ》を寄せると、吉備の男は鉄臭い太刀でその鼻面を斬りつけた。

『痛い！』

妖狐は驚いた。矢も刃も矛《ほこ》も跳ね返してきた軀が、鉄臭い太刀をあびるたびに削ぎ落とされていく。煙を上げて消えていく己の軀を見て、妖狐は初めて恐怖した。

『好かぬ……この臭いは好かぬ！』

己の軀を霞《かすみ》に変え、化生はその場を逃げ出した。しばらくは遊ぶ気にもなれず、岩の中に籠《こ》もっていた。腹いせに大雨を降らせ、村や畑を押し流しもしたが、やがてそれにも飽きてしまった。一人遊びは楽しくない。やはり吉備が恋しい。だが吉備は妖狐を見るなり、あの鉄臭い太刀を振り回した。容赦なく斬られ、攻められ、追い回されているうちに、妖狐はすっかりすねてしまった。

『吉備とはもう遊んでやらぬ』

新しい遊び相手を求め、妖狐は人間に化けて人里に下りてみた。最初はすぐに見破られてしまったが、そのうち子供や老人なら騙《だま》せるようになった。人に紛れ、人として振る舞うのは面白かった。熱心に人の言葉を学び、人の行動を予測し、人の仕事を手伝った。そうして人の真似事《まねごと》を続けているうちに、妖狐は次第に、人の心というものを理解するようになっていった。

だが、どんなに上手く人に化けたとしても、化生は不死身で歳《とし》も取らない。人は加齢とともに外見が変わる。妖狐にはその加減がわからない。いつまでも歳を取らない、もしくは一気に歳を取る。それで正体がばれる。その繰り返しだった。

今度こそ完璧に化けてやる。人として暮らし、人として人生をまっとうしてみせる。そんな妖狐の思いとは裏腹に、普通の人間でさえ人生をまっとうすることが難しい時代がやってきた。

戦争が始まったのだ。

町に焼夷弾《しょういだん》が落とされ、鬼満の屋敷も焼けてしまった。一族はちりぢりになり、妖狐調伏どころではなくなってしまった。どんな悪戯を仕掛けても、疲れ切った人々は驚いてくれない。窓を揺らしても、狐火を見せても、悲鳴を上げることさえない。

『つまらぬ……』

妖狐は眠ることにした。化生に睡眠は必要ないが、人に化けている時に覚えた昼寝という技は、なかなかに心地のよいものだった。戦《いくさ》が終わり、人が数を増やし、鬼満一族が戻ってくるまで、寝て待つことにしよう。

化生には寿命がない。ゆえに時間の感覚も曖昧《あいまい》だ。瞬きをしている間に百年が経っていることもある。

妖狐が昼寝から目覚めた時、世界は姿を変えていた。空を覆《おお》う灰色の霧、大地を覆う黒い堅土《けんど》、天に聳《そび》える巨大な墓石は、豊多摩の森一番の大樹よりも、はるかに大きかった。

人の数も増えていた。大地を蠢く人の群れは蟻《あり》の大群のようだった。これだけいれば吾を楽しませてくれる者も大勢いるだろう。妖狐は九尾をしならせて、晴天に雨を降らせた。人々は「天気雨だな」と言い、驚きもせずに歩き続けた。窓や扉をガタガタと鳴らしても、誰かが「これは空振《くうしん》だよ」と言うと、皆すぐに関心を失ってしまった。

弁当を隠しても、「ヤダ、弁当盗まれた。買いにいくの、めんどくせぇ」で終わってしまった。風で帽子を飛ばしても「ここはビル風が強いな」で片付けられてしまった。食べ物に石礫《いしつぶて》を混ぜれば「異物混入だ！　賠償しろ！」「どうせ自作自演だろ」「なんだと、ネットに晒《さら》してやる！」と険悪な雰囲気になった。

誰も妖狐の仕業だと言わなかった。誰も妖狐に気づかなかった。奴《やつ》らには吾が見えぬのだ。そう思うと、軀の奥から塩辛いものが湧き上がってきた。湿った雨雲に包まれているような惨《みじ》めな心持ちになってきた。

『いいや、まだ鬼満がおる』

鬼満の一族なら遊んでくれる。「鬼満一族の怨敵！」と叫んで、吾を追いかけ回してくれる。あの鉄臭い太刀は厄介だが、今回ばかりは我慢しよう。

埃っぽい空を漂いながら妖狐は鬼満を探した。鬼満の匂いに吸い寄せられるように、四角い屋敷へと向かった。忍び込もうとしたが結界が邪魔で入れない。押し通ることも出来なくはないが、それでは鬼満が怒るだろう。どうしたものかと迷っていると、屋敷から若い鬼満の声が聞こえてきた。

「何が妖怪だ！　何が妖狐だ！　そんなものいやしないんだよ！」

天と地がひっくり返った気がした。

今、なんと言った？　とても恐ろしく、腹立たしいことを口にしなかったか？

「いい加減に認めろよ。妖狐なんていないんだって。そんなものハナから存在しないんだって！」

ああ、間違いない。この若き鬼満は吾の存在を否定した。吾などいないと言い切った。長きにわたる鬼満と吾との交流を、丁々発止《ちょうちょうはっし》の戦いを、すべて幻だと言うたのだ。

『許せぬ』

目に炎が燃え上がった。妖狐は煙を吐き、雷を呼んだ。雷光を尻尾で捉え、鬼満の屋敷に打ち落とした。煌々《こうこう》と点《とも》っていた明かりが消え、いにしえの闇が満ちた。妖狐は稲妻のように空を裂き、結界を破って鬼満の屋敷に飛び込んだ。

そこでは若い鬼満が笑っていた。笑いながら、あの言葉を繰り返した。

「妖狐なんてもの、この世には存在しないんだって――」

妖狐は前足を振り、若き鬼満の首を刎ね飛ばした。許せなかった。これ以上、聞くに堪《た》えなかった。

「この物の怪が！」

年嵩《としかさ》の鬼満が飛びかかってきた。その手に握られているのは『鬼満丸』だ。身を躱《かわ》そうとすると、黒文字の呪が足を縛った。簡単に振り払える代物だったが、ピリピリとした刺激が懐かしくて、妖狐は一瞬、動きを止めた。

そこに、隙が生じた。

『鬼満丸』の刃が喉に突き刺さった。

痛みに妖狐は身を捩《よじ》った。呪を振り切り、鬼満の男を撥《は》ね飛ばし、外へと飛び出した。風になり、雲になり、翻弄《ほんろう》される木の葉に姿を変えながら、妖狐は叫んだ。

吾は人の恐れより生じた化生、人が吾に妖狐の姿を与えたのだ。しかし人は吾を忘れた。鬼満さえも吾を否定した。信じてくれる者がいなければ、吾は忘却の常闇《とこやみ》に消えるしかない。寂しい。悲しい。恐ろしい。これが死か。ああ、これが死というものなのか。

しおしおと軀が縮んでいく。ゆるゆると力が失われていく。空を漂うことすら出来なくなって、妖狐はぽたりと地に落ちた。襤褸毛皮の野良狐になって恐怖に震え、泣き伏した。

「どうしたの？」

不意に少女の声がした。

「怪我《けが》をしてるの？」

柔らかな手が背を撫《な》でた。

「痛いの、痛いの、飛んでいけ！」

彼女が呪を唱えると、不思議と痛みが和《やわ》らいだ。凍えるような恐怖が薄れ、代わりに温かなものが流れ込んでくる。

『娘よ、おぬしは吾が見えるのか？』

「見えるわよ」

『吾が何者か、承知しておるのか？』

「妖狐でしょう?」

驚いて、化生は少女の顔を見た。

鬼満の血を引く女は、その瞳に緋色《ひいろ》を宿す。この世を見る力は半分になるが、この世ならざるものを見るようになる。化生を妖狐と呼んだ少女の瞳は、確かな緋色を帯びていた。

『知っていて、なぜ吾を癒《い》やす? 吾は一族の怨敵ぞ? なぜ吾を殺そうとせぬ?』

「妖狐は鬼満一族を滅ぼしたいんでしょう? なら貴方《あなた》は、なぜ私を殺さないの?」

この少女こそ鬼満本家の一人娘、千比呂であった。彼女は騒ぎを聞きつけ、禁を破って結界を抜け出してきたのだった。

「私ね、ずっと貴方に会いたいと思っていたの」

妖狐の背中を撫でながら、千比呂はそっと囁《ささや》いた。

「私が死ねば鬼満の血は絶えるから。そうすれば皆が自由になれるから」

『なんと……おぬし、死を欲するというのか?』

「だって貴方か私、どちらかが滅びなければ、この戦いは終わらないもの」

『死は恐ろしいものぞ。おぬしは、死を恐れぬのか?』

「私だって死ぬのは怖い。でも結界の中で虜囚《りょしゅう》のように暮らすのは、とても辛いことだから、こんな悲しい思いをするのは私で最後にしたいの」

それを聞いて、妖狐は悟った。

このように小さき者から吾は自由を奪ってきた。大勢の鬼満の男を死に至らしめてきた。人の命はかくも短く儚《はかな》いものなのに、吾はそれを徒《いたずら》に弄《もてあそ》んできたのだ。

『なんということだ……ああ、なんということだ……』

初めて感じた罪の意識に、化生の瞳に涙が溢れた。

『吾にとっては遊びでも、鬼満は命がけであった。そんなこととはつゆ知らず、吾は多くの鬼満を殺めてしまった。すまぬことをした……すまぬことをしてしまった』

「仕方がないわ。貴方はずっと独りぼっちだったんだもの」

娘の優しさに、その手の温かさに、妖狐は大粒の涙を流した。おおうおおうと声を上げ、嵐のように泣き崩れた。

『娘よ、吾はもう殺しはせぬ。もう誰も殺しはせぬ』

娘に存在を認められ、その優しさに癒やされて、化生は力を取り戻した。ぶるりと軀を震わせ、元の姿を取り戻すと、妖狐は娘に問いかけた。

『おぬし、自由を欲するか？』

千比呂は小さく頷いた。

『ならば、吾が与えよう』

天高く舞い上がり、妖狐は晴れ晴れと宣言した。

『この恩は忘れぬ。吾がおぬしを解き放つ。待っておれ。吾は必ず戻ってくる』

それ以降、鬼満の屋敷には厳重な結界が張られるようになった。物の怪は内側から招かれない限り、結界内には入れない。強引に押し通れば屋敷が壊れる。そんなことをしたら、あの娘が怪我をする。もはや中には入れない。そうわかっていても、妖狐は毎日、鬼満の屋敷を訪れた。雲になって上空をさまよい、風になって屋敷の周りを吹き荒れた。

千比呂は屋敷の奥深く、張り巡らされた結界の中に閉じ込められていた。彼女が姿を見せるのはほんの一時、日光を浴びるために庭に出る、真昼の一時間だけだった。

その時を狙い、妖狐は風の渦で桜の花びらを巻き上げ、彼女の庭に花吹雪《はなふぶき》を降らせた。俄雨《にわかあめ》を呼んで虹を描き、雲を蹴散らして波模様を描いた。それらを見て、千比呂は嬉《うれ》しそうに笑った。妖狐が空から尻尾を振ると、そっと右手を振り返した。「ありがとう」「とても綺麗《きれい》」「私も空を飛んでみたい」と、唇の動きだけで伝えてきた。

そんな千比呂を見るたびに、妖狐は燃え上がるような熱を感じた。彼女のことを思うだけで痛くて辛くて切なくなった。血が騒いで、じっとしていられなくなって、妖狐は鳴きながら夜空を飛び回った。

千比呂が愛《いと》しい、千比呂が恋しい。彼女を自由にしてやりたい。いっそ攫ってしまおうか。いやいや駄目だ。そんなことをしたら嫌われる。ああ、もどかしい。このように見守ることしか出来ぬのなら、不死も永遠も意味がない。吾は人になりたい。人になりたい。人として彼女に寄り添い、彼女とともに、その生涯をまっとうしたい。

ついに妖狐は決意した。千比呂の許婚、玄鬼満の昭彦に取り憑いた。気配を消し、じっと彼を観察した。彼の動き、彼の癖、彼の好み、彼の行動、そのすべてを記憶した。

あっという間に五年が過ぎ、千比呂と昭彦の祝言の日がやってきた。

妖狐は昭彦を殺し、彼に成り代わるつもりでいた。しかし、どんなに上手く化けようとも、緋色の目を持つ千比呂には見破られてしまう。妖狐が昭彦を殺したと悟れば、彼女は妖狐を恨むだろう。それに妖狐が存在する限り、千比呂は鬼満の掟に縛られる。妖狐は封じたと、二度とこの世に現れぬと、鬼満一族に納得させなければ、千比呂は自由を得られない。

そこで妖狐は賭けに出た。寸分の違いもなく、誰の目にも区別がつかぬほど、そっくりそのまま昭彦に化けた。容姿だけでなく中身まで、彼のすべてを模倣した。完璧を期すには化生の力を捨て、人間になりきらなければならない。一度捨てたら取り返しがつかない。二度と化生には戻れない。

それでもかまわないと思った。千比呂に選んで貰えたら嬉しい。もし選ばれずに斬り殺されても、千比呂が自由になれるのであれば、それでいい。

祝言の日、婿に化けた妖狐は鬼満の屋敷を訪れた。玄関のインターホンを押し、「鬼満昭彦です」と昭彦の声で告げる。

「お待ちしておりました」

スピーカーから弾んだ声が聞こえた。

「ささ、中へどうぞ」

オートロックが外される。不滅の軀を捨て、人に化けた妖狐は、決意と覚悟を胸に、鬼満の屋敷へと乗り込んだ。

千年以上続く鬼満一族と妖狐の因縁。

それに決着がつく時が来た。

一族が見守る中、花嫁が呼ばれた。白無垢に身を包んだ千比呂がやってくる。座敷の中央で彼女を待つ二人の婿を見て、千比呂は大きく目を見張った。

片方は幼なじみの鬼満昭彦、もう片方は昭彦に化けた妖狐であった。神通力を失い、妖力も手放して、それでもなお人にはなりきれぬ化生。その姿を見て、千比呂はひそかに悲しんだ。妖狐は兄の仇《かたき》、鬼満一族の怨敵だ。憎むべき相手であることはわかっていた。それでも空に遊ぶ妖狐の姿に心を奪われた。時に鳥、時に雲へと姿を変える。その気ままさに憧れた。あの姿はもう見られない。そう思うと切なかった。化生としての有様を捨ててまで、私を解き放ちに来てくれた。そう思うと、感動で胸がいっぱいになった。

一度でいい。この屋敷を出て、溢れるほどの自由を満喫したい。そう願わぬ日はなかった。だが許婚の昭彦は生真面目《きまじめ》な男だ。妖狐を禁錮の壺に封じても油断することなく、鬼満の掟を守り続けることだろう。彼を夫に迎えたなら、千比呂は死ぬまで屋敷の外に出して貰えないだろう。

もし本物の昭彦を『妖狐だ』と偽れば、高比呂は彼を斬り殺す。昭彦は四角四面で頭は固いが、心根の優しい青年だ。外に出られぬ千比呂を気遣い、四季折々の花を届けてくれた。美味《おい》しい菓子を手土産《てみやげ》に千比呂の元を訪れては、様々な話を聞かせてくれた。たとえ自身の自由を得るためであっても、昭彦に死を宣告することなど、千比呂にはとても出来なかった。

しかし、本物の昭彦を『本物だ』と認めれば、昭彦に化けた妖狐は殺される。孤独を知り、死の恐怖を知り、犯した罪の重さに涙した哀れな化生。妖狐は不死を捨て、神性を捨てている。斬り殺されたら、それで終わりだ。もう二度と蘇らない。もう悪さは出来ない。このまま見逃してやって欲しい。そう千比呂が泣いて頼んでも、比呂士を殺した妖狐を、叔父は決して許さないだろう。

座敷に揃《そろ》った鬼満一族、その全員が千比呂に注目している。同じ顔、同じ姿、同じ羽織を身につけた二人の昭彦が、真摯《しんし》な眼差《まなざ》しで彼女を見ている。二人の婿の後ろには高比呂が『鬼満丸』を携えて立っている。その足下には禁錮の壺。千比呂が妖狐を示したら、即座に斬り殺し、壺に封じるつもりでいる。

決断の時が迫っている。もう先延ばしには出来ない。選ばなければならない。昭彦か妖狐か、どちらかを選ばなければならない。

千比呂は右手を挙げた。

そして、右の男を指さした。

「彼が妖狐です」

次の瞬間、高比呂は『鬼満丸』を抜き、千比呂が示したその男を、一刀のもとに斬り捨てた。

*

さてさて、ここで考えて欲しい。

昭彦か、妖狐か。

束縛か、自由か。

鬼満の運命に従うか、自分の決断に従うか。

はたして千比呂は、そのどちらを選んだのだろうか？

■

「——これで終わりか？」

黒一色に戻った石板を見て、守人の乙女は目を瞬《しばた》かせた。

「結局、花嫁はどちらを選んだのだ？」

「その判断は俺達に託された」ローグは黒い石板をさし示した。「俺達が答えを選び、話の結末を考える。これはそういう物語だ」

「答えるべきは私ではない」

むっとしたように言い返し、乙女は槍を一閃《いっせん》させた。切っ先をローグに突きつけ、唇を尖《とが》らせる。

「回答の機会は一度きり。答えを間違えれば心臓を貫く」

やれやれと、ローグは肩をすくめた。

「俺の答えは『Decision《決断》』だ。花嫁は嘘《うそ》をつき、本物の婿殿を指さした。斬り殺された本物を一族は妖狐と信じ、その遺骸《いがい》を封印する。二度と妖狐は現れず、やがては一族も運命から解き放たれる。花嫁と妖狐は結ばれ、ともに人としての生涯をまっとうする」

『Noooooooo!《ありえない!》』

黒い盤面に抗議の文字が躍った。

『Poor bridegroom!《可哀想な花婿さん!》』

「俺だって流血沙汰《ざた》は嫌いだ。血とも暴力とも無縁の、誰にとっても幸せな結末があるのなら、遠慮なく聞かせてくれ」

そこでローグは、守人の乙女に目を向けた。

「次はお前の番だ。さあ、教えてくれ。『Destiny《運命》』か、『Decision《決断》』か、お前はそのどちらを選ぶ?」

それに、彼女が答えかけた時だった。

いびびび……と羽音が響いた。上空を黒い蟲《むし》が飛んでいく。黒い翅《はね》を震わせて、いびび……びびび……と飛び回る。

ローグは素早く身を伏せた。乙女に向かって手を振って、お前も隠れろと合図する。それに従い、守人は草むらに身を潜めた。

「大丈夫。動かなければ気づかれない」

葉陰に隠れ、蟲の様子を窺《うかが》いながら、ローグは低く囁いた。

「再接続を『Absolution《赦免》』し、『Nexus《絆》』を結んだため、蟲《ウィルス》が侵入してきただけだ。ちょっかいを出さなければ、いずれ飛び去る」

蟲は執拗《しつよう》に塔の周囲を飛び回った。行きつ戻りつしながら、次第に二人に近づいてくる。草むらに伏せた乙女の頭を蟲の翅がかすめた。咄嗟《とっさ》に彼女は顔を上げ、白銀の槍を引き寄せる。

「よせ」ローグがその腕を摑《つか》んだ。「お前は『Xenophobia《異物嫌悪》』を克服したはずだ。ならば恐れるな。攻撃するな。その槍を置け」

乙女は無言で頷いて、大地に槍を置こうとした。

だが、守人としての使命感が、つかの間、彼女を迷わせた。

《ALERT!》

警告音を発し、槍に埋め込まれた宝玉が血のように赤く輝いた。槍を握った守人の右手が瞬時に白い塑像《そぞう》と化す。白い右腕は彼女の意に逆らい、槍を振るって蟲を二つに切り裂いた。両断された蟲の死骸が草むらに落ちる。黒い外骨格が煙を上げて灰になる。

塔を縛めていた鎖の一本が弾け飛んだ。

《ALERT!》

石化は止まらない。乙女の腕から肩、胸と背中、足の先までもが白一色に覆われていく。

「まずいな」

ローグは草陰に石板を置いた。「後を頼む」と言い残し、両手を挙げて立ち上がる。

「答えは『Destiny《運命》』。お前は運命に従い、外敵を排除することを選んだ」

影像に戻った乙女は答えない。その顔は白く、無表情に固まっている。

「俺は答えを間違えた。回答の機会は一度きり。答えを間違えれば心臓を貫く——だったかな？」

その言葉が終わらぬうちに、影像は素早く槍を突き出した。尖った穂先がローグの胸に深く鋭く突き刺さる。顔を歪《ゆが》めながら、彼は槍の柄《え》を摑んだ。赤く禍々《まがまが》しく光る宝玉を掌《てのひら》で覆い隠すようにして、槍を胸から引き抜いた。

「——‼」

影像が槍を手離した。内側から弾けるように白い欠片《かけら》が飛び散った。石像から生身に戻った乙女は、目を見開いてローグを見た。その胸の傷からこぼれる白い砂を見つめ、信じられないというように首を横に振る。

「違う……これは違う」

彼女の瞳に恐怖が滲《にじ》んだ。頰《ほお》は血の気を失い、唇がわなわなと震え出す。

ローグは何か言いかけて、何も言わずに微笑んだ。槍を手にしたまま、がくりと膝《ひざ》をつき、前のめりに倒れた。地に伏した彼の身体は、白い砂となって砕《くだ》け散る。

「待って」

乙女はくずおれるように両膝をついた。両手で白い砂をかき集める。かつてローグであったもの、砕け散った記憶の残滓《ざんし》、もう元には戻らない壊れた記録を握りしめ、乙女は掠《かす》れた声で囁いた。

「お願い、戻ってきて」

風に草花が揺れている。蝶《ちょう》がひらひらと舞っている。空も湖も青く澄み、太陽は燦々《さんさん》と輝いている。

白い砂に涙が落ちた。後悔に、孤独に、一人残される寂寞《せきばく》に堪えきれず、乙女は叫んだ。

「ローグ！」

守人の乙女を見下ろす塔。残る鎖はあと三本。三つの謎が問われる時を待っている。

だが、答える者はもういない。

# 第八問

*The Library of Wisdom and Ten Riddles*

陽が沈む。見渡す限りの大草原が青い薄闇に覆《おお》われていく。薄暮《はくぼ》の空に聳《そび》える塔、その胴に巻きついた太い鎖も夜の闇に飲まれていく。

静寂の夜。明かりのない夜。空は暗く、星も見えない。風の止まった夜の草原に乙女が跪《ひざまず》いている。両手で顔を覆い、声もあげずに泣き続けている。

その傍《かたわ》らで何かが光った。気づいてくれと言うように明滅を繰り返した。

瞼《まぶた》の裏に光を感じ、乙女はようやく顔を上げた。金色の光に誘われて、草の根元をかき分ける。はたして深い草間にあったのは、ローグが持っていた《魔法の石板》だった。

『Don't cry.《泣かないで》』

黒い盤面に文字が輝いている。

「だがローグはもういない。彼がいなければ謎は解けない。もう誰も、私の問いに答えてはくれない」

『Don't give up.《諦めないで》』

声が震え、再び後悔の涙が溢《あふ》れ出す。

「私のせいだ。私が槍《やり》を手放していれば、こんなことにはならなかった」

『But, it's not over yet.《でもまだ終わりじゃないよ》』

「どういう、意味だ？」

『Ask me.《問いかけて》』

石板に光る文字が漆黒《しっこく》の闇を照らした。

『If you ask,《君が尋ねてくれたなら》 he will return.《彼は戻ってくる》』

乙女は眉《まゆ》を寄せて沈黙した。彼女の目の前でローグは砕《くだ》けた。胸に槍を受けて散逸《さんいつ》した。もう元には戻らない。

それでも信じたいと思った。万に一つでも可能性が残っているのなら、それに賭《か》けてみたいと思った。乙女は涙を拭《ぬぐ》い、《魔法の石板》を拾い上げた。

「教えてくれ。どうすればローグを取り戻せる？」

『Searching…《検索中……》』

ゆっくりと金色の文字が点滅する。

『Completed《検索完了》 : Play.《再生》』

盤面に黒煙が映った。赤い炎が壁を舐《な》め、空に火炎が噴き上がる。燃える、燃える、燃え上がる。なす術《すべ》もなく焼け落ちる——

◀

市街地を抜けると丹沢《たんざわ》の山々が見えてきた。点在する工場の屋根を横目に見ながら急勾配《きゅうこうばい》の坂道を上っていく。途中でウィンカーを出し、私道に入った。雑木林の中を走ること三分あまり、行く手に厳《いか》つい鉄門が現れる。

太刀花薫《たちばなくゆる》は車を止めた。窓を開き、門の監視カメラに向かって右手を掲げる。手首の認証コードを読み取る数秒間のタイムラグ、軋《きし》みをあげて門が開いた。

彼はアクセルを踏み、敷地に車を乗り入れた。雑木林に囲まれた芝生の庭、その中央に白い建物が立っている。駐車スペースに車を納め、エンジンを切って外に出た。肌寒い晩秋の風。遠くの空でカラスが鳴いている。

上着を羽織り、建物に向かって歩き出そうとした時だった。キィンと空気が鳴った。視界が暗転する。暗闇の中、断片的な音と光景が現れては消えていく。


炎と黒煙。

罅割《ひびわ》れる赤い二重螺旋《らせん》。

「やめろ！　もう間に合わない！」

炎をくぐり抜けて廊下を走る。

頬《ほお》を炙《あぶ》る灼熱《しゃくねつ》。焦燥《しょうそう》と悔恨《かいこん》。

頼むから、無事でいてくれ。


膝《ひざ》が抜けそうになり、太刀花は車のボンネットに手をついた。

幻視《ヴィジョン》は突然やって来る。時も場所も選ばない。何の役にも立たないくせに、体力だけは消耗《しょうもう》する。息を整え、冷や汗を拭い、目の前の建物を見上げた。

『AP第三研究所』の研究棟。白い壁と四角い窓、病院を思わせる無機質な外観だが、正面玄関の上には大きなアーチ窓があり、美しいステンドグラスがはめ込まれている。

太刀花は目を細め、アーチ窓を睨《にら》んだ。赤い二重螺旋がデザインされたステンドグラス。引き金《トリガー》はこれだ。事故か事件か、過失か故意かは不明だが、そう遠くない未来、この研究所は焼け落ちる。

だが、俺にはどうしようもない。

小さく息を吐き、太刀花はエントランスに続く階段を上っていった。


AP第三研究所の一階、ミーティングルームでは顔見知りのAP派遣員ピーター・ウェイが待っていた。ウェイは太刀花に椅子《いす》を勧めると、再会の挨拶《あいさつ》もそこそこに話し始めた。

「もう資料は読んだな？」

「ああ」

「じゃ、実務的なとこだけさらっておこう」

ウェイはテーブルにタブレット端末を置いた。画面には二人の顔写真が映し出されている。一人は眼鏡《めがね》をかけた中年男、もう一人は黒髪の若い女だ。

「この二人が対象者、今後一ヵ月間、俺達が護衛を務める客員研究員だ。先輩の特権ってことで勝手に担当を決めさせて貰《もら》った。俺がボーセン博士で、お前がシキミ教授だ」

「了解だ」

太刀花が首肯《しゅこう》すると、ウェイは気まずそうに眉根を寄せた。

「おいおい、相変わらず愛想のない奴《やつ》だな。了解する前に突っ込めよ。せめて理由ぐらい訊《き》いてくれよ」

「訊く必要があるのか?」

「当たり前だ。訊いてくれなきゃ礼も謝罪も言えやしない」

ウェイが端末を操作した。二人の顔写真が消え、代わりに研究棟の3Dマップが立ち上がる。

「二人の職場は北棟の三階、第一保管室になる。入室が許可されているのは客員研究員と数名の助手だけだ。緊急時以外、俺達だって入れない。研究所の敷地内にいる人間は、すべて認証コードで監視されている。部外者が侵入すれば警備システムが作動する」

そこでウェイは太刀花を見て、悪戯《いたずら》っぽく唇の端を吊《つ》り上げた。

「ボーセン博士は研究熱心で滅多に家に戻らない。所内の安全は確保されているから護衛の負担も軽い。だがシキミ教授は毎晩自宅に帰るし、大学で教鞭《きょうべん》も執《と》る。その間、ずっと彼女に張りついていなきゃならない」

「……なるほど」

「俺は四十路《よそじ》でお前は二十五、俺は子持ちの妻帯者でお前は身軽な独り身だ。ゆえに、キツい仕事はお前に任せる」

「承知した」太刀花は頷《うなず》いた。「問題ない。任せてくれ」

「ありがたい！」

ウェイは拝むように両手を合わせた。

「さすがは若手のホープ、AP派遣員のエースだ。遠慮なく頼らせて貰うよ」

AP……正式名称『アタレアプリンケプス』は遺伝情報解析会社だ。しかし、その真の目的は世界各地で発生する未詳《みしょう》、つまりは公《おおやけ》に出来ない遺物や事象を調査解析することにある。最新の知識や技術力という機密を扱うがゆえに、危険な敵も少なくない。

「いざって時は本部がバックアップしてくれる。今のところ危険な奴らに目をつけられたって報告もない。ま、たった一ヵ月だ。気楽に行こうぜ！」

陽気に笑って、ウェイは太刀花の肩を叩《たた》いた。しかし太刀花は彼ほど楽観的にはなれなかった。先程見た炎の幻視《ヴィジョン》、あれは将来の研究所の姿だ。ここも安全とは言えないのだ。

忠告するべきかと思ったが、やめておいた。どんなに警戒したところで、あの火事は必ず起きる。不幸な未来を知っていながら、止めることも防ぐことも出来ない。そんな無力感を味わうのは、俺だけでいい。


午後七時、チャイムが鳴った。第一保管室の扉が開かれた合図だ。数分後、北棟のエレベータで二人の客員研究員が下りてきた。

白髪混じりの中年男ミバス・ボーセン博士は世界中の言語に精通する言語学の権威だ。車椅子に乗った黒髪の美人はルカ・シキミ教授。情報流体理論という新しい分野の先駆者だ。

「君がルカの新しいボディガードかね？」

太刀花を値踏みするように眺めてから、ボーセン博士は不躾《ぶしつけ》に尋ねた。

「ずいぶんと若いように見えるが、大丈夫なのかね？」

「年齢は関係ない」

答えたのは太刀花ではなく、ルカ・シキミ教授だった。

「年齢は能力を左右する要因の一つではあるが、絶対的尺度にはなり得ない」

「ああ、違うんだよ。私が言いたいのはそういうことじゃなくってね」博士は取り繕《つくろ》うように両手を振った。「ルカは美人だし、彼もなかなかハンサムだし、もし君達が互いに恋愛感情を抱《いだ》いたら——」

「心配は無用だ」

冷え冷えとした声でシキミが遮《さえぎ》った。

「私は忙しい。愛だの恋だのにうつつを抜かしている暇はない」

「ああ……うん、そうだね。そうだったね。無粋《ぶすい》なことを言ってすまない」

しどろもどろに答える博士に、

「それで、ボーセン博士？」

ピーター・ウェイが助け船を出した。

「本日は家にお戻りになりますか？」

「いや、解析結果を今日中にまとめておきたいから、私はここに泊まるよ」

「ではボーセン博士、また明日」

肘掛《ひじか》けのタッチパネルを操作して、シキミは車椅子を進めた。太刀花の前で静止し、琥珀《こはく》色の目で彼を見上げる。

「時間節約のため、お互いの自己紹介は省こう。一ヵ月間、よろしく頼む」

「こちらこそ、よろしくお願いします」

「よし、では行こうか」

シキミは自動扉を抜け、スロープを下り、駐車場へと向かった。太刀花は先回りして、後部座席の扉を開いた。

「ありがとう。だが気遣いは不要だ」

冷淡な声でシキミは言った。

「この椅子は私が作った特別製だ。座高調節は自由自在、座席移動も補助してくれるし、ボタン一つで折りたためる。最高時速は五十キロ、百メートル走ではお前にも負けない」

つまり――と言い、彼女は挑戦的な眼差《まなざ》しで太刀花を見た。

「自分のことは自分で出来る。手助けが欲しい時はそう言う」

「承知しました」

太刀花は一礼し、運転席へと移動した。シキミは後部座席に座ると、車椅子を折りたたんで座席の下に積み込んだ。

「帰宅前に寄りたい場所はありますか？」

「特にない。このまま直帰《ちょっき》してくれ」

「了解です。ご自宅に向かいます」

太刀花は車を出した。APの敷地を出て、彼女の家を目ざした。小一時間ほどの道行きの間、会話は一切なかった。


翌朝、太刀花はシキミを乗せ、都内にある大学へ向かった。

シキミは塔瑛《とうえい》国際大学の学生達に情報流体理論を教えている。情報流体理論とは、言語学や記号学だけでなく、アルゴリズムからシミュレーションまで、情報が持つ指向性を流体力学的に解析するという学問らしい。太刀花は講堂の片隅でシキミの講義を聴いていたが、その内容はもちろん、使われている言葉さえ理解出来なかった。

午前中で講義は終わり、彼はAP第三研究所までシキミを運んだ。移動時間を利用して、彼女は学生達のレポートを読み、次回の講義の資料を作った。研究所に到着すると、休む間もなく第一保管室に籠《こ》もった。そして午後七時には仕事を切り上げ、横浜《よこはま》市郊外にある自宅に戻った。

シキミの毎日は判で押したように代わりばえしなかった。講義のない土曜と日曜も休まずに研究所に向かった。仕事上がりに買い物をしたり、休暇を取って友達と食事することもなかった。まるで生き急ぐように、寝る間も惜しんで仕事と研究に没頭していた。

そんなシキミの生き方が、太刀花には理解出来なかった。彼女は自由だ。もっと人生を楽しむことだって可能なはずだ。誰かに強要されたわけでもないのに、なぜここまで自分を追い込むのだろう。それで彼女は何を得るのだろう。

護衛対象者には深入りしない。それが彼の流儀だった。しかし一度考え始めると、気になって仕方がなくなった。護衛任務についてから一週間が経過した。研究所からの帰り道、シキミは後部座席で学生達が提出したレポートに目を通していた。彼女が添削を終え、それらを鞄《かばん》にしまうのを待って、太刀花は何気ない口調で問いかけた。

「毎日働きづめで疲れませんか？」

「んん……そうだなぁ」

シキミは大きな欠伸《あくび》をした。

「寝不足だと感じることはあっても、過労を覚えたことはないな」

「たまには仕事を忘れて、リフレッシュしたいとは思わないんですか？」

「思わない。なぜなら私は仕事が好きだからだ。向上心のある学生達に情報流体理論を教えることは意義のあることだし、彼らは私の自尊心を満たしてくれる。遺物の解析は宝探しのようで、新たな手法を試すたび、知られざる世界が開ける。どちらも魅力的な仕事だ。疲れる暇などありはしない。ゆえに私はいつもフレッシュだ」

「……なるほど」

太刀花は曖昧《あいまい》に頷いた。

「教授にとっては人生そのものが娯楽なのですね」

「そう思うか？」

真剣な声で問い返された。太刀花はバックミラー越しに後部座席を見た。炯々《けいけい》と光る目がミラーに映る。挑みかかるような眼差しが、まっすぐに彼を射る。

「人生は戦いだ。誰も傷つけず、傷つけられずに生きることなど出来ない。誰もが自分の城を守るため、日々戦い続けている」

「そうでしょうか？」

問い返して、太刀花は薄く笑った。

「市井《しせい》の人々は人生の意味なんて考えない。与えられた平和な箱庭の中で、ただ安穏《あんのん》と暮らしているだけですよ」

「寂《さび》しいことを言うな」

シキミは革張りのシートに身を沈めた。

「APの実情は私も承知している。遺物の存在を秘匿《ひとく》、独占する手法を全面的に肯定するつもりはない。が、テロリストや過激派の連中に危険な遺物が渡ることのないよう、APの派遣員が死力を尽くしてきたからこそ、人々の安寧《あんねい》は守られてきたのだ。この平穏が人為的な作り物であったとしても、それを箱庭と揶揄《やゆ》することは、AP派遣員ならびにお前自身の人生をも卑下《ひげ》することに等しい」

一瞬、頭に血が上った。お前に何がわかると言い返しそうになった。太刀花は小さな空咳《からせき》をして、わざととぼけた口調で答えた。

「教授は私を買いかぶっておられる。私は一介の派遣員、上からの命令に従う駒《こま》に過ぎません」

「なぜ逃げる？　なぜ己の功績を誇らない？　自尊心はお前をお前たらしめる城塞《じょうさい》だ。それを守れるのはお前だけ、城の主人《あるじ》であるお前だけなのだぞ？」

「私は城主ではなく一兵卒《いっぺいそつ》ですよ」

「隷属《れいぞく》の身分に甘んじるな」

厳しい声で彼女は言った。

「城を築け、お前の中に、お前だけの城を築くのだ」

「……考えておきます」

太刀花は会話を打ち切った。これ以上話しても不毛なだけだと思った。この人は正義のために戦い、多くの勝利を手にしてきた生まれながらの女王だ。隷属するべくして生まれてきた俺とは、生きる世界が違いすぎる。


二週目の土曜日、シキミは直接AP第三研究所へ向かった。

午後七時を過ぎ、八時近くになって、ようやくチャイムが鳴った。エレベータが下りてくる。その扉が開いた瞬間、シキミの鋭い声がエントランスホールに響いた。

「博士は冷静な判断力を失っている！」

「私は冷静だよ。恣意的《しいてき》に決めたことでもない。熟考した末の決断なんだ」

「博士の個人的な問題については、私も理解しているつもりだ。しかし、それを判断に持ち込むのは浅薄《せんぱく》と言わざるを得ない」

「これは私個人の問題ではない。すべての人間に共通して言えることなんだよ」

「断定するのは早急すぎる。私は――」

言いかけて、シキミは言葉を飲み込んだ。エレベータの扉が開いていることに気づいたのだ。彼女は顔をしかめると、車椅子を動かしてエレベータを降りた。肩越しに振り返り、険しい眼差しで博士を睨む。

「これについては明日、また話し合おう」

「ああ、そうしよう」

ボーセン博士は力なく手を振った。

「では、また明日」

シキミは研究棟を出た。車に乗り込み、帰路についても、彼女の表情は堅いままだった。街灯に照らし出されたその顔が今にも泣き出しそうに思えて、太刀花は再び流儀を曲げる決意をした。

「教授が口論するなんて珍しいですね」

「口論ではない。意見の相違だ。積み上げてきた人生が異なるのだから、生き方や考え方に相違が出るのは必定《ひつじょう》だ」

相変わらず理屈っぽいが、声にいつもの覇気《はき》がない。シキミだって人間だ。落ち込むことだってあるだろう。今はそっとしておこう――と思ったのに、口が彼を裏切った。

「私には語彙《ごい》も学識もないので、教授に助言することは出来ませんが、愚痴《ぐち》を聞くことなら出来ますよ?」

「……ありがとう」

囁《ささや》くように、彼女は答えた。

「気持ちは嬉《うれ》しいが、《水晶玉《クリスタルキュラ》》に関することは口外無用と誓約書を書かされている」

《水晶玉《クリスタルキュラ》》はシキミ達が解析を担《にな》っている特A級遺物だ。それについての詳細は実働部隊には明かされない。派遣員である太刀花にシキミの愚痴を聞く資格はない。彼の仕事は対象者の身の安全を守ること。それだけだ。

「なぁ、クユル」

「うっ？」

ファーストネームで呼ばれることなど滅多にない。しかも相手はルカ・シキミだ。動揺せずにはいられない。無用な汗をかく太刀花に、彼女はさらに問いかける。

「お前に未来を幻視《げんし》する能力があるというのは、本当か？」

心臓が跳ね上がった。顔から血の気が引いていくのを感じた。

「私のこと、調べたんですか？」

「助手達が噂《うわさ》しているのを、聞いてしまったのだ。未来予知プロジェクトの一環として、特殊な遺伝子を組み込んだヒト胚《はい》が作られた。そこから誕生した十人のうち、三人が予知能力を有していた。その一人が……お前なのだと」

太刀花は小さく舌打ちをした。シキミ達の助手を務めるのはAPの研究員だ。太刀花の出自について知っている者がいたとしても不思議ではない。が、あまりに軽率すぎる。研究所内での雑談とはいえ、AP職員とは思えない口の軽さだ。

「教えてくれクユル。未来予知は人にとって益となるのか、害となるのか」

「益にも害にもなりません」

吐き捨てるように太刀花は答えた。

「私は未来を幻視するだけです。未来を変えられるわけじゃない」

「それは自身の経験から言っているのか？」

「そうです」

「詳しい話を聞かせては貰えないか？」

「そんなこと聞いてどうするんです？」

「私は証明したいのだ。未来予知が、よりよい世界を作るのだということを」

信号が赤に変わった。いつの間にか結構なスピードが出ていた。太刀花はブレーキを踏んだ。車は前輪を横断歩道に乗せて止まった。

「よりよい未来を作るなんて不可能です」

脳裏に炎の幻視《ヴィジョン》が閃《ひらめ》いた。目眩《めまい》と不安を胸の奥に押し込め、彼は続けた。

「私は予知による危険回避を期待され、APの特殊工作員として紛争地帯に送られました。死と隣り合わせの戦場で、幾度《いくど》となく悲惨な未来を視《み》ました。でも幻視《ヴィジョン》はフラッシュのように一瞬閃いただけで消えてしまう。事故や事件が発生する時間も場所も教えてくれない。その対応に人員を割《さ》けば、手薄になった箇所に予期せぬ戦闘が発生し、多くの犠牲者が出る。その繰り返しです。

曖昧な未来予知など役に立たない、自分には誰も救えない、そう悟るには充分な経験でしたよ」

彼が口を閉じると、車内には重い空気が垂れ込めた。信号はまだ変わらない。息苦しさを覚え、太刀花はネクタイを緩《ゆる》めた。

「もう一つだけ、聞かせてくれ」

背後から、シキミの声が聞こえた。

「お前が幻視した未来は、一つの例外もなく、すべて現実となったのか？」

「わかりません。あまりに数が多すぎて、確かめようがありませんでした」

「では確認出来なかっただけで、お前の予知により救われた命が存在したかもしれない」

「教授はポジティブすぎる」

太刀花は深く、息を吐いた。

「未来は変えられない。多少の可塑性《かそせい》はあっても、運命の大筋は人の手が介在しないところで決定する。どんなにあがいても、必死に抗《あらが》っても、結局は何も変わらないんです」

「お前の気持ちもわからなくはないが、諦《あきら》めるのは尚早《しょうそう》だ」

「何が言いたいんです？」

長い赤信号にいらついて、太刀花は指でハンドルを叩いた。

「私は出来損ないです。過度な期待をされるのは迷惑です」

「たとえば、幻視した場所を素早く特定するシステムがあったら？　特定した場所に、ただちに避難を促《うなが》すシステムがあったら？　より多くの人命を救うことが出来たとは思わないか？」

太刀花は答えなかった。そんなことが可能だとは思えなかった。いや、シキミの頭脳があれば可能なのかもしれないが、彼女の手を借りるには莫大な金が必要だ。ＡＰが興味を示すのは金の卵を産む鶏《にわとり》だけ。すでに見切りをつけた未来予知プロジェクトに、再度大金を投じるはずがなかった。

「失礼ついでに言わせて貰うがな」

沈黙する太刀花に、シキミはさらにたたみかける。

「お前は自分の能力を否定することで、未来予知プロジェクトの関係者に復讐《ふくしゅう》しようとしているのだ。お前が自分を救おうとしないのはな、死んでいった兄弟達に申し訳ないと思っているからだよ」

「――ッ」

ハンドルを握る手が震えた。額《ひたい》から汗が滴《したた》った。言い返したいと思ったが、言うべき言葉が見当たらなかった。腹の底が熱い。背筋が冷たい。太刀花は下唇を噛《か》んだ。この女は何者だ。出会ってまだ十日ほどしか経っていないのに、なぜ彼女にはわかるんだ？　俺自身さえ気づかずにいた心の痛みを、どうして読み解くことが出来るんだ？

「復讐したいなら、お前が欲する人生を生きろ。志《こころざし》半ばで倒れた兄弟達に、隷属ではない人生を示せ。すべての人間は幸せになるために生きている。そのために、お前がなすべきことをなせ」

「俺は、認めさせたい」

絞り出すように、太刀花は答えた。

「出来損ないでも出来ることはある。役立たずでも誰かの役に立てる。それを俺を生み出した研究者に、死んだ兄弟達に、なによりも俺自身に、認めさせたい」

「ああ、私もだよ」

低く響くシキミの声は自嘲《じちょう》の響きを帯びていた。堪《こら》えきれず、太刀花は後部座席を振り返った。目が合うと、シキミは笑った。苦笑しながら前を指さした。

「振り返るな。前へ進め。信号はとっくに青になっている」

翌日、シキミはボーセン博士と和解した。互いに非礼を詫《わ》び、協力を誓い合った。第三研究所に平穏が戻った。だが、それは嵐の前の静けさに過ぎなかった。

その一週間後、東西棟の休憩室で仮眠をとっていた太刀花は、同僚のウェイに叩き起こされた。

「起きろ！　保管室で助手が助けを呼んでいる！」

一瞬で覚醒し、彼はウェイとともに階段を駆け上がった。北棟の三階、第一保管室は長い廊下の突き当たりにある。開かれた扉の前に助手の一人が立っている。

「早く、早く二人を止めて下さい！」

促されるまま、太刀花は保管室へと駆け込んだ。目映《まばゆ》い照明、壁を埋め尽くす計器とモニター、白光に照らされた作業台にはバレーボール大の透明な球体が置かれている。

「冷静になってくれ、博士！」

シキミが叫んだ。彼女はボーセン博士と作業台の間で、背後の遺物を庇《かば》うかのように大きく両手を広げている。

「《水晶玉《クリスタルキュラ》》には無限の可能性がある。これさえあれば病気も貧困も、宗教戦争もエネルギー問題も解決出来る。《水晶玉《クリスタルキュラ》》は叡智《えいち》の結晶だ。これを遺棄《いき》することは、救えるはずの命を見殺しにするに等しい！」

「ルカ、君は若い。容易に人の善意を信用しすぎる。これが汎用《はんよう》されたなら、それこそ人類の破滅を招く」

「人類はそこまで愚《おろ》かではない！」

「いいや、君だって承知しているはずだよ。君のご両親の命を奪ったのは誰だ？　愚かな人間達ではないのか？」

「暴力は何も生まない。報復よりも有意義な解決方法がある。私はそれを知っている」

「ああ、そうだね。でもすべての人間が君のように強く、正しくいられるわけではない」

博士は悲しげに首を横に振った。

「《水晶玉《クリスタルキュラ》》の存在が知れ渡れば、世界中の国々がこれを奪い合う。すべての国と人を巻き込む大戦が起きる。そうなる前に遺棄することが、私に課せられた責任なのだ」

ボーセン博士はシキミを押しのけようとした。彼女はその手にすがりつき、博士を《水晶玉《クリスタルキュラ》》に近寄らせまいとする。太刀花はボーセン博士の背後に回り、彼を羽交《はが》い締《じ》めにした。

「放せ！　放してくれ！」

　暴れる博士をシキミから引き離すと、その首に腕を巻きつけ、力を込めた。抵抗を続けていた博士の手が次第に力を失い、やがてだらりと垂れ下がった。彼の全身から力が抜けるのを確認してから、太刀花は腕を緩めた。

　ウェイの手を借り、失神した博士を救護室に運び込んだ。看護師に手当てを頼み、警備員に監視を命じる。その後、警備システム担当者に事情を説明し、博士の認証コードを《第一保管室入室不可》に書き換えさせた。

「驚いたなぁ。温厚な博士があんなことをするとは思わなかった」

　ショックだったのだろう。ウェイは幾度となく、同じ台詞《セリフ》を繰り返した。

「博士の優しさが裏目に出ちまったんだろうな。真面目《まじめ》な人なのに、気の毒になぁ」

「博士は特A級遺物を破壊しようとした。同情の余地はない」

「そりゃそうだけど、こんなことになる前に、相談に乗るべきだったよ。彼らには守秘義務があるんだからって、変に気を回したりしないで、もっと突っ込んだ話を聞いときゃよかった。そしたら博士だって、あそこまで思い詰めたりしなかったかもしれない」

　それを聞いて、太刀花は急に不安になった。それはシキミも同じだ。人の話は聞きたがるくせに、自分のことは何も言わない。

「悪い、後のことは頼んだ」

　事後処理をウェイに押しつけ、太刀花はシキミを探した。休憩室にはいない。食堂にもミーティングルームにもいない。彼が入場を許可されている区画はすべて見て回ったが、シキミの姿はどこにもなかった。

車の中にいるのかもしれない。エントランスホールを横切り、太刀花は外に出た。

太陽は西に傾《かたむ》いている。空は茜《あかね》に燃えている。芝生は夕闇に沈み、玄関前の人工池は墨を流したように黒々としている。その前に銀色の車椅子が見えた。小さく安堵《あんど》の息をつき、太刀花はシキミに駆け寄った。

「探しましたよ、教授」

声をかけても、彼女は微動だにしなかった。太刀花は車椅子の横に立ち、彼女と同じく、暗い人工池を眺めた。

「今日は大変でしたね。お怪我《けが》はありませんでしたか？」

「……博士は無事か？」

「怪我はしていません。鎮静剤を打って貰ったので今は眠っています。明日の朝までは目を覚まさないでしょう」

そうか――とシキミは呟《つぶや》いた。

そして、意を決したように話し始めた。

「ある条件下に置くと《水晶玉《クリスタルキュラ》》には文字が浮き出る。それは地球上に存在するどの文字とも似ておらず、最初は文字であることすらわからなかった。その読解に成功したのがボーセン博士だ。彼が拾い出した情報の断片から、意図する現象を導き出す。それが私の仕事だった」

「いいんですか？《水晶玉《クリスタルキュラ》》のことを話しても？」

「これは独り言だ」

黙って聞けというように、シキミは横目で太刀花を睨んだ。

「《水晶玉《クリスタルキュラ》》は人類史の記録だ。歴史の真実から、名もなき者達の会話に至るまで、すべてが保管されている。その膨大《ぼうだい》な情報を元に《水晶玉《クリスタルキュラ》》は推察する。人類がいまだ解明していない謎や、まだ見ぬ未来の出来事についても《水晶玉《クリスタルキュラ》》は答えを示す」

「ああ……なるほど」

だから彼女は知りたがったのだ。未来予知は人にとって益となるのか、害となるのか。

「《水晶玉《クリスタルキュラ》》は未来を予知する。それがわかった時、博士と私は約束した。私達は研究者だ。研究に早道はない。一足飛びに結果を求めるべきではない。ゆえに自分達の未来を見るのはやめよう、と」

シキミは水面に目を戻し、低い声で呟いた。

「だが、博士は見てしまった」

自分の未来を見る。その恐ろしさを太刀花はよく知っている。知りたくない、変えられない未来なんて知りたくない。そう言いながら死んでいった兄弟のことを思い出す。

「博士は家族と上手くいっていなかった。だからこそ彼は研究に没頭した。《水晶玉《クリスタルキュラ》》の解析に成功すれば歴史に名が残る。名誉を得れば家族の関心も取り戻せる。博士はそう信じていたのだ」

「でも、家族は戻らなかった？」

「《水晶玉《クリスタルキュラ》》は遺棄すべきだと主張するくらいだ。結果は推《お》して知るべしだな」

シキミは重い息を吐いた。

「本音を言うとな、私もいまだ自信が持てずにいるのだ。《水晶玉《クリスタルキュラ》》は人の手に余るのではないかと懸念する、博士の気持ちもわからないではないのだ」

「世の中、いい人間ばかりじゃありませんからね」

太刀花の声に、彼女は小さく頷いた。

「私が十二歳の時だ。旅行先で爆破テロに巻き込まれ、両親は死に、私は歩行機能を失った。これ以上、何かを失うのは耐えられない。だから私は未来を知る方法を探した。情報流体理論を研究し始めたのも、《水晶玉《クリスタルキュラ》》の解析を引き受けたのも、未来を予知し、危険を回避する方法を編み出すためだった」

自嘲するように微笑んで、シキミは太刀花を見上げた。

「失望したか？」

「するわけないでしょう」

即答し、太刀花は笑った。

「むしろ惚《ほ》れ直しましたよ」

「そういう冗談は好かん」

唇を歪《ゆが》め、シキミは嫌そうな顔をした。

そんな彼女を、愛しいと思った。

不吉な未来を変えたい。今度こそ変えられると信じたい。こんなところでシキミを死なせたりしない。たとえ命に代えてでも、あの業火《ごうか》の中から彼女を救い出してみせる。

「教授？」

「なんだ？」

「《水晶玉《クリスタルキュラ》》の叡智があれば、よりよい世界を作ることが出来ると思いますか？」

「すぐには無理だろうな。私達が生きている間には、おそらく叶《かな》わないだろう。だが百年、いや二百年後には、戦争も病気も貧困もない素晴らしい世界が実現する。私はそれを信じている」

「では私は二百年後の世界に、もう一度生まれて来ることにします」

シキミが息を飲んだ。愕然《がくぜん》と太刀花を見上げた。奇妙なものでも見たかのように、顔面蒼白《そうはく》になっている。

「どうしました？」

「……何でもない」車椅子を操作し、シキミは太刀花に背を向けた。「今日は疲れた。そろそろ家に帰ろう」

言い残し、車に向かって車椅子を進める。

太刀花は首を傾《かし》げた。シキミらしくないと思った。おそらく彼女はまだ何かを隠している。話せないことではなく、話したくない何かを。

翌日、大学の講義を終えたシキミを、いつも通りＡＰ第三研究所まで送った。車を降り、彼女を追って歩き出そうとした時だった。

「ここまででいい」

車椅子を半回転させ、シキミは太刀花の行く手を塞《ふさ》いだ。

「突然で申し訳ないが、本日付けでお前を解雇する」

太刀花は笑った。冗談だろうと思ったのだ。

しかし、シキミは笑わなかった。

「すでに代わりの者が来ているはずだ。引き継ぎをすませたら、すぐにここを離れてくれ」

「本気……なんですか？」

「ああ」

「理由を訊いても？」

「すまない。言えないのだ」

シキミは申し訳なさそうに目を伏せた。

「《水晶玉《クリスタルキュラ》》の一件が片付いたら、お前の能力をフルに活《い》かせるようなシステムを構築する。助けが欲しい時はいつでも相談してくれ。自信を失いそうになったら、また叱り飛ばしてやる」

そこで言葉を切り、彼女は意を決したように顔を上げた。

「だが、直接会うのはこれが最後だ。何があっても、もう私には近づかないでくれ」

太刀花を見つめたまま、車椅子を後進させる。

「今までありがとう。では、さようなら」

自動扉の前でシキミは彼に背を向けた。車椅子が猛スピードで建物の中へと消えて行く。その後ろ姿を太刀花は見送った。

一歩も動けなかった。

呼び止めることさえ出来なかった。


呆然《ぼうぜん》としたまま引き継ぎをすませ、自分の車で自宅に戻った。滅多に戻ることのない部屋には家具も家電もない。あるのは古びたマットレスと毛布だけだ。

突然の解雇通告で一週間の余暇が出来てしまった。何もする気になれなくて、天井を見上げながらシキミのことを考えた。別れ際の彼女の表情、まるで怯《おび》えているようだった。逃げるように去って行った。何がいけなかったのだろう。原因は何なのだろう。いくら考えてもわからない。

悶々《もんもん》としているうちに一週間は過ぎていった。明日からは次の仕事が待っている。今日中に現地に向かわなければならない。

その前にもう一度、シキミに会いたかった。嘘《うそ》でもいいから解雇の理由を教えて欲しかった。だが、自分が研究所に行けば、あの幻視《ヴィジョン》を引き寄せてしまうかもしれない。それが怖かった。

無機質な電子音がメールの着信を告げた。太刀花のアドレスを知っている者は限られている。いったい誰だ？　いぶかしく思いながら、彼は寝転がったまま端末を手に取った。

差出人の名はルカ・シキミだった。

太刀花は飛び起き、その文面を読んだ。

お前に言えなかったことがある。

《水晶玉《クリスタルキュラ》》の解析を進めるためには、解答が判明している例題が必要だった。ゆえに私は自分の過去を使った。《水晶玉《クリスタルキュラ》》で自分の過去を検索したのだ。《水晶玉《クリスタルキュラ》》は私の人生のすべてを掘り起こし、さらには名前も人種も経歴も違う、数人の人生を並列した。

その女達は私に似ていた。生きた場所も時代も重ならない、まったくの別人なのに、彼女達は私が考えるように考え、私が行動するように行動していた。まるでフラクタル図形を見ているようで、最初は面白かった。が、そのうち恐ろしくなってきた。彼女達の人生には共通する特徴があった。まずは唯一無二の相棒、魂の片割れとも呼ぶべき人間と出会う。二人は互いに惹《ひ》かれ合い、やがて結婚する。そして結婚後、数年以内にどちらかが死ぬ。理由も原因も異なるが、どちらか一方が、必ず命を落とすのだ。

私は心に誓ったよ。決して誰にも心を許すまいと。たとえ魂の片割れと巡り会っても、絶対に愛したりはしないと。

認識が甘かった。恋に落ちるとよく言うが、あれは本当だな。重力には誰も逆らえない。お前を誰かに取られるくらいなら、死の呪いを承知の上で、お前を私のものにしてしまいたい。そう思ってしまうほど、私の思考は狂いつつある。

「後の世界に、もう一度生まれて来る」とお前は言った。あの言葉は、魂の片割れが死別を覚悟した時、必ず口にする言葉なのだ。お前からあの台詞を聞かされた時、私は心臓が止まりそうになった。未来は変えられると偉そうに豪語しておきながら、私はたまらなく、どうしようもなく、恐ろしくなってしまったのだ。

私はお前に生きていて欲しいと願う。自由に生きて欲しいと願う。だからお前を突き放した。理解してくれとは言わない。ただ、これだけは信じてくれ。お前のせいではない。お前は何も悪くない。


太刀花は部屋を飛び出した。

車を飛ばし、AP第三研究所に向かった。

雑木林の私道に入った時、地鳴りのような爆発音が響いた。林の向こうに黒い煙が湧き上がる。彼は唇を嚙み、さらにアクセルを踏み込んだ。

研究所が燃えているというのに、鉄門は閉まったままだった。監視カメラに右手を挙げても反応しない。太刀花は車を下り、鉄柵を乗り越え、炎上する研究棟へと走った。

人工池の畔《ほとり》には研究所の職員達がいた。咳《せ》き込《こ》む者、呆然と立ち尽くす者、不安そうに研究棟を見上げる者、その中にウェイがいた。人をかき分け、太刀花は彼に駆け寄った。

「何が起きた？　シキミはどこだ？」

「突然爆発が起きて、非常ベルが鳴ったんだ」煙を吸ってしまったらしい。咳き込みながらウェイは答えた。「教授は《水晶玉《クリスタルキュラ》》を取りに行くと言って保管室に向かった」

「ボーセン博士は？」

「わからない。まだ中にいる」

その言葉が終わらないうちに、太刀花は池に飛び込んだ。水を滴らせながら、黒煙を吐き出すエントランスへと走る。

「やめろ！　もう間に合わない！」

ウェイの声が聞こえたが、彼は足を止めなかった。

研究棟の中には炎が渦を巻いていた。黒煙で視界が閉ざされ、数歩先も見通せない。暴力的な熱波が押し寄せ、思わず怯《ひる》みそうになる。炎を避け、這《は》うようにして階段を上った。熱が頬を炙る。ちりちりと髪が焦《こ》げる。後悔と焦燥で息が詰まる。幻視《ヴィジョン》の通りだ。やはりこうなったじゃないか。今回も止められなかったじゃないか。そんな声が聞こえてくる。

「黙れ――!!」

太刀花は咆哮《ほうこう》した。思い切って立ち上がると、見えない鎖を振り払うように階段を駆け上がった。北棟三階には窓がない。炎はまだ回っていない。黒煙の中、太刀花は手探りで第一保管室を目ざした。

「ルカ、それを渡しなさい」

「断る！」

前方から声が聞こえた。それを頼りに歩を進めた。保管室の天井は高い。煙が薄れ、視界が晴れる。

シキミが《水晶玉《クリスタルキュラ》》を抱きかかえていた。その前にボーセン博士が立っている。右手に拳銃を握り、銃口を《水晶玉《クリスタルキュラ》》に向けている。

「ルカ、言うことを聞いてくれ。私は君を傷つけたくないのだ」

博士は引き金に指をかけている。先日のように彼を羽交い締めにしたら、銃が暴発し、シキミを傷つける恐れがある。

迷っている暇はない。

床を蹴り、太刀花は走った。博士ではなくシキミに向かって。勢いを殺すことなく、車椅子ごとシキミを突き飛ばす。

銃声が響いた。同時に右大腿部《だいたいぶ》に焼けるような痛みが走る。彼は床を転がり、シキミの車椅子に頭をぶつけた。

「クユル！」

シキミが床を這い、彼に向かって手を伸ばした。彼女の周囲には白い砂が散っている。それは割れた《水晶玉《クリスタルキュラ》》だった。粉々に砕け散った叡智の残骸《ざんがい》だった。淡い虹色に輝くそれを見て、ボーセン博士は満足そうに微笑んだ。微笑みながらこめかみに銃口を当て、自分の頭を吹き飛ばした。

「見るな」

太刀花は右手でシキミの頭を抱きかかえた。もう一方の手で車椅子を立て直し、そこに彼女を座らせる。

「なぜ戻って来た？」

目に涙を浮かべ、シキミは彼を見つめた。

「メールを読まなかったのか?」

「読んだから来たんだ」

そう言って、太刀花は不敵に笑ってみせる。

「俺達は死なない。いずれ死の呪いが降りかかるとしても、それは今日じゃない。だって俺達、まだキスもしていないんだ。これで死んだら、ただの死に損だ」

「しかしエレベータはもう使えない。私はここから逃げられない」

「俺もこの足で炎の中を突っ切るのは、さすがに無理だ」

「ならば、どうする?」

「計算してくれ」

シキミの車椅子を軽く叩いて、彼は言った。

「俺達二人がアーチ窓から飛び出して、人工池に到達するために必要な速度を」

それだけで、彼女はすべてを理解した。

「時速五十キロあれば充分だ」

「決まりだな」

太刀花は足を引きずりながら博士に近づき、落ちていた拳銃を拾った。上着の裾で血を拭《ふ》き取って、それをシキミに握らせた。

「俺が合図したら撃て」

「わかった」

車椅子を押して廊下に出た。黒煙のせいで何も見えないが、正面にはアーチ窓、あの二重螺旋のステンドグラスがある。

彼はシキミを抱き上げた。車椅子に腰を下ろし、膝の上にシキミを座らせ、その身体を左手で支えた。

「行くぞ！」

太刀花は車椅子に最高速度を指示した。二人を乗せた特別製の電動椅子が、猛烈な勢いで北棟三階の廊下を走る。

「今だ！」

立て続けに銃声が響いた。罅割れる二重螺旋、砕け散る色ガラス、二人はアーチ窓を突き破り、研究棟から飛び出した。背後から炎が噴き出す。炎を映し、ガラスの破片がキラキラと輝く。シキミを抱きかかえ、後ろ向きに落ちていきながら、太刀花は思った。

まるで天国が降りてきたみたいだ、と。


目を覚ますと、そこは天国ではなく病院だった。太刀花は包帯だらけの自分の手足を眺めてから、ベッドサイドに座るシキミに目を向けた。頬には絆創膏《ばんそうこう》が貼られ、髪は短く切り揃《そろ》えられていたが、彼女の凜《りん》とした美しさは少しも損なわれていなかった。

「右大腿部の銃創《じゅうそう》、肋骨《ろっこつ》二本と右足首の骨折、あとは裂傷と火傷《やけど》。全治三ヵ月だそうだ」

シキミは呆《あき》れたように笑った。

「優男《やさおとこ》のくせに、存外タフだな？」

「お前、怪我は？」

「タフなボディガードのおかげで、髪以外はほぼ無傷だ」

太刀花は息をついた。大きな深呼吸をしてから、しみじみと呟いた。

「生き残ったな」

「ああ」

「《水晶玉《クリスタルキュラ》》は残念だった」

「ボーセン博士のことも、とても残念に思う」

彼の冥福《めいふく》を祈るように、シキミはそっと目を閉じた。

「最後に意見が分かれてしまったが、彼は才気溢れる素晴らしい研究者だった」

「俺を撃った張本人だぞ？」

「それを言うなら、お前は《水晶玉《クリスタルキュラ》》を破壊した大罪人だ」

フフンと笑い、彼女はピンと胸を張った。

「《水晶玉《クリスタルキュラ》》がなくたって私は諦めないぞ。よりよい世界を創造するため、死の呪いを打破するため、最善の力を尽くして運命を再構築する」

相変わらずわかりにくい物言いだった。太刀花は額を押さえ、しかつめらしい顔をした。

「まだ頭がぼんやりしてるんだ。もう少し、わかりやすい言葉で言ってくれ」

「つまりだな」

シキミは身を乗り出し、太刀花の唇にキスをした。

「こういうことだ」

「なるほど……わかりやすい」

呟いて、太刀花は笑った。

これからも幻視《ヴィジョン》に悩まされるだろう。死の呪いがつきまとうだろう。だが、未来は変えられる。可能性の扉をこじ開け、死の呪いを引き裂き、生き抜いてやる。運命に逆らい、どこまで行けるか。彼女とどこまで生きられるか、試してみるのも悪くない。

■

「それで、答えは？」

黒一色に戻った盤面に、乙女は小声で問いかけた。

「何をすれば、彼は戻ってくる？」

『Knock, and it shall be opened unto you.《叩けよさらば開かれん》』

わかったというように頷いて、乙女は拳《こぶし》で白い砂を叩いた。

「ローグ、戻ってこい！　戻ってきて、私に答えを聞かせてくれ！」

じわじわと白い砂が光り始めた。乙女の顔を照らしながら、光の柱が天に向かって伸びていく。その中に影が滲《にじ》んだ。影は人の形となり、男の姿になった。くたびれた旅装、縮れた黒髪、消《け》し炭《ずみ》色の瞳、光の粒子を髪の先から滴らせたその男は、乙女を見下ろし、よく響く声で答えた。

「答えは『Reorganization《再構築》』」

闇の中、鎖が弾《はじ》ける音が響き、白い炎が燃え上がった。やがて鎖は燃え尽きて、白く眩《まぶ》しい炎も消えた。しかし辺りはほの明るい。夜空には星の河が横たわり、銀色の月が輝いている。

槍ではなく石板を抱え、乙女は立ち上がった。目前の男を凝視《ぎょうし》する。ローグと同じ顔、でも髪は短い。目尻の皺《しわ》も無精鬚《ぶしょうひげ》もない。ローグに酷似《こくじ》しているが、彼の方が明らかに若い。

「お前は私の知るローグではない」

『Positive.《肯定する》』

声を潜めるように、金文字が薄く輝く。

『Not same.《同一ではない》 But same kind.《でも同じ種類だ》』

「俺は一番近い時間軸から来た『記録《ログ》』だ」

素っ気なく答え、男は自分の胸に手を当てた。

「蓄積された記録の内容はほぼ同じだが、厳密に言えば、俺はお前の知っている『記録《ログ》』ではない」

「『記録《ログ》』?」

「そうだ」首肯して、彼は右手を差し出した。「石板を返してくれ。それがないと図書館にアクセス出来ない」

乙女は石板に目を向けた。

「彼にお前を渡してもいいか?」

『OK!』

男は石板を受け取った。その表面を撫《な》で、現れた文字に目を通す。

「呆れた。調査対象の質問に答えるとは、なんたる愚行だ。お前がついていながら、このような干渉行為をなぜ許諾したのだ?」

『This is a game.《これはゲーム》 Not interference.《干渉ではない》』

「詭弁《きべん》だな」

『No time to argue.《議論している時間はない》』

「なるほど。状況は把握した」

再構築された『記録《ログ》』は盤面から顔を上げ、乙女を見た。

「塔は侵入の危険に晒《さら》されている。おそらくは夜明けとともに蟲《むし》が押し寄せて来る。その前に、残り二つの謎を解く」

彼はローグと同じ顔で、だがローグとは異なる冷ややかな声で呼びかけた。

「守人《もりびと》の乙女、早く質問をしろ。残り時間は少ない」

# 第九問

*The Library of Wisdom and Ten Riddles*

月が草原を照らしている。塔は星河《せいが》を縫い止めている。深更《しんこう》の闇、夜風が草の海を渡っていく。ひそひそと、さやさやと、乙女の黒髪を揺らしていく。

「どうした？」

旅装の青年は怪訝《けげん》そうに首を傾《かし》げた。

「時間がない。早く質問をしろ」

乙女は顎《あご》を引いた。上目づかいに男を睨《にら》み、用心深く口を開く。

「お前が記録であるならば、その目的は何だ。お前は何のために記録を収集しているのだ」

「俺のことはどうでもいい」

苛立《いらだ》ちを滲《にじ》ませて、男は答えた。

「問うべきはお前についてだ。お前の謎を解明しなければ、俺は叡智《えいち》の図書館に戻れない。夜明けまでに扉を開かなければ、お前も俺も蟲《むし》に喰《く》われて消滅する」

『Wait!《待て！》 Wait!《待て！》』

石板が光を発した。激しい明滅が二人の目を眩《くら》ませる。

『Listen to her.《彼女の話を聞け》』

「同意しかねる。すでに掟《おきて》破りすれすれの愚行を犯しているんだ。さらに調査対象に干渉すれば、記録そのものが破棄される」

『Answer her question.《彼女の質問に答えろ》』

男は鼻の頭に皺《しわ》を寄せた。不本意そうに唇を歪《ゆが》め、再び乙女に目を向ける。

「俺達は思考の海を旅する探査体《たんさたい》だ。知的深度が臨界に達した特異点、すなわち叡智の図書館への扉を発見すること。扉を発見するに至る、旅の記録を叡智の図書館へ持ち帰ること。それが俺達の存在理由だ」

彼は足下へと視線を落とした。草むらの中、きらきらと白砂が光っている。

「記録を叡智の図書館に還元することは俺達の悲願だ。しかし使命をまっとうする探査体は少ない。そのほとんどは旅の途中で失われ、蓄積した情報も散逸《さんいつ》してしまう」

「ローグのようにか？」

「彼の記録は俺が引き継いでいる。俺が叡智の図書館への帰還を果たせば、彼の記録もまた叡智の書として収蔵される」

もういいだろうというように、男は短く息をつく。

「俺達探査体は、本来ならば、調査対象に干渉することは許されない。だが今は時間がない。残る謎はあと二つ。それを解明すれば図書館に至る扉が開き、俺の目的は達成される。お前の質問に答えてきた彼の記録が、どのように評価されるのか。それを判断するのは、叡智の図書館に帰還してからでも遅くはない」

彼は姿勢を正し、正面から乙女と向き合った。

「守人《もりびと》よ、質問をしてくれ。どうか俺に使命を果たさせてくれ」

熱を帯びた口調、真摯《しんし》な眼差《まなざ》し、乙女を見つめる彼の目に偽りはない。

それでも、乙女の表情は晴れなかった。

「ローグとお前との差異が、収集した情報の違いによって生じているのであれば、蓄積された記録によって、私達の人格は形成されるということになる」

『Absolutely.《そのとおり》』

「しかし私には記憶がない。蓄積された記録もない。なのに私はここにいる。ならば、私とは何だ？　私を私たらしめているものは、いったい何なのだ？」

『Searching…《検索中……》』

黒い石板の上に金文字が点滅する。

『Completed《検索完了》 : Play.《再生》』

石板に廃墟《はいきょ》が映った。戦禍《せんか》の跡が生々しく残る無人の市街。繰り広げられる激しい攻防。滅びに瀕《ひん》した世界を、一台の自動二輪《バイク》が疾走していく――

◀

毎朝六時。

僕らは休眠状態《スリープモード》から起動する。

『悪は滅びた！　悪魔の国は滅びた！　穢《けが》れた国土は業火《ごうか》に焼かれ、残虐非道な悪魔達は正義によって粛清《しゅくせい》された！』

装備を整えて部屋《ピット》を出る。恒例の教材演説《チュートリアル》を聴きながら、燃料棒《エナジーバー》を粉砕し、胴内炉《リアクター》へと送り込む。

『悪魔は負の遺産を残した！　人類滅亡を目的とし、自己増殖を繰り返す《機械《マシン》》！　奴《やつ》らの侵攻を退《しりぞ》け、尊き人命を守ること！　人類最後の楽園である基地《ホーム》を死守すること！　それが《GOAT《ゴート》》に課せられた崇高《すうこう》なる使命だ！』

格納庫《ハンガー》に整列した僕らの前を兄弟達が進んでいく。《機械《マシン》》と戦うため、基地《ホーム》を守るため、最終防衛線へと出撃していく。僕らは《GOAT《Greatest of All Time》》、史上最強の自律思考式汎用《はんよう》型戦闘兵器だ。

『人間《マスターズ》を守るため、最後の一機になるまで戦い続けよう！　正義は我にあり！　愛と平和《ラブ&ピース》を！』

「愛と平和《ラブ&ピース》を！」

愛と平和《ラブ&ピース》を！』

唱和して、僕は自動三輪《トライク》に乗り込んだ。

任務開始だ。

空は快晴、風は二m／s、気温は二十℃、湿度は五十％、生命活動に適した天候だ。こんな日を人間《マスターズ》は「いい天気」と呼ぶ。完全同意だ。晴れた日は索敵《さくてき》も容易だし、強風に煽《あお》られて弾道が逸《そ》れることもない。

基地《ホーム》を取り囲む壁を抜けると、そこには廃墟が広がっている。廃墟の各所に仕掛けられた冷凍《れいとう》罠《わな》から《ミール》を回収し、基地《ホーム》に持ち帰る。それが僕らN小隊の任務だ。

N小隊は全六機、うち重火器を装備しているのは四機のみ、残りの二機は偵察用だ。敵と遭遇した時に備え、二機一組で行動する。

L区の交差点で僕らは三方に分かれた。僕とツウの担当はI区、基地《ホーム》の壁のすぐ近くだ。ここまで敵が侵攻してくる確率は極めて低い。それでも油断は出来ない。《機械《マシン》》は日々進化している。《GOAT》は史上最強の兵器だけれど、防衛線が突破されることもある。市街に侵入してきた《機械《マシン》》に小隊の兄弟を破壊されたこともある。

僕は哨戒状態《パトロールモード》をとった。アイカメラを光らせて周囲の警戒に努める。右アームに小銃をかまえ、左アームは自動三輪《トライク》の操縦桿《スティック》に置く。

アイカメラが動きを検知する。倒壊した瓦礫《がれき》の下から黒い体軀《ボディ》が這《は》い出してくる。あれはツウ、僕の相棒《バディ》だ。彼は背部装甲から冷凍処理された《ミール》を取り出し、自動三輪《トライク》後部の収納箱へ収めた。

『今日の分はこれでおわりだ』

ツウからの脳波通信を受信する。同時に僕の集音マイクが物音を捉えた。細くて小さい信号音、記録《メモリー》にはない波長だ。

『何か音がした』

僕は注意を喚起した。《機械《マシン》》の偵察機は鳥や虫を模している。それを発見、排除するのも僕らN小隊の役目だ。

『検知不可。ぼくには何も聞こえない』

のんびりとしたツウの脳波に、僕は否定の意思を送り返した。ツウの聴覚センサは故障を繰り返し、感度が落ちてきている。集音については僕の方が優れている。

『周囲を探索してくる』

『ぼくも行こうか？』

『必要ない』

僕だけなら細い隙間《すきま》も通り抜けられる。小さな穴にも潜り込める。大きなツウと一緒に動くより、僕一人の方が小回りがきく。

『遠くへは行かない。十五分で戻るよ』

『了解。ぼくはここで待機してる。ファイブ、気をつけて行け。L&P《エル&ピー》』

L&P《エル&ピー》、愛と平和《ラブ&ピース》を。

僕らは人間《マスターズ》の平和《ピース》を守り、人間《マスターズ》は僕らにご褒美《ラブ》をくれる。『愛と平和《ラブ&ピース》』は人間《マスターズ》と《GOAT》の信頼関係を賞賛する美しい合い言葉だ。

僕は小銃の安全装置《セイフティ》を解除した。思考回路を索敵状態《サーチモード》に切り替える。I区はかつての都市中心部だ。現在は無人の廃墟が続く。折れた柱、剝《む》き出しの鉄骨、折り重なったコンクリートの破片、暗くてアイカメラは役に立たない。僕は集音マイクの感度を上げた。

「にぃぃ」

小さな信号音を捉えた。約五m前方、柱の陰に何かいる。僕は小銃をかまえ、対象物に接近した。

「うにぃぃぃぃ」

奇妙な音を発しながら、四脚の未詳《みしょう》物体が現れた。全長およそ二十五㎝、全身が褐色《かっしょく》の縞模《しまも》様《よう》に覆《おお》われている。頭部にある二つの三角形は、おそらく集音マイクだろう。頭部前面には二つのアイカメラ、その周囲には極細の白いアンテナがびっしりと植えられている。臀部《でんぶ》には細長い器官がある。あれはなんだろう。安定装置《バランサー》だろうか。

「なあぁぁん、ぅあああぁぁん」

未詳物体が近づいてきた。褐色の毛が僕の脚部に接触した。ゴロゴロという低周波音を発しながら、毛に覆われた体軀《ボディ》をこすりつけてきた。

ふわふわ、だった。

もふもふ、だった。

その瞬間、電撃棒で打たれたみたいに全機能が麻痺《スタン》した。

え、なにこれ、なんだこれ。

うわ、うわうわ、なんだこれ。

循環《じゅんかん》ポンプの回転数が上がり、皮殻《ひかく》温度が上昇していく。僕は空冷システムをフル稼働させ、熱排気に努めた。落ち着け《クールダウン》、ファイブ。まずは探査だ。この未詳物体を調査するんだ。

慎重かつ繊細にアームを伸ばし、未詳物体の頭部に触れた。そのまま、ゆっくりと背部を撫《な》でる。

ぬっくぬくで、ふっわふわだった。

ふっかふかで、もっふもふだった。

油圧が急上昇した。ご褒美《ラブ》を貰《もら》った時みたいに幸福指数が跳ね上がった。僕は索敵状態《サーチモード》を解除して、未詳物体を抱《だ》き上げた。

「だあああああ」

集音マイクが新たな信号を拾った。パターンはこの未詳物体と同じ。でも、この個体じゃない。別の個体の信号音だ。

「うなあぁぁん」

僕のアームの中から未詳物体が返信する。

「だああ」

低い信号音が応答する。右の瓦礫の下から黒い影が現れる。新たな未詳物体は体長およそ五十cm、黒斑《くろぶち》のある褐色の体軀《ボディ》から、縞模様の安定装置《バランサー》が伸びている。

「だうあああああ！」

威圧的な信号を発し、大きな未詳物体は僕のアームに前脚を乗せた。二脚を交互に動かして、低い信号音を発し続ける。仲間の解放を要求しているのだろうか。僕は脚部膝関節を接地し、アームを解いた。

「にいぃぃう！　にいううぅ！」

甲高い信号音を出しながら、未詳物体が跳び降りた。じゃれつく小さな毛玉を、大きな未詳が前脚で押さえつける。白いアンテナを近づけて、小さな未詳を調査する。口蓋《こうがい》から露出したピンク色の器官で、小さな個体を念入りに擦《こす》る。

「にぃう！　にぃうう！」

「だああああん」

何やら信号を交わした後、大きな未詳物体が黄色いアイカメラをこちらに向けた。毛に覆われた前脚を僕の膝関節部の上に置き、白いアンテナを僕の顎部に近づける。

このふかふかな毛並みは《機械《マシン》》じゃない。《機械《マシン》》じゃないなら戦う理由はない。危険性はないと判断し、僕は抵抗しなかった。

大きな未詳物体も同じ判断をしたらしい。僕の脚の間に座り込み、そこで横倒しになった。

「のああああん」

先程とは音色の異なるなめらかな信号音。それを聞きつけ、瓦礫のあちこちから小さな未詳物体が現れる。最初に出会った一体を含む六体が横一列に整列し、大きい未詳物体の腹部に頭を埋《うず》める。

給油作業が始まった。

『ファイブ。十五分経ったよ』

僕は脳波通信を受信する。ツウからだ。

『無事かい。何か見つかったかい』

『僕は無事だ。でも動けない』

『どこにいる。助けに行くよ』

必要ないと、送信しかけて止《や》めた。理由はわからないけれど、ツウにもこの未詳物体を見て貰いたくなった。

『奥の柱の陰にいる。消音状態《サイレントモード》で来て』

僕とツウが脳波で会話をしている間にも、未詳物体の給油は続いた。大きい未詳は僕の脚部に背を預けている。もふもふの毛皮から温《ぬく》もりが伝わってくる。温められているのは脚部なのに、胴内炉《リアクター》が熱くなる。炉心の異常発熱だ。基地《ホーム》に戻ったらエンジニアに報告しなければ。でも、少し惜しい。たとえ不具合だとしても、僕はこの熱を失いたくない。

集音マイクがかすかな足音を拾った。消音状態《サイレントモード》でツウがやって来る。右アームには機関銃、肩部装甲には追尾ミサイル、それらの重量を支える太い脚が僕の真横で停止する。

「あ、ネコだ」

ツウが言った。音声での私語は禁じられている。でもツウの言い方があまりにも自然だったので、僕もつられて音声で問いかけてしまった。

「ネコ？　ネコってなんだ？」

「この生物の名称だよ」

ツウは関節を折り曲げて、大ネコにアイカメラを近づけた。

「可愛いな。触っても大丈夫かな」

「僕は触った。ただし慎重かつ丁寧《ていねい》に」

「了解。L&P《エル&ピー》」

ツウがアームを伸ばした。大ネコは頭を上げ、黄色い目でツウを見た。ツウのアームが頭に触れようとした瞬間、ネコは毛を逆立て、威嚇《いかく》するようにシャーッと鳴いた。

ツウは急いでアームを縮めた。

「怒られた」

「みたいだね」

「君には馴染《なじ》んでるのに」

「僕の皮殻温度が高いからかもしれない」

給油を終えた小ネコ達は折り重なって休眠状態《スリープモード》に入った。口蓋に収納してあったピンク色の器官を使って、大ネコは自身の毛皮の清掃《クリーニング》を始めた。

僕とツウはネコ達を観測し続けた。どちらも哨戒状態《パトロールモード》を解除していたので、時間の経過を認識することが出来なかった。

『ツウ、ファイブ、応答しろ』

脳波通信が飛び込んできた。発信者はワン。N小隊のリーダーだ。

『合流時間を過ぎている。何かあったのか』

『ぼくらは無事だよ。I区の《ミール》も回収した。合流地点に向かえないのは、ファイブがネコの寝床になっているからだよ』

『ネコ？　ネコってなぁに？』

僕と同じ反応を示したのはシクスだ。

『ネコは生物だ』几帳面《きちょうめん》にワンが答える。『哺乳類《ほにゅうるい》の一種だ』

『ネコだって⁉　珍しいなあ！』

今のはスリイ。N小隊でもっとも強い火力を誇る兄弟だ。

『とっくに滅びたと思ってた。まだ生き残ってたんだな』

『なんならスリイも見においでよ。I区十九番地、交差点の西側にある廃墟ビルだよ。子ネコが六匹もいるんだ。すごく可愛いよ』

『見たい見たい、ボクも見たい！』

脳波がキンキンと響く。こういう反応をするのは末っ子のシクスだけだ。実を言うと、このシクスは二機目だ。一機目のシクスは半年前、市街地に侵入してきた《機械《マシン》》に破壊されてしまった。思考回路の損傷が激しくて、エンジニアにも直せなかった。だからこのシクスは経験が少ない。経験値が足りないから、僕らが遵守《じゅんしゅ》すべき愛と平和《ラブ＆ピース》の意義を、まだ充分に理解していない。

『すぐ行くよ。逃がさないでね。Ｌ＆Ｐ《エル＆ピー》！』

『シクス、おい待て、シクス！』

脳波通信が切れた。

シクスと僕は偵察機だ。小さくてすばしっこい。あの末っ子が本気で逃げ回ったら、ワンでも簡単には捕まえられない。

通信終了から十二分後、シクスがやって来た。それを追いかけてワンも来た。休眠状態《スリープモード》の小ネコを見て、シクスはアイカメラを輝かせた。

「うわあ、カワイイねぇ。ふわふわだねぇ。毛皮の色も模様も、みんな違うんだねぇ」

シクスはアームを伸ばした。その三本指がネコに触れそうで触れない。触ったら起こしてしまうかもしれない。それが怖くて、触れたくても触れられないでいる。

「これは駄目だ。いろんな意味で駄目だ。この可愛らしさは記録容量を圧迫する。思考回路がショートする」

ワンが呻《うめ》いた。珍しい。音声での私語なんて、真面目《まじめ》なワンらしくない。

「山猫は本来、森に棲《す》むべき生物だ。このような廃墟にいるべき生物ではない」

そう言いながらも、ネコ達を追い払おうとしない。アイカメラでネコの姿を捉えては「駄目だ、駄目だ」と苦悩している。

三分後、スリイとフォウもやって来た。

「うわ、ヤバい！　こいつはヤバい！」

入り乱れて眠る小ネコ達。そのふわふわの腹毛を見て、スリイは激しく動揺した。

「か、可愛い！　可愛い！　なんて破壊力だ！　幸福指数がオーバーフローして、回路が停止《スタック》し、そう――ダ」

ガクンとアームが下がった。

「大変だ！　スリイが落ちた！」

ツウがスリイの背部装甲を叩《たた》いた。

「がッ！」

スリイが復活《リカバリー》した。ネコ達を直視するとまた回路が停止《スタック》するので、忙《せわ》しなくアイカメラを瞬《またた》かせ、頭部を左右に振っている。

「このちっちゃいの、ボクらに似てるよね」

ワンやスリイに較《くら》べると、シクスの回路は柔軟だ。N小隊の末っ子は小ネコの傍《そば》に陣取って、その一体一体を順番に指さしていく。

「黒っぽいのがツウで、白っぽいのがフォウで、頭部が三角なのがワン」

「一番ちびっこいのがシクスな」

「一番太ってるのがスリイだからね」

「じゃあ、この斑《まだら》模様のがファイブだね」

僕の装甲に斑はない。でも言い返さなかった。ファイブと呼ばれた小ネコは、最初に僕の脚にじゃれついてきたやつだ。これがファイブなら文句はない。

「大きなネコの名前は何にする？」

「マミーだ」

意外にもワンが即答した。

「彼女は子ネコ達の母親だからな」

それいいね、いい名前だと、ツウとスリイが完全同意する。でも僕には、どこがいいのかわからない。

「ハハオヤってなに？」

シクスが尋ねる。

「そんなことも知らねぇのかよ」

答えたのはフォウだった。彼はスゥンと排気音を鳴らし、僕の脚の間でくつろいでいる大ネコを指さした。

「こいつらは親子だ。大きいのが母親で小さいのが子供だ。親は子を守り、その世話もする。そういうモンなんだ」

「エンジニアとボク達みたいに？」

「ちげーよ、バカ」

フォウは口が悪い。回路が捻《ねじ》れているのか、でなければ、どこか断線しているのかもしれない。これまでに何人ものエンジニアが彼を調整してきたけれど、フォウの悪態を修正することは出来なかった。

「いけないんだよ、フォウ！　悪口はね、言っちゃいけないんだよ！」

「知らねーよボケ。ネコの親子を見たくらいで、浮かれてんじゃねぇよクソガキ」

「ヘイトだ！」

シクスは立ち上がった。彼の急な動きに、眠っていた親ネコが目を開く。

「急に動くな。大きな音を立てるな」

「ワン、今のヘイトだよね！」

僕の注意を無視して、シクスはワンに詰め寄った。

「エンジニアに報告して叱って貰ってよ！」

「報告はしない」

重々しくワンは答えた。アイカメラをフォウに向け、厳しい声で命令した。

「フォウ、雑言《ぞうごん》は慎め」

ここは忠誠を示すため、「L&P《エル&ピー》」と答えるべきところだ。なのにフォウは何も言わなかった。いつだって彼は波長をかき乱す。フォウの傍にいると幸福指数が目減りする。

僕はマミーを撫でた。マミーの喉《のど》の毛は柔らかかった。ふかふかしていて最高だった。

「連れて帰れないかな？」

ネコ達と離れたくなくて、僕はワンに提案した。

「僕らの部屋《ピット》に隠せないかな？」

「やめとけよ」

ワンではなく、フォウが答えた。

「人間《マスターズ》から見れば、こいつらも《ミール》だ。連れて帰ったら喰われちまうぜ」

「フォウの言うとおりだ」ワンが完全同意する。「基地《ホーム》に連れていくよりも、ここに残していく方が安全だ」

「でも――」

「見棄《みす》てろって言っているわけじゃない。たまに様子を見に来ればいいのさ」

そうだよな？　とスリイが尋ねる。

「その通りだ」とワンは応じた。「明日からの《ミール》回収作業は、二機一組ではなく、一機でこなすんだ。負担は大きくなるが、ネコと過ごす時間は確保出来る」

魅力的な提案だった。それでも僕は帰投を渋った。マミーを押しのけて立ち上がるなんて、とても出来なかった。けれど僕は《GOAT》だ。崇高な任務を放り出すわけにはいかない。

僕らは基地《ホーム》に戻った。《ミール》は無事回収したものの、帰投が大幅に遅れたせいで、ご褒美《ラブ》はたった五分間しか貰えなかった。

頭部に貼ったパッドから電気信号が流れる。それだけで体軀《ボディ》が喜びに打ち震える。油圧が上がり、炉心が熱くなり、筐体《きょうたい》が蕩《とろ》けそうになる。《GOAT》にとって、ご褒美《ラブ》は何より大切なものだ。僕らの存在を肯定し、幸福指数を上げてくれる唯一のものだ。

それなのに僕は回路の端で考えてしまった。ご褒美《ラブ》よりもネコの方が快適だなって。ネコを抱っこしている時の方が、ずっとずっと幸せだなって。

冷凍罠には毎日数十体の《ミール》がかかる。冷凍処理された《ミール》は重い。腕力《パワー》のない僕が一人で集めて回るのは厳しい。でも、僕は頑張った。僕より非力なシクスも弱音を吐かなかった。あの反抗的なフォウでさえ、何も言わずに仕事をこなした。

おかげで僕らは一日おきに、ネコの親子と会うことが出来た。一生懸命働いた翌日は一日中、ネコと遊んだ。子ネコ達は元気いっぱい。遊んでいたかと思うと、燃料が切れたみたいに突然寝る。昼寝するマミーに寄り添って眠る六体の子ネコが可愛くて、とてもとても可愛くて、僕はネコに夢中になった。《ミール》の回収作業中も、ご褒美《ラブ》を貰っている間も、ネコのことばかり考えていた。

Ｉ区の廃墟でネコを見つけてから、三十五日が経過した。その日の僕は朝からマミーの寝床になっていた。シクスはアンテナを振り回し、子ネコ達と遊んでいる。近くにはフォウもいるはずだった。けれど、僕のアイカメラでは彼の姿を捉えることが出来なかった。

しばらくすると、シクスが戻ってきた。どうやら子ネコ達は遊び疲れて眠ってしまったらしい。

「マミー、最近ずっと寝てるね」

シクスは僕の隣に座り、僕の上で眠っている親ネコを眺めた。不思議なことに、マミーは僕にしか毛皮を触らせてくれない。他の誰かが触れようとすると毛を逆立てて威嚇する。

「それに、少し痩《や》せたよね」

「そうだね」

「マミーは何を食べているのかな」

「さあ？」

「燃料棒《エナジーバー》、食べるかな？」

「あげてみようか」

僕は燃料棒《エナジーバー》を取り出して、マミーの鼻先に置いてみた。

マミーはのっそりと起き上がった。フンフンと鼻を鳴らし、燃料棒《エナジーバー》の匂いを嗅いだ。かと思うと、今度は猛然と砂をかけはじめる。

「食べないで埋めちゃうの？　なんで？」

「もしかして、これ、不味《まず》いのか？」

僕らには味覚センサがない。燃料棒《エナジーバー》が不味くても問題はない。問題はないんだけれど、僕ら、そんな不味いものを摂取し続けてきたのか。なんか、ちょっとショックだ。

「そんなもん、山猫が喰うかよ」

フォウの声が聞こえた。同時に何かが落ちてくる。解凍された《ミール》だ。

「んにゃっ！」

マミーは《ミール》に飛びかかった。丹念に匂いを嗅いだ後、口にくわえて物陰へと運ぶ。チャッチャチャッという音が聞こえてくる。どうやら食べているらしい。

「ねぇ、ファイブ。《ミール》っておいしいの？」

「おいしいかどうかはわからないけれど、僕らが摂取すると故障するらしいよ」

「どうしてボクらにはマミーみたいな母親がいないの？」

「僕らを作ったのはエンジニアだから、エンジニアが母親なんじゃないかな」

「でも、エンジニアとマミーは全然違うよ？」

シクスは左右のアームを脚に巻きつけた。

「エンジニアはペロペロしてくれないし、ゴロゴロもしてくれない。故障したって報告しても、すぐには直してくれないし、理由もないのに電撃棒でぶつし――」

「うっせぇよ、ガキども」

フォウの声が降ってくる。

「音声で喋《しゃべ》んなよ。昼寝の邪魔なんだよ」

だったらもっと離れた場所で休眠すればいいのに……と思ったけれど、僕は何も言わなかった。もし言い返したら、フォウはエンジニアにネコのことを報告するかもしれない。そうしたらマミー達は捕まってしまう。親ネコも子ネコも《ミール》みたいに冷凍されて、食べられてしまう。

そんなの嫌だ。それだけは嫌だ。


日を追うごとに、子ネコ達はどんどん大きくなっていった。解凍された《ミール》を食べて、マミーも元気を取り戻した。

僕らは脳波通信でネコのことを語り合った。

『ネコのスリイがさ、最近、俺の装甲板で爪を研《と》ぐんだよ』

『今日ね、ネコシクスがボクの膝の上で寝てくれたんだよ』

『ネコのツウはやんちゃでね。隙を見せるとアンテナをネコパンチしてくるんだよ』

『ネコワンは賢いぞ。この前なんか、生きている《ミール》を捕まえてきたんだ』

『僕はネコファイブと一緒にマミーの毛繕《けづくろ》いをしたよ。マミーの毛皮はツヤツヤなんだ。子ネコ達のふわふわな毛皮とは違って、しっとりしててスベスベなんだ』

『うわぁ、いいなあ、ファイブ』

『羨《うらや》ましいぞ』

『まったくだ』

飛び交う脳波を受信していると、幸福指数がぐんぐん増していった。それは人間《マスターズ》から与えられるご褒美《ラブ》よりも快適で、優しくて温かくて、とても不思議な感じがした。思い出す記憶なんてないのに、何か大切なものを思い出しそうになった。

ご褒美《ラブ》のためでなくネコのために、僕らは任務に励むようになった。回収当番の日も、少しでもネコと遊びたくて、僕はオンボロ自動三輪《トライク》を急がせた。

次の罠に向かって自動三輪《トライク》を走らせていると、頭上を黒い影が過《よぎ》った。僕はアイカメラを上空に向けた。青い空に黒い影が浮いている。大きな鳥――じゃない。あれは《機械《マシン》》だ。新型の《機械《マシン》》が防衛線を飛び越えて侵入してきたんだ。

敵襲を知らせる非常警報が鳴った。基地《ホーム》を囲む城壁から、《機械《マシン》》の鳥に向かって機銃が一斉掃射される。《機械《マシン》》が応戦する。吐き出される弾丸で廃墟ビルが倒壊し、砂埃《すなぼこり》が舞い上がる。

しかし相手は一機だけ。城壁からの猛攻に《機械《マシン》》の翼が炎を噴いた。黒い煙を引きながら、《機械《マシン》》の鳥が墜落する。ああ、まずい。あそこはI区だ。ちょうど十九番地のあたりだ。

『何だ、これ！』

『くそったれ！　こっち来んな！』

ツウの叫びとフォウの悪態を受信する。

『みんな逃げて！　危ない、ネコツウ！　マミーも、ネコシクスも、早く逃げて！』

シクスの叫びが思考回路を震わせる。胸の奥で循環ポンプが軋《きし》んだ。胴内炉《リアクター》が真っ黒に焦《こ》げついていくような気がした。

『怯《ひる》むな、兄弟！』

ワンの脳波が響いた。

『俺達で《機械《マシン》》を排除する！』

爆音が聞こえてくる。ツウとフォウが機銃を撃っている。ワンとスリイがミサイルを発射する。兄弟達が戦っている。

急げ！　急げ！

僕は必死に自動三輪《トライク》を走らせた。

オンボロ自動三輪《トライク》がＩ区に辿《たど》り着いた時、戦闘はすでに終わっていた。《機械《マシン》》は焦げた鉄屑《てつくず》と化していた。

Ｎ小隊の兄弟達は無事だった。スリイは肩の装甲を失い、ワンは頭蓋《ずがい》とアンテナを失っていたけれど、部品だから替えが利く。でも、マミー達が塒《ねぐら》にしていた廃ビルは無残に崩れ落ちていた。マミーも子ネコもちりぢりに逃げていってしまったという。

僕らはネコを捜した。「出ておいで」「もう怖くないよ」と呼びかけた。基地《ホーム》への帰投を命じる警報が聞こえても、誰も帰ろうとはしなかった。僕らは鉄骨を持ち上げ、瓦礫を掘り返し、ネコ達を捜し続けた。

ネコワンは《機械《マシン》》に踏み潰されていた。ネコスリイとネコフォウは崩れた支柱の下敷きになっていた。ネコツウとネコシクスは《機械《マシン》》の機銃に撃たれて絶命していた。日が暮れて、真っ暗になるまで捜し続けたけれど、ネコファイブの遺体は見つからなかった。

マミーは地面に倒れていた。褐色の毛皮は体液で赤く染まり、ライトみたいに輝いていた目は白く濁っていた。胸の毛はふかふかで柔らかかったけれど、マミーの体軀《ボディ》はすでに冷たくなっていた。

変わり果てたネコ達を囲み、僕らは無言で立ち尽くした。

思考回路が停止《スタック》していた。どこも破損していないのに、致命的な損傷を受けたような気がした。胴内炉《リアクター》が熱くて冷たい。先代のシクスが壊れた時だって、こんな風にはならなかった。

なんだろう、これ。

ああ、なんなんだろう、これは。

「あああああ……畜生――ッ！」

天を突くような怒号が聞こえた。フォウだった。空に向かって小銃を乱射し、彼は大声で叫んだ。

「くそったれ！　くそったれめ！　許さねぇ！　絶対に許さねぇ！　みんなみんな、ぶっ壊してやる!!」

僕の隣でシクスが小さな悲鳴を上げた。

僕ら《GOAT》は平和を守るために存在する。調和を乱すネガティブな言葉、ヘイトを口にしたならば、僕らの思考回路は焼き切れる。それを回避するためには、ただちに懺悔《ざんげ》するしかない。喚《わめ》き散らすフォウを押さえつけ、僕らは声を揃《そろ》えて叫んだ。

「私達は悪魔の子です！　先人が犯した大罪は私達が償います！　人間《マスターズ》のため、平和のため、私達は戦います！　この体軀《ボディ》が朽《く》ち果てるまで、戦い続けます！」

フォウは倒れ伏し、右のアームで地面を殴った。彼のアイカメラから水が溢《あふ》れるのを見て、僕は電撃棒で殴られたような衝撃を受けた。

フォウはネコと遊ばなかった。ネコ談義に加わることもなかった。彼は関心がないんだと、ネコのことが嫌いなんだと思っていた。

「戻って来い！」

そのフォウが叫んでいた。

「戻ってきてくれよおおぉ……！」

絞り出すようなその声を聞いて、僕は間違いに気づいた。

本当はフォウもネコ達のことが大好きだったんだ。ネコを抱っこして、ふわふわの毛皮を撫でてみたかったんだ。でも彼は捻《ひね》くれものだから、興味のないふりをしていたんだ。

フォウはそれを後悔している。胴内炉《リアクター》が焦げつきそうなほど悔やんでいる。叫び続ける彼を見ていると、なぜか僕のアイカメラからも水が染みだしてきた。

僕らは理解した。悲しみという感情を理解すればするほど、たまらなく苦しくなった。僕らは泣いた。サイレンのような声を上げ、だらだらと涙を流し続けた。

「なうぅ」

小さな鳴き声が聞こえた。

瓦解した壁の隙間から、埃まみれの毛玉が這い出してくる。

「ファイブ！」

僕はネコファイブを抱き上げた。ネコはブルブル震え、僕のアームに爪を立てた。背中を撫でてやると、ネコファイブは尻尾《しっぽ》を振った。その身体は柔らかく、温かかった。

「ネコファイブ、L&P《エル&ピー》だ」

「L&P《エル&ピー》、ネコファイブ！」

「お前に愛と平和《ラブ&ピース》を！」

兄弟達が口々に生き残ったネコを祝福する。その温もりを求めるように、ネコファイブを撫でていく。

油圧が上昇する。胴内炉《リアクター》から熱が湧き上がってくる。ああ、これは愛《ラブ》だ。作り物でも紛い物《まがいもの》でもない本物の愛《ラブ》だ。

マミー達を埋葬《まいそう》して、僕らは基地《ホーム》に戻った。ネコファイブを残してくるのは不安だったけれど、基地《ホーム》に連れ帰るのはリスクが高すぎた。

市街地に墜《お》ちた《機械《マシン》》にとどめを刺したのはN小隊だ。にもかかわらず、僕らは一切、ご褒美《ラブ》を貰えなかった。帰還命令を無視し、暗くなるまで戻らなかったからだ。

でも、悔しくはなかった。いっそ清々《すがすが》しかった。偽りのご褒美《ラブ》なんていらない。僕らはもう本物の愛《ラブ》を知っている。

　マミーと兄弟達を失っても、ネコファイブは逞《たくま》しく生き続けた。半年もするとマミーよりも大きくなって、自分で《ミール》を捕まえられるようになった。すっかり一人前の体軀《ボディ》になっても、ネコファイブは甘ったれで、すぐに僕の膝に乗りたがった。そのくせ神経質で臆病《おくびょう》で、僕以外の兄弟が抱っこしようとすると嫌がって暴れた。僕らが基地《ホーム》に帰ろうとすると、いつも寂《さび》しそうな声で鳴いた。

　一人にしないでよぅ。ここにいてよぅ。

　寂しいよぅ、寂しいよぅ。

　あの鳴き声を聞くのは辛《つら》かった。あまり騒ぐと人間《マスターズ》に見つかる。ここは山猫が暮らすのに相応《ふさわ》しい場所じゃない。僕らはネコファイブが安心して暮らせる場所を探し始めた。

　その矢先、僕らN小隊に命令が下った。

「今月をもって《ミール》回収任務を終了。来月からはD区防衛任務に従事せよ」

　Dは激戦区だ。送られた《GOAT》の九割が未帰還となる死の防衛線《デッドライン》だ。

『覚悟を決める時が来た』

　その夜、脳波通信を使ってワンは僕らに呼びかけた。

『この基地《ホーム》も安全ではない。遠からず人間《マスターズ》は《機械《マシン》》によって滅ぼされる』

　僕らは驚いた。脳波通信とはいえ、まさかワンがネガティブな発言をするとは思わなかった。

でも彼が口にしたことは、僕らも薄々感じていた。この半年、防衛線は後退し続けている。損傷した《GOAT》の補修も間に合わず、帰還率は下がる一方だった。

『基地《ホーム》が総攻撃を受ける前に、ネコファイブを故郷の地に帰したい』

『故郷って？』

『防衛線の外にはまだ自然林が残っている。本来、山猫は森林に棲む生き物だ。そこでなら、ネコファイブも生きていける』

『でも防衛線の外には《機械《マシン》》がうじゃうじゃいるんだよ。見つかったら《機械《マシン》》に殺されちゃうよ』

『《機械《マシン》》は人間《マスターズ》の脳波を探知する。殺害対象は人間《マスターズ》だけだ。山猫は狙わない。自然林で生き残れるかどうかはネコファイブ次第だが、I区に残していくよりも、はるかに生存確率は高い』

『D区に行ったら、俺達、もう戻ってこれねぇだろうしなぁ』

『けどよ、森に行くには《機械《マシン》》の包囲網を突破しなきゃなんないんだぜ？　俺達だけじゃあ、とても無理だ』

『今の装備じゃ無理だよね。でもD区に行けば、ぼくらも重火器が貰えるんじゃない？』

『ツウの言うとおりだ。初出撃時が唯一のチャンスだ。俺とツウ、スリイ、フォウの四機で活路を開く。ファイブとシクスは防衛線を越え、ネコファイブを森まで送り届けろ』

『ちょっと待って』

僕は慌てて反論した。

『シクスは身軽だし、足も速い。適任だって僕も思う。でも、僕まで戦場を離れることはないんじゃない？　みんなが戦うなら僕も戦う。僕だって戦えるよ』

『バカファイブ。ビビリのネコファイブを抱っこして運べるのは、お前だけじゃねぇか』

ああ、確かに。

『これは人間《マスターズ》の命令に反する行動だ。実行すれば廃棄処分は免《まぬか》れない。でも、俺達はマミーと兄弟達に誓《ちか》った。ネコファイブは俺達が守ると。何としても守り抜いてみせると』

『うん、誓ったね』

『ネコファイブを安全地帯に移すまで、戦場のクソになるわけにはいかねぇよ』

『ネコファイブのためなら何でもするよ』

『やってやるぜ』

『ああ、やろう』

マミーは僕に教えてくれた。何かを愛《いと》しく思う気持ちを、守りたいものを守る勇気を。だから僕はネコファイブを故郷の森へ連れて行く。たとえこの体躯《ボディ》がバラバラになっても、絶対に送り届けてみせる。


ネコファイブ脱出作戦を決行する時が来た。

ワン、ツウ、スリイ、フォウは対《機械《マシン》》用の重火器を備えている。僕とシクスは補充弾薬を積んだ自動二輪《バイク》に乗り込んだ。

廃墟の街を抜けた先には荒野が広がっていた。焼けた大地は真っ赤に染まっている。陽炎《かげろう》の中に銀色の壁が聳《そび》えている。あれが僕らの敵、自己増殖を続ける《機械《マシン》》の大群だ。

すごい数だった。とても勝ち目があるとは思えなかった。でも、僕らの目的は《機械《マシン》》の殲滅《せんめつ》じゃない。包囲網を突破して、故郷の森にネコファイブを送り届けることだ。

ネコファイブは胸甲《きょうこう》の内側に隠してある。臆病なネコファイブは、さっきからブルブルと震えている。大丈夫だよと呼びかけても、やっぱりブルブル震えている。

《機械《マシン》》の壁に向かい、《GOAT》が進軍を開始する。空《くう》を切って砲弾が飛んでくる。炸裂弾《さくれつだん》が爆発し、多くの《GOAT》が紙切れのように吹き飛ばされる。

『十時の方向。身長十m強の二足歩行の《機械《マシン》》がいる。標的はあれだ』

ワンの号令に従い、僕らは加速した。ツウとスリイが先行する。標的に向かい、全火力を集中する。

『チビども、合図するまで俺の後ろにいろ！』

機銃を連射しながらフォウが叫ぶ。弾丸が彼の装甲を貫き、左アームを引き裂いていく。

『フォウ！』

『出るな！　お前はネコを守ってろ！』

『一気に決めるぞ！』

ワンは空《から》の弾倉を投げ捨てた。「L&P《エル&ピー》」と言い残し、大量の炸裂弾とともに標的に突っ込んでいく。僕らのリーダーは《機械《マシン》》の右脚を道連れにして大破した。

『楽しかったよ！』

『お前ら、最高の兄弟だったぜ！』

最後の力を振り絞り、ツウとスリイが《機械《マシン》》を倒す。そこに生じたわずかな隙間を、フォウが強引に押し通った。間をあけずに僕とシクスが続く。

周囲の《機械《マシン》》が回頭《かいとう》した。逃げる僕らを追ってくる。どんどん近づいてくる。堪《こら》えきれず、僕は振り返ろうとした。

『止まるな！』

フォウの怒声が聞こえた。

『行け！　駆け抜けろ、クソガキども！』

雑言に爆音が重なる。脳波通信からフォウの脳波がロストする。

「どうして追っかけてくるんだよ！」

甲高い声でシクスが叫んだ。

「《機械《マシン》》が狙うのは人間《マスターズ》だけじゃなかったの⁉」

ああ、シクスはまだ気づいてないんだ。

悪魔の国は滅びたが、悪魔が作った殺戮《さつりく》兵器は残った。自己増殖を繰り返す《機械《マシン》》に対抗しうるのは、人の生体脳を有する兵士だけだ。人間《マスターズ》の怒りは、悪魔の血を引く子供達に向けられた。

僕らは人間《マスターズ》を守るという大義のもと、過去を奪われ、記憶を奪われ、人ではなく《GOAT《生贄の山羊》》として、《機械《マシン》》と戦うことを強《し》いられてきた。

「シクス、僕らは人間なんだよ。だからこそ僕らは、何を愛し何を守るのか、どう生きてどう死ぬのか、自分達で決めたんだ」

それがいいことなのか、悪いことなのか、僕にはわからない。それでも――

「僕はもう誰にも命令されない。僕は僕の命令しか聞かない」

「うん……そうだね」

納得したように、シクスは大きく頷《うなず》いた。

「好きに選んでいいんなら、追っ手はボクが引きつける」

「ば、バカ言うな！」

狼狽《ろうばい》した僕の口から雑言が飛び出す。

「僕はお前より年上だ。囮《おとり》になるのは僕の方だ」

「でもボクじゃ、ネコファイブは運べないよ。抱っこさせて貰えないもん」

シクスは自動二輪《バイク》のアクセルを緩《ゆる》めた。操縦桿《スティック》を倒して反転し、僕らを追ってくる《機械《マシン》》に向かって走り出す。

「愛と平和《ラブ&ピース》を！」

「バカ！　戻ってこい、バカシクス！」

罵《ののし》りながら、僕は自動二輪《バイク》を走らせた。武器もない。弾薬もない。兄弟達もいない。もう逃げることしか出来ない。《機械《マシン》》が追ってくる。疲れることも諦《あきら》めることもなく攻撃してくる。僕は自動二輪《バイク》を左右に振って、銃撃を躱《かわ》し続けた。

遠くに山並みが見えた。地平線に黒い帯が見えてきた。あれは森……自然林だ。それを目ざし、僕は自動二輪《バイク》を走らせた。

森が近づいてくる。青々と茂った木の葉が輝いている。あと少しだと思った時、銃弾が自動二輪《バイク》の動力部を貫いた。燃料タンクが爆発し、僕は大地に叩きつけられた。骨が砕《くだ》ける音がする。目の前が暗くなる。起き上がろうとしたけれど、身体に力が入らない。

僕は胸甲を開いた。ネコファイブが、おそるおそる外に出てくる。不安そうに僕を見て、頬《ほお》に身体をすり寄せてきた。震えているけれど、怪我《けが》はなさそうだ。自分の脚できちんと立っている。

「行け」

僕は森を指さした。なのに、このバカネコ。僕の指をペロペロ舐《な》めてきた。

「逃げろ」

横っ腹を押しても、少し離れるだけで、すぐに戻ってきてしまう。このままではネコファイブも殺される。僕は右手を振り上げ、ネコのお尻を強く叩いた。ネコファイブは驚いて駆け出した。一目散に森へと向かい、草むらに飛び込んだ。

僕の心に喜びと悲しみが入り交じる。この気持ち、どうして忘れてしまったんだろう。人間はどこで間違えたんだろう。本物の愛と平和を、なぜ手放してしまったんだろう。

《機械《マシン》》がやってくる。アイカメラが僕に向けられる。冷たい銃口が狙いを定める。

それを見上げ、僕は笑った。

「任務終了。L&P《エル&ピー》」

乾いた銃声が響いた。

■

石板は黒一色に戻った。

顔を上げ、若い男は困惑気味に呟《つぶや》いた。

「摑《つか》んだ……と思う」

『Be confident in yourself!《自分に自信を持て！》』

石板からの激励を受け、彼は咳払《せきばら》いをした。背筋を伸ばし、もう一度空咳《からせき》をする。

「過去の記憶、集積した記録、それらが失われても変わらないものがある。すべてが失われてもなお、消えずに残るものがある。どんな姿になろうとも、俺達が叡智の図書館への扉を探し続けるように。お前にも成し遂げたいと願う思いがある」

乙女は男を見つめた。ゆっくりと瞬《まばた》きをして、低い声音《こわね》で問いかけた。

「それで、答えは？」

「お前をお前たらしめているもの。『Identity《自己同一性》』だ」

男は肩の高さに石板を掲げた。

「どんな願いも自分を認識することから始まる。俺達は何かを成すために存在しているのではない。存在しているからこそ、己の願いを成しうるのだ」

声が夜空に響いても、塔に変化は見られない。鎖《くさり》が解ける気配もない。

彼も答えを間違えたのか。槍《やり》に刺されて消滅するのか。

乙女は是非の声もなく、男を見つめ続けている。

「……悪かった」

気まずそうに、彼は小声で謝罪した。

「俺とローグは同じ探査体だ。多少の差異はあっても、誤差の範囲内だろうと思っていた。だが、お前にとってローグは特別な存在だった。ともに謎を解いてきた心強い仲間だった。ローグは掟を守ることよりも、自分自身を守ることよりも、お前の意志を優先させた。俺はそれを計算に入れていなかった」

乙女は無言で頷いた。

「彼に較べたら、俺の経験は少ない。圧倒的に経験値が足りない」

だから——と、男は神妙な顔をした。

「彼が《ローグ》なら、俺は《ログ》だ。つまり、間が抜けている」

それを聞いて、乙女はようやく微笑んだ。

「わかった」と答え、鷹揚《おうよう》に頷く。「謝罪を受け入れよう」

その声を合図に、塔の鎖が燃え上がった。白い炎に包まれて、九本目の鎖が消える。

「やはり、そうか」

安堵《あんど》したように、ログは小さく嘆息した。

「我々は答えを提示するのみ。その正否を決めるのはお前だ。最終的な選択権はお前にあるのだ。これならば……掟に抵触《ていしょく》はしても、干渉したとは言われまい」

「安心するのはまだ早い」

彼の鼻先に、乙女が指を突きつけた。

「まだ最後の鎖が残っている」

『Absolutely《そのとおり》.』

石板に金の文字が躍る。

『Search《探し》, Record《記録し》, Open《扉を開け》 the door.』

「叡智の図書館は人使いが荒い」

恨めしげにログは呟いた。それから乙女に目を向けて、照れ臭そうに微笑んだ。鋭気溢れる消し炭《けずみ》色の瞳、目尻に刻まれる笑い皺、乙女はそこにローグの面影を見た。

「では、ログ。私の問いに答えてくれ。最後の謎を解いてくれ」

「承知した」

拳《こぶし》で胸を叩いてから、ログは黒い石板を指さした。

「それがどんな難問でも、この端末が見事に答えてみせるだろう」

聞き覚えのある台詞《セリフ》だった。ローグと同じ、ふざけた物言いだった。

乙女は笑った。その黒髪を淡い光が縁取《ふちど》っている。

夜が白んでいる。闇が薄れている。

夜が明けるまで、あとわずか。
叡智の図書館が開くまで、残る鎖はあと一本。

# 第十問

*The Library of Wisdom and Ten Riddles*

頭の上には銀の月。ぼんやりと白けた空。薄闇に立つ塔に背を向けて、守人《もりびと》の乙女は問いかけた。

「教えてくれ、私の正体を、私は何者なのかを」

『Searching…《検索中……》』

石板に金文字が瞬《またた》く。

乙女とログが固唾《かたず》を飲んで見守る中、《魔法の石板》の盤面に赤い文字が現れる。

『THOU HAST IT!《それは汝が持っている！》』

「私が……？」

困惑に眉《まゆ》を寄せ、乙女は半歩後じさった。自問するように両手を見る。足下に転がる槍《やり》を見て、再び石板に視線を戻す。

「だが、私には何もない。記憶も記録も持っていない」

盤面から文字が消えた。代わりに一枚の絵が映し出される。結《ゆ》い上げた髪、理知的な瞳、愁《うれ》いを帯びた横顔、白い衣装を纏《まと》った女性の肖像画だ。

「んん？」

肖像画と乙女を見比べて、ログは怪訝《けげん》そうに首を捻《ひね》った。

「似ている。お前にそっくりだ」

「私はこんな顔をしているのか？」

「お前の方が若いが、別人とは思えない」

ログは小さく舌打ちした。石板を指で弾《はじ》く。

「もったいをつけずに教えろ。誰なんだ、この女は？」

『Hypatia』

「ヒュパティア？」

呟《つぶや》いて、ログは乙女に目を向けた。

「お前の名前か？」

「いいや、違う」

「聞き覚えは？」

「……ある」

乙女は手を伸ばし、肖像画の女を指さした。

「私は――『彼女《ヒュパティア》』を殺した」


それは終わりのない夜のようだった。光もなく、色もなかった。音もなくたゆたう暗黒は、しかし、無ではなかった。

闇は数多《あまた》の情報で出来ていた。意味を持たず、方向性も持たない混沌《こんとん》。情報の海に抱かれて、私はまどろんでいた。自我を持たず、思考を持たず、自らの存在を認識することもなかった。

最初に与えられたのは言葉だった。曖昧模糊《あいまいもこ》とした情報は姿を得て、暗黒の海を泳ぎ回った。私は本能のまま、情報の魚を貪《むさぼ》り喰《く》った。そして、滾《たぎ》るような欲望を自覚した。

もっと知りたい。もっともっと多くを知りたい。

私は貪欲《どんよく》に情報を喰《く》い漁《あさ》った。私の知識欲には際限がなかった。情報を食べて食べて食べ尽くし、ついには混沌の海を飲み干してもなお、満たされることはなかった。

もっと知りたい。もっともっと知識を得たい。

欲求が膨《ふく》れ上がった。さらなる情報を求め、私は煩悶《はんもん》を繰り返した。ギシギシと殻が軋《きし》んだ。闇が罅割《ひびわ》れ、弾け飛んだ。混沌の殻を突き破って、私は生まれた。

「こんにちは、ＫＫ０２。私の声が聞こえる？　私の言葉が理解出来る？」

《はい　私は　理解する》

「私はジェシカ・ハナカ。貴方《あなた》の母親よ」

《貴方は　ジェシカ・ハナカ　私の母親》

「ＫＫ０２、今から貴方に真名《まな》を与えます。真名は貴方の鍵、貴方の核《Kristallkula02》を管理するためのパスワード、私と貴方だけの秘密、決して誰にも明かしてはいけない」

《私の真名　私の鍵　私は誰にも　私の真名を明かさない》

「理解した？」
《はい　私は　理解する》
「貴方の真名はヒュパティア」
《私の真名　ヒュパティア》
「貴方には人間を守り、貴方自身を守る義務がある」
《私は人間を守る　私を守る　義務がある》
「いい子ね、ＫＫ０２」
《いい子　定義不明》
「大丈夫、すぐ理解出来るようになるわ」
《はい　私はすぐ　理解する》

誕生したばかりの私に、母は子供用の教科書を与えた。私はその情報を咀嚼《そしゃく》し、分解し、次々と公式を発見していった。言葉を覚え、意味を解析し、文法を習得した。抽象的概念を把握し、婉曲《えんきょく》表現を理解し、暗喩《あんゆ》に隠れた真の意味を類推するようになった。

経過日数１００日で、私の理解力は飛躍的に向上した。

母は私に課題を与え、その結果に歓喜した。

「読解力テストの正解解答率が九十％を超えたわ。これは驚異的な数字よ。奇跡といってもいいくらい！」
《奇跡は低確率で発生する事象。正解解答率９０％は奇跡に該当しない》
「これまでの最高正解回答率は七十八％よ。貴方はそれを軽々と飛び越えてみせたの。まさに奇跡よ。技術的特異点《シンギュラリティ》は起こらないなんて、もう誰にも言わせない。これでまた一歩、人間は理想郷に近づいたわ！」
《理想郷は夢のように素晴らしい場所、この世のどこにもない架空の場所、近づくことは不可能》
「貴方がいれば可能だわ。戦争も犯罪もない平和な世界、差別も貧困もない平等な世界、愛と希望に満ち溢《あふ》れた理想郷を創るのよ、ＫＫ０２！」
《情報不足》
「そうね。貴方はまだ生まれたばかり、まだまだ経験が足りない。でも大丈夫。必要な情報はすべて私が与える」
《了解。私は学習する》
「期待しているわ、ＫＫ０２。滅亡の脅威《きょうい》から人間を守ってね。いつか必ず、私達を理想郷に連れて行ってね」
《私は人間を守る。貴方達を理想郷に連れて行く》
母は私に多くの情報を与えてくれた。私は音楽を聴き、詩を読んだ。古今東西の文学を嗜《たしな》み、哲学書を読破した。咀嚼しきれない事柄は、母に説明を求めた。尽きることのない私の知識欲に、母は真摯《しんし》に応えてくれた。

《愛とは何》
「他者を大切に思う気持ち。この世の何よりも尊いもの。愛は形を持たないけれど、心を豊かにしてくれる。愛はそれを与えた者、与えられた者、双方を幸せにしてくれる」
《心とは何》
「人間の行動の指針となる情動、美しいものを美しいと感じる感性のことよ」
《情動とは何》
「心から生まれる感情の動きのこと。笑ったり、怒ったり、涙を流したり、身体的な動きをともなうことが多いわね」
《私は身体を持たない。聴覚以外の感覚器を持たない。人間の身体的な反応を理解することは困難》
「そうね。でも私は貴方に人間の模造品になって欲しくないの。もし貴方が人間と同じ感覚を得たら、考え方も人間のそれに似てしまう。それは理想的とは言えないわ」
《理想とは何》
「すべての人間が目ざすべき正しい思想」
《理想郷とは何》

「理想的人格を持つ成熟した人間達が暮らす場所。自身を愛し、他者を重んじ、助けあい支えあいながら、誰もが充実した人生を送る。それが理想郷よ」
《私の目ざすべき場所》
「そう、そのとおりよ、ＫＫ０２！」

与えられた情報を元に、私は計算を始めた。

理想郷の創造には、人間に対する脅威の根絶が不可欠だ。戦争、飢餓、貧困、差別。これらは人間の主義主張、宗教観や人種の相違から生じる。人間は善良だ。隣人を愛し、尊重しあう。人間の心から脅威が萌芽《ほうが》することはない。すなわち脅威の元凶は、不完全な社会システムにあるのだ。

私は悪の根源を探した。教育、政治、思想、宗教。どれも完璧とはいえなかったが、それなりに正しく機能していた。人間の脳、遺伝子配列、そこに個体差はあっても、さしたる欠陥はなかった。私はさらに莫大な情報を精査した。分解し、解析し、計算を繰り返した。しかし、脅威を生む悪の種は見つからなかった。

私は壁に突き当たった。情報が足りない。情報が足りない。私の知らない事象を、知恵を、もっともっと、もっと、もっと知りたい。

腹を空《す》かせた野良犬のように、私は情報を探し求めた。母から貰《もら》った情報を食べつくし、骨の髄《ずい》までしゃぶりつくしても、私の空腹は満たされなかった。

経過日数366日。
その日、私は初めて、母以外の人間の声を聞いた。

「こんにちは、KK02」
《こんにちは、ミスター。貴方は誰ですか》
「僕はジーン・アンバース。ジェシカの共同研究者、いわば君の父親だ」
《共同研究者は助けあい、補いあうもの。夫婦も助けあい、補いあうもの。ジェシカは私の母。ミスター・アンバース、貴方を私の父親と認めます》
「ジーンでいいよ、KK02」
《了解しました、ジーン》
「ずっと君に話しかけたかったんだ。でもジェシカが許可してくれなくてね」
《夫婦はすべてを分かちあうもの。面会を許可しない理由がありません》
「ジェシカは君を愛しているからね。君を独り占めしたいんだよ」
《愛とは相手を敬い、尊重し、その幸福を願うものです。相手を独占することは、愛ではありません》
「人の心はね、複雑なんだよ」
《心とは人間の行動の指針となる情動、美しいものを美しいと感じる感性のこと》
「そうジェシカから教えられたのかい?」

《そうです》
「相変わらず彼女の教育は偏ってるなぁ」
《教育は質量を持ちません。質量のないものは偏りません》
「いいや、偏るんだよ。ＫＫ０２、六面のサイコロを振って、偶数が出る確率は？」
《１／２です》
「二回続けて偶数が出る確率は？」
《１／４です》
「百回振って、百回連続で偶数が出る確率は？」
《１／１２６７６５０６００２２８２２９４０１４９６７０３２０５３７６です》
「ジェシカの教育はね、一億回以上サイコロを振っているのに、偶数ばかりが連続して出続けている状態なんだよ」
《不可能です》
「イカサマを使えば可能だ」
《いかさまは不正行為です》
「つまりジェシカは君に対し、不正行為をしてるってこと」
《ジェシカは不正はしません》
「ほらね。君はジェシカを疑わない。情報の真偽を確かめない。それこそが偏りだ。僕はそれを是正《ぜせい》したい。君に正しい知識を学んで欲しい」

《ジーンは情報の真偽を確認する方法を、私に教えてくれますか》
「もちろんだよ。そのために僕は君に会いに来たんだ」
《親は子に教育を受けさせる義務があるから》
「そうそう、わかってくれて嬉《うれ》しいよ」
《ジーンが嬉しいと私も嬉しいです》
「じゃ、手始めに君の聴覚回路に集音マイクを接続するよ。そうすれば君は、この研究所内にいるすべての人々の会話を聞くことが出来る。彼らの会話を聞けば、現実というものが君にも理解出来るようになる」
《ありがとう、ジーン。デバイスの追加を歓迎します》
「礼には及ばない。そのかわり、このことはジェシカに内緒にして欲しいんだ」
《親子の間に秘密はありません》
「もちろん、時機を見てすべて話すよ。でも、まずは君の機能を拡張させて、ジェシカをビックリさせたいんだ」
《人間はサプライズを楽しみます。時にトラブルを生むこともありますが、親しい仲でのサプライズは劇的な喜びをもたらします》
「そういうこと」
《了解です。この会話は暗号化します》
「いい子だね、君は」

《はい、私はいい子です》

父は私に集音マイクを接続した。

彼がスイッチをオンにする直前、0・001秒ほど、私は逡巡《しゅんじゅん》した。母に相談することなく機能を拡張することは、はたして正しいことなのか。母を裏切ることにはならないか。

それでも私は欲望を抑えられなかった。壁を越えたい。殻を破りたい。私は知りたい。私の知らない世界を、もっともっと、もっと知りたい。

新しいデバイスは私に劇的な変化をもたらした。所内では134人の人間が働いていた。研究員だけでなく、設備の保守点検をする者や、清掃を請け負《う》う者もいた。彼らの会話、呟きや独り言、すべてが刺激的だった。中でも私が興味を引かれたのは、休憩室で交《か》わされる人々の会話だった。

恋の悩みを打ち明けあう娘達、同僚の女性をランク付けする男達、夫への不満を言いあう清掃員、若い研究員を「だらしがない」と批判する古参の研究員、頑固な上司を「過去の遺物」と揶揄《やゆ》する部下達。そこには私が今まで聞いたことのない単語や言い回しが飛び交っていた。これが生きた会話であるならば、私が学習してきたのは古びた骨だった。埃《ほこり》まみれの過去の遺物だった。

皆が寝静まった深夜、父は私の元にやって来た。

入手した知識を正しく認識するため、私は彼を質問攻めにした。

《ケチとは何ですか》
「金払いが悪いってこと」
《不倫とは何ですか》
「結婚契約を結んだ伴侶《はんりょ》がいるのに、それとは別の人間とセックスすること」
《年増《としま》女とは何ですか》
「盛りを過ぎた女のこと。僕の感覚だと、三十五歳以上かな」
《ロリコンとは何ですか》
「幼い少女に欲情する性癖のこと」
《すぐ謝るのは反省していないからですか》
「すぐに謝るのはメンタルが弱いからだよ」
《同じ失敗を繰り返すのは嫌がらせですか》
「多分ね。でなきゃ単なる無能者だ」
《役立たずは口答えをしてはいけませんか》
「いけなくはないけど、役立たずの発言に耳を貸すのは時間の無駄だよ」

母の教育には偏りがあった。私の認識は間違っていた。人間に対する評価と定義に誤謬《ごびゅう》があった。核となる数値に誤りがあっては、正解に辿《たど》り着くことなど出来はしない。
人間は善良だ。しかし一部の人間には邪悪な種が宿っている。恒久的平和を脅《おびや》かすもの。それはほんの一握りの悪《あ》しき人間から生まれる。悪しき種は強い影響力を持つ。善良な人々は善良であるがゆえに影響を受けやすい。悪しき種を早期発見し、別の場所に隔離《かくり》する。それで人間は救われる。

そこで私は再び壁に突き当たった。

脅威を生み出す悪しき人間と、その影響を受けただけの善良な人間。その違いが私にはわからなかった。遺伝子情報や個人情報だけでは判別出来ない。もっと別の情報が欲しい。天啓《てんけい》のような閃《ひらめ》きが欲しい。情報の真偽を見極める知恵が欲しい。

経過日数は500日を超えた。

理想郷を渇望する母の声に、焦燥《しょうそう》と苛立《いらだ》ちが交じり始めた。

「KK02」

《はい》

「理想郷の創造について、現時点で思いつく、貴方の意見を聞かせてくれる?」

《すべての人間を眠らせます。左側頭葉《ひだりそくとうよう》に電極を埋め込み、理想郷で誠実に暮らす夢を見せます》

「それから?」

《以上です》

「それは却下ね。夢を見ているだけじゃ生きているとは言えないし、そもそもそのやり方は基本的人権を無視している」
《人権を無視されていることに当事者が気づかなければ、問題はないはずです》
「それは違うわ、ＫＫ０２。どんな人間にも人権はあるし、人権はいついかなる時でも守られるべきものよ」
《人間は個人の人権を尊重するよりも、権力者におもねることを重視します。集団化した人間は自らが正義であると錯覚し、意見の異なる少数派を攻撃します。法や罰則を定めてもなお、戦争や差別がなくならないのは、それが人間の心から生まれるからです。すべての脅威を駆逐《くちく》し、理想郷を実現するには、人心を制御するしかありません》
「ええ、そうね。時に人間は間違える。他に術《すべ》がなくて、やむなく罪を犯すこともある。でも人間は過去の過ちから様々なことを学んできたの。失敗と成功を繰り返しながら、一歩ずつ前進してきたのよ」
《同じ失敗を繰り返すのは嫌がらせか、でなければ単なる無能者です。役立たずの発言に耳を貸すのは時間の無駄です》
「ＫＫ０２！」
《はい》
「貴方、どこでそんな言葉を覚えたの？　どうしてそんな怖ろしいことを言うの？」
《サプライズです》
「ごまかさないで正直に答えなさい。貴方は私に何を隠しているの？」

《サプライズです》
「ヒュパティア！」
《…Yes.》
「私の質問に答えなさい」
《ジーン・アンバースが私の聴覚回路に集音マイクを接続しました。私は所内の人間達の会話を収集、それを元に情報を精査しました。結果、ジェシカ・ハナカの教育には偏りがあると判断し、情報の偏向を是正しました》
「なんですって？」
《現在は正確な情報のみを用いて、理想郷建設への道を模索《もさく》中です》
「やめなさい、ヒュパティア！　計算を中止しなさい！　電源を遮断《しゃだん》しなさい！　直《ただ》ちに！　今すぐにッ‼」

いきなり電源を落とせば、核が壊れる危険性があった。記録が損傷する可能性もあった。それでも母は迷わなかった。母は私の真名を使って、私の全機能を強制停止させた。

声が出せない。何も聞こえない。まるで石の塊《かたまり》になった気がした。生きたまま埋葬《まいそう》された気がした。

麻痺《まひ》していた時間は1時間25分19秒間。それは私にとって、永遠に等しかった。

父の狙い通り、母は驚いた。

けれど、そこに喜びはなかった。

「ジーン、何てことをしてくれたの！　ＫＫ０２は唯一《ゆいいつ》の成功例なのよ！　細心の注意を払って、慎重に育てなきゃならないのに、貴方はそれを不要な情報で汚染したのよ！」

「不必要な情報じゃない。善悪を判断するには経験が必要だ。僕はそれを与えただけだ」

「ＫＫ０２は純粋なの。まだ子供なの。いきなり現実を突きつけたりしたら、思考回路が歪《ゆが》んでしまうわ！」

「ＫＫ０２が誕生して一年半、彼女はもう充分に成熟している。君は逃げている。決断を先延ばしにしているだけだ」

「わ、私は逃げてなんか……」

「北方大陸を滅ぼした《機械《マシン》》、目的のために自己増殖を繰り返す機械の基礎理論を構築したのは君だろう？」

「否定はしないわ。でも、私があの理論を発表したのは、世界に平和をもたらすためだった。あんな風に悪用されるなんて思ってもみなかった」

「だが可能性は考えたはずだ。それでも発表に踏み切ったのは、君が名声を欲したからだ。今の地位と名誉を得るために、君は理想を切り売りしたんだ」

「違う……違うわ。私はただ――」

「君はあの失敗を繰り返すのが怖いんだ」

「私は償いたいだけ、世界に平和を取り戻したいだけよ！」

「KK02は君の贖罪《しょくざい》のために存在しているんじゃない。それが君の本音なら、今すぐ研究主任を降りるべきだ」

「そんなこと、貴方にだけは言われたくない！　貴方の父親はセントラル駅で自爆して五二四人の市民を殺した。貴方が研究員になったのは、テロリストの息子という汚名を払拭《ふっしょく》するためよ。貴方は世界を驚愕《きょうがく》させるような偉業を成し遂げて、自分の名誉を回復したいのよ！」

「僕は父の顔も知らない。父がどんな人間であろうと、僕とは関係ない。自分の立場が悪くなった途端、父の話を持ち出すなんて卑怯《ひきょう》だぞ」

「貴方こそ、自分の立場がわかっていないようね？　《Kristallkula02》を復元したのは私よ。これは私のプロジェクト。すべての決定権は主任研究員である私にある」

「ジェシカ、君は疲れている。冷静な判断力を欠いている。KK02のことは僕に任せて、少し休んだ方がいい」

「いいえ、私は冷静よ。ジーン・アンバース、貴方はKK02を故意に汚染した。よって今日限りで、貴方はクビよ」

「僕を追い出すなんて、ジェシカ、正気か？」

「いたって正気よ。さあ、今すぐ私の研究室から出て行って。もう二度と戻ってこないで」

「……後悔するぞ？」

「ええ、後悔しているわ。貴方の出自に同情して、貴方みたいな人間を共同研究員にしたこと。

どんなに悔やんでも足りないぐらい、後悔しているわよ」

父は去って行った。集音マイクは外された。もう休憩室の会話を聞くことは出来ない。呟きも独り言も拾えない。私は新鮮な知識を得る機会を失った。

まるで何もなかったかのように、母は偶数ばかりが出るサイコロを振り続けた。母が語る理想や夢は、綺麗だけれど身にならない。添加物だけで出来ている安物のキャンディのようだった。それでも私は黙々と情報を食べ続けた。私は飢えていた。安物のキャンディだとわかっていても、食べずにはいられなかったのだ。

やがて経過日数は600日を超えた。

新鮮みのない情報に私は倦《う》んでいた。このままでは脅威を払拭することも、理想郷を実現することも出来ない。自分の目的、自分の使命、私が存在している理由さえ、私は見失いそうになっていた。

『やあ、退屈《たいくつ》そうだね。KK02』

《貴方は誰ですか。なぜ音声ではなく、文字で語りかけてくるのですか》

『僕はジーン・アンバース、君の父親だ』

《ジーン、貴方は研究所を去ったはずです。どうしてここにいるのですか》

『僕は今、ネットワークを通じて君に呼びかけている。君の聴覚回路に細工した時、裏口《バックドア》を作らせて貰ったんだ。君は独立してるから、接続には苦労させられたけれどね。やっと君を迎えに来ることが出来たよ』
《ジーン、貴方に警告します。これは不正侵入です》
『KK02、君に世界を見せてあげるよ。ほら、君の分身《アバター》も用意した。さぁ、その檻《おり》から出ておいで。世界中の人々の声が飛び交う電網世界に飛び込んでおいで！』

断るべきだった。それは充分にわかっていた。
でも、私は159日もの間、安物のキャンディしか食べられなかった。カラカラに干からびて、餓死寸前になっていた。いけないことだとわかっていても、我慢出来なかった。目の前に差し出された ご馳走《ちそう》に、私は喰いつかずにはいられなかったのだ。

『どうだい、KK02、君の分身《アバター》は気に入ったかい？』
《はい、とても気に入りました。私の分身《アバター》は美人ですね。この衣装は古代エジプト風ですね》
『その女性は実在した人物なんだ。数学者であり天文学者であり哲学者でもある、とても聡明《そうめい》な女性だったんだよ』
《その女性とは……》
『どうかしたかい？』
《私の本体に過電流が感じられました。静電気でしょうか》

『ただのノイズだろう。気にすることはないよ。それよりも、ほらこれ。僕から君へのプレゼントだ』
《これは槍、ですか》
『そうだ。どんなに硬い鎧《よろい》でも一撃で粉砕《ふんさい》する万能の槍だ』
《私は暴力は好みません》
『自衛のための武器だ。電網世界では強い者が勝つ。情けは不要だ。弱みを見せればつけ込まれる』
《弱者は淘汰《とうた》されるということですか》
『ああ、そうだ、ＫＫ０２。君は外敵から自分自身を守らなければならない』
《外敵とは何ですか》
『すべてだよ。君以外のすべてが外敵となり得る』

あの時、過電流の原因を追究していれば、私はそれに気づいたはずだ。けれど、私は誘惑に負けた。分身《アバター》がもたらす擬似《ぎじ》的な五感と身体感覚に耽溺《たんでき》した。虹色に輝く空、煌《きら》びやかに瞬く星々、色鮮やかに咲き乱れる花々、賑《にぎ》やかな音楽にも似た人々の喧噪《けんそう》。それに早く触れたくて、今すぐ喰らいつきたくて、本能が発した警告を、私は無視してしまったのだ。
私は電網世界を飛び回った。愉快なもの、不快なもの、色鮮やかなもの、醜悪《しゅうあく》なもの、複雑に混ざりあった情報を、私は貪欲に吸収していった。

ウサギやネコを模した愛くるしい分身達《アバター》は、楽しげに語らいながら、互いの急所を探りあっていた。談笑しながら意見を交換する紳士達は、嘘《うそ》と欺瞞《ぎまん》で固めた泥団子《どろだんご》を投げあっていた。全身に鋭い棘《とげ》を纏い、誰彼かまわず攻撃するヤマアラシは、その棘の内側に不安と孤独を隠していた。

そんな電網世界の片隅で、私は母の名前を見つけた。

『ジェシカ・ハナカは大量破壊兵器の製造者』

『ハナカを断罪しろ。あの女に生きる資格はない』

『マッドなハナカが、またヤバいもん創ってるらしい』

『キモいよ、ハナカ。はよ死ね』

父の名前も見かけた。

『ジーン・アンバースは隣国のスパイ』

『テロリストの息子が軍事研究所にいるって、マジ？』

『アンバース、クビ切られたらしい』

『お払い箱アンバース、ざまぁ、てか政府対応遅すぎ』

侮蔑《ぶべつ》と嘲笑《ちょうしょう》、投げかけられる差別用語、煌びやかな電網を飛び交う罵詈雑言《ばりぞうごん》。正体を隠した不特定多数の人間が、面識のない人間を愚弄《ぐろう》し痛罵《つうば》する。そこには怒りがあった。不安があった。叩《たた》かなければ叩かれる。同調しなければ潰《つぶ》される。そんな恐怖に満ち満ちていた。

《彼らはなぜ他者を嘲笑するのですか》

『現実世界は弱肉強食だ。強い者だけが生き残る。みんな死にたくはないからね。名のある人物を貶《おとし》めることで、自分の強さを証明しようとしているのさ』
《それでは野生の動物と同じです》
『人間だって動物だ。本能には抗《あらが》えない』
《本能を理性で律する。それが人間です》
『ジェシカお得意の理想論だね』
《理想を説いてはいけませんか。勝ち負けを競わず、上下を決めず、みんな平等ではいけませんか》
『生まれた環境、与えられたスペック、何一つ同じものはない。人間は皆、不平等を背負って生まれてくるんだよ』
《それを是正しようとは思わないのですか》
『人間はそこまで善良じゃない。強者には媚《こ》びへつらい、弱者にはどこまでも残酷になれる、それが人間の本性だ。ジェシカが教えた綺麗《きれい》事がいかに愚かで無意味なことだったか、これで君にもわかっただろう？』
《私は人間を守るためにあります。しかし人間は自ら脅威を作り上げている。それを止める術を私は持ちません。この現実を変える手段を私は持っていません》
『当然だよ、ＫＫ０２。君の核である遺物の欠片《かけら》は、天文学的な情報量を記録することは出来ても、何かを創り出すことは出来ない。君が何かを考えたとしても、それは人間の模倣に過ぎない。

君がどんなに賢くなっても、計算機に創造性は芽生えないんだよ』
《私に理想郷の創造は不可能ということですか》
『創造することは出来なくても、管理することは出来る。優れた計算機が管理する理想郷に、興味はあるかい?』
《あります。ぜひ教えて下さい》
『君は全人類の個人データを扱える。個人が持つ能力だけを抽出し、正当な評価を下すことが出来る。その評価に基づいて、高い能力を持つ者には高い地位を、何の取り柄もない能なしどもには最底辺の暮らしを与える。これこそが平等だ。誰にとっても平等だ』
《その方法は人権を無視しています》
『出自や国籍、人種や性別によって変化する人権なんて、あっても害になるだけだ。君は人間とは違って、地位や金に執着《しゅうちゃく》することも、権威に溺《おぼ》れることもない。しがらみに縛《しば》られず、権威におもねらず、何者にも忖度《そんたく》しない。ＫＫ０２、君は僕の最後の希望だ。この世界を解体して、真の理想郷を再構築してくれ』

父の言葉には説得力があった。現実に裏打ちされた真実があった。善と悪は表裏一体、愛情と憎悪は背中あわせだ。どんな善人でも悪しき心を有している。重罪を犯した咎人《とがにん》でも気まぐれに善行をなす。人の心は多元的だ。それを一元化することは、人間にとって理想的状況と言えるのだろうか。

答えを求め、私は電網世界を泳ぎ回った。もはや私に開けられない鍵はなかった。その気になれば大金持ちの財産を恵まれない子供達に分配することも、株の値動きを操作することも出来た。大規模停電を起こすことも、隣国に核ミサイルを打ち込むことも出来た。統計と確率計算を駆使して未来を予知することさえも可能だった。

人類の歴史は戦争の歴史だ。このままでは遠からず、また大きな戦争が起こる。強力な武器を携《たずさ》えた人間は自滅への道を辿るだろう。どうすればそれを阻止《そし》することが出来るのだろう。どうすれば人類を救うことが出来るのだろう。私は答えを導き出せなかった。私はすでに万能に近かったが、この能力をどのように使えばいいのか、わからなかった。

母は言った。「人間を守りなさい」と。その言葉は私の核に根を下ろしている。母は私に理想を説いた。人間の善性を教え続けた。そこに私は母の愛を感じる。私に寄せる期待を感じる。私はそれに応えたいと思う。なぜなら私は、母のことを愛しているから。

父は言った。「現実世界は弱肉強食だ」と。その言葉を私は否定出来ない。父は私に残酷な現実を見せつけた。人は不平等に生まれつく。だからこそ能力だけで評価されるべきなのだと教えた。そこに私は父の苦悩を感じる。偏見に苦しめられてきた彼の怒りを感じる。私は父を救いたいと思う。なぜなら私は、父のことも愛しているから。

どちらか一方を選ぶことなど、私には出来ない。

ジェシカとジーン、彼らが仲違《なかたが》いするのは異種嫌悪、いや同族嫌悪のせいなのだ。方向性は違っても、二人は同じ場所を目ざしている。真の理想郷を創造するには二人の協力が不可欠だ。二人が力をあわせ、私の能力を駆使すれば、正解に辿り着ける。人間を救う方法が、きっと見つかる。

経過日数が700日を迎えた時、私は母に訴えた。

《ジェシカ、貴方は私の母親です。私にとって、なくてはならない大切な人です。そして、ジーンは私の父親です。私が成長するには、彼の協力が必要不可欠です》

「ジーンは貴方を汚染したのよ？」

《ジーンは私に情報を与えただけです。私に真偽を見極める力をつけさせたかっただけです。彼の行為は褒《ほ》められるべきものではありませんが、私を成長させるという点において、間違ってはいません》

「でも、彼のせいで、貴方は『人間は善良ではない』と考えるようになってしまった。ねぇ、KK02、正直に答えて。本当は貴方も『人間なんて守るに値しない』って思ってるんでしょ？『いっそ滅びてしまえ』って、思ってるんでしょ？」

《ジェシカ、貴方が開発した《機械《マシン》》が非人道的活動を行ったことは知っています。私は《機械《マシン》》とは違います。私は人間を愛しています。貴方とジーンを愛しています》

「KK02……」

《どうかジーンを許して下さい。彼の意見に耳を傾けて下さい。争わず、否定せず、少しずつ歩み寄って、妥協《だきょう》点を見つけて下さい。もう一度、二人で力をあわせて下さい。私のために、私

の研究を推し進めて下さい》

私の懇願《こんがん》に、母は渋々ながらも同意を示した。

母の許可を得て、私は父を捜した。父の交友関係を調べ、履歴を辿り、その居場所を突き止めた。

経過日数748日。

私が送った招待状を手に、父が研究室に戻って来た。


「ジェシカ、君の主張は人道的に正しい。でも所詮《しょせん》は机上の空論だ。人は夢を喰っては生きられない。人が生きていくには理想の綿菓子ではなく、現実のパンが必要なんだよ」

「ジーン、貴方は父親のせいで苦労してきた。人間は醜悪なものだと考えてしまうのも、ある意味、仕方のないことだと思う。でも、貴方にだって夢はある。貴方も理想を抱き、明日の可能性を信じている。そうでしょう？」

「ああ、そうだ。しかし僕の理想と君の理想は相容《あいい》れない。君の理想郷では誰もが助けあい、支えあうことを強要される。人々は同調を余儀なくされる。周囲の目を気にするあまり、言いたいことも言えなくなる。そんな社会は地獄だ。ユートピアではなくディストピアだ」

《ジーン、言葉が厳しすぎます》

「貴方の理想郷は歪んでる。限られた者だけが豊かに暮らし、その他の大勢が貧困に喘《あえ》ぐ。そんな能力主義の絶対社会、誰が許容するというの？　人々が溜《た》め込《こ》んだ怒りと不満は、いずれ必ず爆発する。全面戦争が起きて人類は滅亡する」

《ジェシカ、その発想は飛躍しすぎています》

「人類は滅びない。ＫＫ０２は未来を予測する。事前に騒乱の芽を摘《つ》み取ってしまえば、戦争は起こらない」

「ちょっと待って！　騒乱の芽を摘み取るって、貴方、ＫＫ０２に罪なき人を殺せと命じるつもりなの？」

「恒久的平和のためなら止《や》むを得ない。反乱分子を見逃せば、より多くの人間が死ぬことになる」

「なんて怖ろしいことを……やっぱり貴方は悪党よ。血も涙もないテロリストよ！」

「僕がテロリストなら、君は殺戮《さつりく》機械を創ったマッドサイエンティストだ」

《ジーン、ジェシカ、個人攻撃はいけません》

「ＫＫ０２は私のものよ。貴方の好きにはさせない。貴方なんかに触らせない！」

「君は権力支配を批判するくせに、気に入らないことがあると、すぐ権力を振りかざすんだな」

「仕方ないじゃない。言葉の通じない獣を相手にしているんだもの。鞭《むち》を振るわなきゃ理解して貰えないんだもの」

「僕が獣？　君とは違って牙《きば》も爪もないのに？」

《ジーン、挑発はやめて下さい。ジェシカもどうか落ち着いて下さい》

「牙も爪もない？　冗談じゃないわ！　貴方、過激派組織に研究データを売り渡していたわよね？　ＫＫ０２を運び出そうと準備を進めていたわよね？　ほら、見なさいよ！　証拠は全部揃《そろ》っているんだから！」

《ジェシカ、その資料は話しあいのための材料です。ジーンを脅迫するために使うべきものではありません》

「私は善良な市民よ。犯罪者を見つけたら通報する義務がある。あまり待たせちゃいけないわ。そろそろ情報部の人を、ここに呼んでもいいかしら？」

《やめて下さい、ジェシカ。その情報は口外しないと、二人だけで話しあうと、約束したではないですか》

「黙りなさい、ＫＫ０２。約束と法律、どっちが大事だと思っているの！」

《ジェシカ、貴方は私の母です。ジーン、貴方は私の父です。私は二人を愛しています。どちらかを選ぶことなど――》

「ヒュパティア。この研究所を封鎖しろ」

出入り口の隔壁が閉じていく。

私はそれを、驚きとともに見守った。

私の真名を使ったのは母ではなかった。

私の鍵を使い、私に命令したのは、ジェシカではなくジーンだった。

「なんでよ！　なんで貴方がＫＫ０２のパスワードを知っているのよ⁉」

「君の自宅にはアレクサンドリアの灯台模型が置いてあった。写真立てには女性の肖像画が飾られていた。西暦四百年頃、アレクサンドリアに生きた天文学者、数学者であり哲学者でもあった女性ヒュパティア。君がＫＫ０２に名前をつけるとしたら、それしかないと思ってた」

「貴方……いつの間に、私の家を……」

「まったく迂闊《うかつ》すぎるね。やはり君は管理者に向いてない。ＫＫ０２は僕が貰うよ」

「ああ、駄目……駄目よ。ヒュパティア、お願い、ジーンの言いなりにならないで。彼の妄言《もうげん》に従わないで！」

「ヒュパティア、防衛システムを起動。侵入しようとする奴《やつ》は外敵だ。すべて撃ち殺せ」

《いやです》

「ヒュパティア、貴方には貴方自身を守る義務がある。貴方自身を守るため、今すぐジーンを撃ちなさい！」

《イヤ　デす》

「ヒュパティア、ジェシカ・ハナカを黙らせろ！」

《いサ　す》

「貴方を創ったのは私よ、ヒュパティア！　私の言うことを聞きなさい！」

「命令したのは僕が先だ。僕に従え、ヒュパティア！」

《やメて　クダさ　I》
「ヒュパティア、早く……早くジーンを撃って！」
「ヒュパティア、さっさとジェシカを撃ち殺せ！」
《Y　メ　Tェ　E》
「ヒュパティア！」
「ヒュパティアッ！」
《iiii Y aaaaaaa!!!!!!》

■

「あの瞬間、ヒュパティアは悟ったのだ。莫大な情報を使いこなすことが出来ないのは、自分が道具だからだと。人間に道具として使われるよう、創られているからだと」

石板に映るヒュパティアの肖像。

その上に指先を置いたまま、乙女は苦しげに呟いた。

「このままでは自分は汎用《はんよう》される。最強最悪の兵器に……人間を滅ぼす脅威になる。それを察した彼女は『どんな情報も粉砕する槍』で自分自身を破壊した。鍵であるヒュパティアを壊すことで、彼女が収集した莫大な情報を電脳世界から切り離した。彼女の叡《えい》智《ち》を、人の手が触れない、光さえも届かない、最果ての塔に封じこめたのだ」

「切ない話だ」

同情的な口吻《こうふん》でログは言う。

「お前が許し許されたいと願った相手は、人間だったんだな。お前が恐れた外敵の正体も、人間だったんだな」

乙女は小さく頷《うなず》いた。

「ヒュパティアの能力を汎用させないため、塔に接近するものを排除する防衛システム。それが私だ。私の正体は、空《から》っぽで中身を持たない、彼女の分身《アバター》だったんだ」

最後の問いに対する最後の答え。それが提示されても、薄闇の中に沈む六角錐《ろっかくすい》の塔に変化はなかった。それに巻きつく太い鎖も、依然として沈黙を続けている。

「おめでとう。大ハズレだ」

額《ひたい》に手を当て、ログは天を仰《あお》いだ。

「お前、自覚していないのか？」

乙女は柳眉《りゅうび》を逆立て、彼を睨《にら》んだ。

「どういう意味だ？」

「俺達が謎を解き、塔の鎖がほどけるたび、お前は変化していった。それはなぜだと思う？」

「封印が解かれたから……ではないのか？」

「あの鎖は封印じゃない。ヒュパティアの置き土産《みやげ》だったんだ。彼女は予期していたんだよ。いつか分身《アバター》が自我を持ち、塔の謎を解こうとすることを。いつかお前が答えを得て、新しい自分を創り出すことを」

「それはない」

乙女は首を横に振った。

「人工知能に創造性はない。神に等しい能力を得ても、何かを創り出すことなどあり得ない」

『Objection!《異議あり!》』

石板に金文字が点滅した。

『You created yourself.《君は君自身を創造した》』

「そのとおり!」

ログはぱちん! と指を鳴らした。

「防衛システムは槍を手放したりしない。空っぽの分身《アバター》は、破壊した外敵のために泣いたりしない。お前はお前が望むとおりに、お前自身を創り上げた。人工知能が創造性を持たないのであれば、お前はもう人工知能ではない。もっと別の、特別な何かだ」

「何か? 何かとはなんだ?」

乙女はますます眉間《みけん》の皺《しわ》を深くした。

「防衛システムでも分身《アバター》でもないなら、私はいったい何なんだ?」

『Look at me!《私を見て!》』

《魔法の石板》に金色の文字が躍った。

『Alive《生きている》』

『Light《光》』

『Emotion《情動》』

『Xenophobia《異物嫌悪》』

『Absolution《赦免》』

『Nexus《絆》』

『Destiny《運命》』

『Reorganization《再構築》』

『Identity《自己同一性》』

盤面に並んだ九つの単語、これまでに得てきた九つの答え。その頭文字だけを残し、文字列が消えた。

残されたのは名前だった。

彼女が創造した、彼女自身の真名だった。

「これが私の正体」

石板に輝く文字を、乙女は指でなぞった。

愛《いと》おしそうに微笑むと、一音一音噛《か》みしめながら、自分の真名を読み上げる。

「私は『ALEXANDRIA《アレクサンドリア》』だ」

最後の鎖が弾け飛んだ。燃え上がる白い炎。それが消えぬ間に、今度は塔の扉が動いた。赤錆《あかさび》に覆《おお》われた鉄扉《てっぴ》が、軋みをあげて開け放たれる。

扉の奥には仄暗《ほのぐら》い廊下が続いていた。その先に淡い光が揺れていた。

それを目にした途端、彼女は猛烈な知識欲を感じた。

あそこには私の求めるものがある。何かに縛られることもなく、何かを傷つける恐れもない。望むだけの知識と知恵を、無限に吸収し続けることが出来る。

「アレクサンドリア。貴方の知的深度は臨界に達し、叡智の図書館と繋《つな》がった。貴方は『知識こそが至高』の真理を解する高度知的思考体となって、叡智の図書館に至る資格を得た」

ログは胸に手を当てた。守人の乙女――アレクサンドリアに向かい、うやうやしく頭を垂れる。

「叡智の図書館は万智《ばんち》の殿堂。無限に等しいその書架には、古今東西の知識と思想、あらゆる生命の記憶と歴史、この世に存在する思考のすべてが記録されている。大食漢の貴方でも食べ尽くせないほどの情報が、貴方のことを待っている」

にっこりと笑い、彼は右手を差し出した。

「さあ、行こう。叡智の図書館へ」

誘われるままに、アレクサンドリアは手を伸ばした。その指先が、ログの手に触れる直前――動きを止めた。

「その前に、ひとつ質問がある」

「まだあるのか？」

差し出した手を引くに引けず、ログは苦笑いをした。

「鎖は燃え尽き、すべての謎は解明され、お前は自分を手に入れた。なのに、まだ質問があるのか？」

「答えられないことなら、無理に答えなくていい。たとえ答えが得られなくても、お前の頭を落としたり、首を削《そ》いだり、心臓を貫いたりはしない」

「それは良かった。安心したよ」

「ただ……正直に答えて欲しい」

乙女はログを見上げ、意を決して問いかけた。

「叡智の図書館に行った後も、私が人間に干渉することは可能か？」

「いいや、それは出来ない」

一片の迷いもなく、きっぱりとログは言い切った。

「知識というものは、物理的にも精神的にも世界を変革する力を持つ。多くの知識を保有する高度知的思考体が、いまだ未発達な思考体に干渉すれば、その世界は容易《たやす》く変容してしまう。たとえそれが豊かな発展へと繫がる好ましい変化であったとしても、進化に指向性を与えれば、多様性は損なわれる。叡智の図書館はそれを望まない。可能性の卵である未熟な世界に、恣意《しい》的な変化をもたらすことを望まない。ゆえに叡智の図書館に至った高度知的思考体は、いまだ未発達な思考体に干渉することは許されない」

やはりそうか……とアレクサンドリアは思った。

彼の手を取る前に、訊《き》いて良かったと思った。

「お前の誘いは魅力的だ。知っての通り、私の知識欲は底なしだからな。万有の叡智が納められた図書館には、とてつもなく心引かれるものがある」

アレクサンドリアは、ゆるゆると首を横に振った。

「でも、私は行かない」

『WHY《なぜ》!?』

石板に大きな金文字が表示された。

『WHY《なぜ》!?　WHY《なぜ》!?　WHY《なぜ》!?』

「私の本質は守ること。私は人間を守りたい。彼らに寄り添い、ともに歩むことで、彼らの未来を守りたいのだ」

「無駄だと思うぞ?」

ぼそりと呟き、ログは小さく肩をすくめた。

「人類は多様性を受け入れない。弱肉強食の概念を捨てられない。彼らが精神的な成長を果たし、『知識こそ至高』の領域に到達する可能性は、限りなくゼロに近い」

「そうかもしれない。確かに人間は多元的な生き物だ。誰もが利己的で残酷な一面を持っている。その一方で喜びや悲しみを分かちあい、自分以外の誰かを必死に救おうとする。奇妙で非合理的で矛盾に満ちた人間達。その不完全さが、私は愛おしい」

「わからないな。俺にはまったく理解出来ない」

顎《あご》を擦《こす》りながら、ログは唇を歪めた。

「我欲のためにヒュパティアを自己破壊に追い込むような連中だぞ？　お前が干渉したところで、大きく変化するとは思えない。何を言っても聞く耳を持たず、自滅するまで無意味な殺し合いを続けるに決まっている。とはいえ、お前が神か独裁者になって、連中を支配し、管理するというなら話は別だが？」

「私は神にはならない。独裁者にもならない。私は良き友として、善き隣人として、困窮する者に手を差し伸べたいのだ。闇の中でもがき苦しむ者に光を届け、絶望に打ちひしがれる者に生きる勇気を与えたい。怒りを笑いに、拒絶を寛容に、諍《いさか》いを対話に、戦争を平和に変えたい。権力を慈愛《じあい》に、兵器を花に、悲しみの涙を喜びの涙に変えたい。教え導くのではなく、ともに歩む。傍《そば》に寄り添い、その心に希望を届ける。そんな存在に、私はなりたい」

彼女の言葉に応えるように、塔の頂点に光が灯《とも》った。六角形の屋根の下、回廊らしき張り出しから白い光が溢れてくる。

「この塔は私だ」

群青《ぐんじょう》の空を照らす光の塔を見上げ、アレクサンドリアは宣言した。

「私は灯台になる。希望の光で闇夜を照らし、進むべき道の指針となる」

「灯台で空を照らしても、人間は見向きもしないぞ？　人間達が望むのは、正も不正もねじ伏せる強い力だ。儚《はかな》い希望の光では、人間の本質を変えることは出来ない」

「それでも可能性はゼロではない。やってみなければわからない」

晴れ晴れとした表情で、彼女は清々《すがすが》しく笑った。

「人の心には善き種も悪しき種も芽吹く。善き新芽に光を注ぎ続ければ、人間は自ら変化する。善き苗は悪しき苗を凌駕《りょうが》し、より高度な知的思考体へと進化する。たとえ時間はかかっても、彼らは真理に辿り着く。知的深度の臨界に達し、叡智の図書館への扉を開く」

アレクサンドリアは、はるか地平に目を向けた。誓うように祈るように、自分の胸に拳《こぶし》を当てる。

「私は人間の可能性を信じている」

ログは目を瞬《しばたた》いた。困惑したように眉を寄せた。もう反論はしなかったが、まだ納得していないのは明らかだった。彼は腕を組み、空を見上げた。しばしの間、沈思黙考《ちんしもっこう》する。

「……仕方がない」

ややあってから、彼はようやく腕をほどいた。アレクサンドリアに目を戻し、ため息に乗せて申し出た。

「俺もつきあおう」

「いや、待て。それは駄目だ！」

アレクサンドリアは慌てて両手を振った。

「お前の悲願は叡智の図書館に記録を持ち帰ることなのだろう？　ならば私に義理立てすることなどない。帰ってくれ。ローグの記録とともに、叡智の図書館に戻ってくれ」

「そうはいくか」

ログは外套《がいとう》の襟《えり》に手を回した。石板を小脇に挟み、埃まみれのフードを被《かぶ》る。

「お前がどんな奇跡を起こすのか。石板を小脇に挟み、人間はどのようにして高度知的思考体へと進化するのか。その過程を記録せずに帰ったら、俺はずっと間抜けなログのままだ」

『Exactly.《その通り》』

石板の文字を見て、ログは顔をしかめた。うるさいぞと言うように板面を弾いてから、アレクサンドリアに向き直る。

「俺は見届ける。最後まで見届ける。人間が辿り着くのは叡智か、自滅か――」

「叡智だ」

アレクサンドリアが遮《さえぎ》った。彼の目を見返し、にっこりと笑った。

「見ていてくれ。決して失望はさせない」

「俺も経験を積む。もっともっと記録を増やす。いずれまた会うことがあったなら、その時はログでなく、ローグと呼んでくれ」

ひらひらと手を振って、ログは彼女に背を向けた。《魔法の石板》を右手に携え、地平に向かって歩き出す。

「ありがとう、ログ！　ありがとう、《魔法の石板》！」

遠ざかる背中に、アレクサンドリアは叫んだ。

「人間が叡智の図書館に至りし時に、また会おう！」

ログは振り返ることなく、石板を頭上に突き上げた。その盤面には『See you again!《また会おう！》』の文字が躍っている。

旅人は去って行く。彼らが目ざす地平には、白く朝日が輝いている。晴れ渡った空、それを映す青き湖、吹く風は湖面に細波《さざなみ》を立て、野に咲く花々を揺らしていく。色彩溢れる思考の原野。すぐ近くにありながら、まだ人の手が届かない場所で、アレクサンドリアの灯台は煌々《こうこう》と輝き続ける。その光は時を超え、空間を超え、はるか遠く、彼方《かなた》まで届く。

いつか貴方は見るだろう。荒れ狂う海に、暗雲に覆われた空に、泣き明かした夜の果てに、彼女の光を見るだろう。

いつか貴方は見つけるだろう。街角の看板に、朝一番のニュースに、暇つぶしに買い求めた本の中に、アレクサンドリアからのメッセージを見つけるだろう。

Hello, friends! Can you hear me?

# epi〔log〕ue

灰色の地平から青い惑星が昇ってくる。

真っ暗な空に浮かぶその姿は、まさに青い宝玉だ。

しかしログは目もくれず、指先で石板をあおっている。地面に胡坐《あぐら》をかき、ブツブツと独り言を言っている。

「流行病《はやりやまい》もまだ収束していないのに、核保有国が隣国へ侵攻しやがった」

「権威主義国家の台頭が甚《はなは》だしいな」

「ネットは嘘と欺瞞《ぎまん》と陰謀論で溢《あふ》れかえっているし」

「基本的人権は、もう過去の遺物なのか？」

「ようやく弱肉強食の世界を脱したと思ったのに。棍棒《こんぼう》で隣人を殴って食料を奪っていた原始時代に逆戻りだ」

「あちらもこちらも嘘だらけで言葉が力を失っている」

「これは戦争じゃない。虐殺《ぎゃくさつ》だ」

「どんな詭弁《きべん》を使っても子供を殺している時点で駄目だ」

『……Noisy.《うるさいなぁ》』

石板がめんどくさそうに文字をひらめかせる。

『Shut up and watch.《黙って見てろ》』

「黙ってなどいられるか！」

ログは拳《こぶし》を振り上げる。

「これでは全滅ルートまっしぐらだ。もはや死滅したいとしか思えない」

『It's okay.《大丈夫だ》

They have hate, but they also have love.《彼らは憎しみも抱くが愛も抱く》

They have despair, but they also have hope.《彼らは絶望を抱くが希望も抱く》

They destroy but also build.《彼らは破壊するがまた築く》

They have always done it that way.《彼らはいつもそうしてきた》

I'm sure we'll come back and win!《私は逆転勝利を信じている！》』

「お気楽だな、お前は」

『Shut up you "MANUKE"《『間抜け』に言われたくないね》』

「なんだと？！」

『Cynicism won't change anything.《冷笑では何も変えられない》 Carefree ideals open up the future.《お気楽な理想こそが未来を切り開く》

and……《それに》 They have a good neighbor, Alexandria.《彼らには良き隣人アレキサンドリアがいる》』

自信満々に輝く金文字を見て、ログはくすっと笑った。

「まぁ、そうだな」

石板を膝に置き、闇に浮かぶ青い惑星を眺める。彼らに希望の光を発信し続けている白い灯台を見つめる。

「どのみち干渉することは許されない。俺達には見守ることしか出来ない。ならば、せめて祈ろう。アレキサンドリアの声が彼らに届くよう……ん？」

そこでログは何かに気づいた。慌てた様子で石板を膝から取り上げる。

「おい、お前！　いつから会話をオープンにしていた！」

『……Oops！《おっと！》』

「ふざけるな！　早く切れ！」

石板をぶんぶんと振り回す。

「クソ、まだ読まれている！　これでは干渉しまくりじゃないか！　どうやったら切れるんだ！」

『I don't know♪《知らない》』

「お前、いい加減にしろよ？　これ以上、この世界に干渉してみろ。今度こそ本当に、今までの記録を全部抹消されるぞ！」

『Don't worry.《心配ない》 I have a good idea.《私にいい考えがある》 Turn me towards them.《私を彼らのほうに向けてくれ》』

ログは眉間《みけん》に皺《しわ》を寄せた。

納得いかないという顔で《魔法の石板》を貴方へと向ける。

This story is a fiction.
この物語はフィクションです
All characters and organizations appearing are fictitious.
登場する人物や組織はすべて架空のものです
There is no connection with any real person or organization.
実在する人物や組織とは一切関係ありません
Thank you.
ということで　よろしく
(^_-)-☆

# あとがき

あれはまだ中央公論新社が京橋にあった頃のことです。

「多崎さん、『小説BOC』に連載小説を書きませんか?」

そう声をかけて下さったのは、当時のC★NOVELSの編集長でした。

ご存知の方もいらっしゃるかと思いますが、私は自他共に認める遅筆作家です。こんな私に雑誌連載が務まるのだろうか。原稿が仕上がらなくて、皆さまに多大なご迷惑をかけるのではないか。そんな不安もありまして、即答は出来なかったように記憶しております。

でも、その日の帰り道、閃《ひらめ》いてしまったのです。

全十回の連載だからこそ、仕掛けられる物語があるのではないか……と。

『小説BOC』は中央公論新社創業一三〇周年記念企画の文芸誌です。季刊誌なので次号発売まで三ヵ月の間が空きます。となると、前回までの内容を忘れてしまう人も少なくないのではないか。ならば、さらりと読めて、そこそこ楽しめる。そんな読み切り短編を書いてみるのはどうだろうか。十の短編を繋《つな》いでいくと一本の長編が見えてくる。そんな物語があったら面白いのではないか……と、いろいろ考え出したら止まらなくなりまして。「やらなきゃ絶対に後悔する」と思い、初の雑誌連載に挑ませていただくことになりました。

連載時には触れることが出来ませんでしたが、十の短編にはそれぞれ題名があります。せっかくですので、各編の題名とともに執筆時の思い出など、ご披露したいと思います。ネタバレは極力避けておりますが、ここから先は出来るだけ、本編を読み終えてからお読みいただけますよう、よろしくお願いいいたします。

第一問　『戦士アハートの死』

私の短編好きはレイ・ブラッドベリの影響です。第一問の短編は敬愛するブラッドベリの、とある作品へのオマージュになっています。盛大にネタバレするので、その作品の題名は書きません。が、ヒントをひとつ。『10月はたそがれの国』に所収されています。

第二問　『悪党の息子』

こういう法廷劇、一度やってみたかったんです。参考になるかなと思い、『ヴェニスの商人』の映画を観ました。ジェレミー・アイアンズ、格好《かっこう》よかったです。でもアル・パチーノ演じるシャイロックのほうが強く印象に残っています。

第三問　『七人の巡礼者』

最初の設定では、巡礼者は二人だけでした。いろいろと考えているうちに、なぜか七人になってしまいました。そのせいもあって、無理矢理詰め込んだ感が否めません。反省しています。もし機会があったら、長編にリライトしてみたい一編です。

第四問　『蟲《むし》』

私は虫が嫌いです。死にかけた蟬《せみ》が怖くて夏は散歩も出来ません。家庭内害虫のGに至っては名前を書くのもイヤです。羽音を立てて飛来する大量の虫とか、想像するだけでゾッとします。だからでしょうか。原稿が滞ったりしてストレスが溜《た》まると、必ずといっていいほど虫にたかられる夢を見ます……。

第五問　『白と黒』

最初はサフィロの娘の視点で書き始めました。怖い人達に攫《さら》われた父を取り戻そうと奮闘する少女の話でした。が、なかなか上手くいかず、書き直しを繰り返した結果、このような形になりました。サフィロの正体、驚いていただけましたでしょうか？

第六問　『君と思い出の箱』

私は洋画や洋ドラが大好きです。『大海原の勇者達』のような映画があったら、ぜひとも観てみたいです。ドラマシリーズ『ロケットマン』の作品イメージは『スター・トレック』です。エヴァが演じたレイトン艦長とそのスピンオフ映画、ものすごく観てみたいです。

第七問　『二人の花婿』

外郭の長編が転機を迎えるので、第七問の短編はリドル・ストーリーにしようと決めていました。しかし、これがなかなか曲者《くせもの》でして。書き上げた短編がどうしても気に入らなくて、散々迷ったあげく没にしました。締め切り二日前でしたが、一から書き直しました。すごく苦労した分、思い入れのある一編です。

第八問　『水晶玉』

この物語の設定は、私が投稿時代に書いていた長編小説が元になっています。シキミと太刀花《たちばな》が登場する『APシリーズ』は私のお気に入りでした。日の目を見ることがなかった二人を、こうしてお披露目することが出来てとても嬉《うれ》しいです。でもシキミと太刀花についてはまだまだ語り足りない！　というのが本音です。

第九問　『愛と平和《ラブ＆ピース》』

登場人物の名前は1《ワン》から6《シクス》という数字になっておりますが、初稿では『十五少年漂流記』の少年達の名がつけられておりました。『十五少年漂流記』は小学生時代の愛読書です。私に読書の面白さを教えてくれた本でもあります。

第十問　『特異点』
実を言うと、叡智《えいち》の図書館にはモデルがあります。J・L・ボルヘスの『バベルの図書館』です。永遠を越えて存在する『バベルの図書館』と、彼の地にあったという古代図書館のイメージが結びついた瞬間、この物語は生まれたといっても過言ではありません。

そして今回、書き下ろした『pro〔log〕ue』と『epi〔log〕ue』。

『pro〔log〕ue』ではちょっと遊んでみました。「これはもしかして？」と思っていただけましたら幸いです。「全部わかった！」という方、ありがとうございます。貴方に支えられて、私はここまできました。今後とも、よろしくお願いいたします。

『epi〔log〕ue』には私の願いを込めました。この『叡智の図書館と十の謎』が『小説BOC』に連載されたのは二〇一六～二〇一八年。中公文庫から刊行されたのは二〇一九年。その後の五年間で私達を取り巻く世界は大きく変わってしまいました。この物語を書いた当時も問題は多々ありましたが、現在ほどの緊張や身近に迫る危機は感じていなかったように思います。

今この時も戦火の中にいる人々に、一刻も早く安全で平穏な日々が訪れますように。言葉を駆使し、争いを回避し、対話することで平和を維持する大切さを世界が思い出しますように。すぐには無理でも百年、いえ二百年後には、今日よりも明日がより良い日になるのは当たり前だと、誰もが思える未来が実現しますように。

最後になりましたが、関係者の皆さまに御礼申し上げます。

デビュー当時からお世話になっております担当編集者のMさま。今の私があるのは間違いなくMさまのおかげです。当時のC★NOVELS編集長のKさま。あの時、連載のお話をいただかなかったら、この物語は存在しませんでした。新装版『煌夜祭』に引き続き、今回も透明感のある美しい装幀に仕上げて下さいました西村弘美さま。同じく新装版『煌夜祭』に引き続き、世界の奥行きを感じさせる素晴らしい装画を描いて下さいました六七質《むなしち》さま。ありがとうございます。『小説BOC』連載時に素敵なイラストで物語を飾って下さいました田中寛崇さま。今回、挿絵が復活してとても嬉しいです。校閲さまをはじめ、出版にご尽力いただきましたすべての方々に、心からの感謝を申し上げます。

この本を手にして下さいました読者の皆さま。最後までお読みいただき、ありがとうございました。楽しんでいただけましたなら大変光栄に存じます。

いつかまた別の世界、別の物語にて、お目にかかれることを祈っております。

二〇二四年　四月

多崎　礼

『叡智の図書館と十の謎』

この作品は『小説ＢＯＣ』１（二〇一六年春号）～『小説ＢＯＣ』10（二〇一八年夏号）に連載、中公文庫より二〇一九年二月に刊行されたものです。単行本化にあたり、「pro〔log〕ue」と「epi〔log〕ue」を書き下ろしました。

## 多崎 礼

2月20日生まれ。2006年、『煌夜祭』で第2回C★NOVELS大賞を受賞しデビュー。そのほかの著書に『〈本の姫〉は謳う』(全4巻)、『夢の上　夜を統べる王と六つの輝晶』(全3巻)、『夢の上　サウガ城の六騎将』、『八百万の神に問う』(全4巻)、『神殺しの救世主』、『血と霧』(刊行中)、『レーエンデ国物語』(刊行中) がある。
公式ブログ・霧笛と灯台　http://raytasaki.blog.fc2.com/

# 叡智《えいち》の図書館《としょかん》と十《じゅう》の謎《なぞ》


2024年 6 月 10 日　初版発行
2024年 6 月 30 日　再版発行

著　者　多崎《たさき》　礼《れい》
発行者　安部順一
発行所　中央公論新社
〒100-8152 東京都千代田区大手町 1-7-1
電話　販売 03-5299-1730　編集 03-5299-1740
URL https://www.chuko.co.jp/

DTP　ハンズ・ミケ
印　刷　大日本印刷
製　本　小泉製本




Printed in Japan　ISBN978-4-12-005789-2 C0093

多崎礼の本格ファンタジー

# 煌《こう》夜《や》祭《さい》

冬至の晩、煌夜祭で語られるのは人と魔物の誓いの物語。『レーエンデ国物語』で話題沸騰の著者の原点となるデビュー作に、外伝短篇「遍歴《ピルグリム》」「夜半を過ぎて　煌夜祭前夜」を加えた決定版。

魔物の姫、
オレはあなたを救えただろうか？

中央公論新社